bj harvey

DESEJO

Traduzido por Carol Dias

1ª Edição

2021

Direção Editorial:
Anastacia Cabo
Gerente Editorial:
Solange Arten
Arte de capa:
Bianca Santana
Ícones de diagramação: archjoe/Freepik

Preparação de texto:
Martinha Fagundes
Revisão final:
Equipe The Gift Box
Tradução e diagramação:
Carol Dias

Copyright © BJ Harvey, 2018
Copyright © The Gift Box, 2021
Todos os direitos reservados.

Nenhuma parte do conteúdo desse livro poderá ser reproduzida em qualquer meio ou forma – impresso, digital, áudio ou visual – sem a expressa autorização da editora sob penas criminais e ações civis.

Esta é uma obra de ficção. Nomes, personagens, lugares e acontecimentos descritos são produtos da imaginação da autora. Qualquer semelhança com nomes, datas ou acontecimentos reais é mera coincidência.

Este livro segue as regras da Nova Ortografia da Língua Portuguesa.

CIP-BRASIL. CATALOGAÇÃO NA PUBLICAÇÃO
SINDICATO NACIONAL DOS EDITORES DE LIVROS, RJ
Camila Donis Hartmann - Bibliotecária - CRB-7/6472

H271d

Harvey, B. J.
    Desejo / B. J. Harvey ; tradução Carol Dias. - 1. ed. - Rio de Janeiro : The Gift Box, 2021.
    232 p.

    Tradução de: Crave
    ISBN 978-65-5636-057-7

    1. Ficção americana. I. Dias, Carol. II. Título.

21-69650   CDD: 813
            CDU: 82-3(73)

Para todo mundo que já quis desistir de algo.

DESEJO

CAPÍTULO 1

Outro evento, outra noite que passo usando minha máscara habitual.

Mostro ao mundo o que eles querem ver. Não, o que *esperam* ver. Um arquiteto nacionalmente renomado com prédios icônicos atribuídos ao seu nome atrai atenção e acumula certas expectativas. Esperam que eu seja acessível, respeitável, inspirador e bem-organizado. E, por fora, sou todas essas coisas. Um bom homem de uma ótima família, um cara que alcançou reconhecimento por projetar alguns prédios que inspiraram o orgulho nacional e fez isso ao mostrar o melhor das técnicas arquitetônicas modernas.

Inclino-me contra o bar no canto da sala. Ao pegar meu reflexo no espelho atrás da prateleira de cima, endireito os ombros, ficando de pé enquanto dou o meu melhor para não parecer sombrio e inacessível. O evento pode ser em minha homenagem, mas não sou ignorante quanto ao seu verdadeiro propósito – levantar fundos para ex-alunos universitários por causa do meu mais recente feito. A grande história de sucesso de Callum Alexander é um presente que continua sendo oferecido, pelo que parece.

Balançando meu copo de uísque Glenlivet, examino a sala com uma indiferença descarada. Não ligo de estar aqui ou não. Para ser honesto, prefiro ficar sozinho em reclusão no meu próprio santuário, sentado na minha poltrona preta de couro, olhando para a baía. Em vez disso, estou usando um *smoking* preto Tom Ford sob medida em uma sala cheia de companheiros que agem como camaleões, conversando incessantemente sobre assuntos sem importância.

Tudo o que faço – a maneira como ajo, o carro que dirijo, até mesmo a marca do terno que uso – importa. Encaixo-me no molde quando estou assim. Neste cenário, minha própria fantasia de camaleão está em seu elemento – estou de conversa fiada com a equipe da universidade, professores ansiosos para discutir a última leva de alunos, jovens espetaculares com esperança de conseguir uma pequena chance e até mesmo benfeitores que queriam me levar para o "clube dos veteranos". Todo mundo tem uma pauta; todos querem um pedaço de mim. É por isso que sou mais reservado em eventos como esse. Fico para trás, observo e raramente interajo com outros, a menos que me abordem.

Há muitas camadas no meu disfarce, na minha persona pública. Poucas pessoas conseguem ver o verdadeiro Callum Alexander – minha família e meu melhor amigo, e só. O resto recebe esse Callum, o homem muito respeitado, resguardado e de sucesso, vivendo o sonho americano. Sacrificar-me demais e permanecer no controle em todas as vezes é o que tenho que fazer, mas isso pode ter um pouco a ver com meus desejos e predileções mais do que com qualquer outra coisa.

Balanço a cabeça em negativa enquanto meus pensamentos seguem um caminho inapropriado para um evento como esse, arrumando minha calça discretamente ao beber o restante do meu drinque. Coloco o copo no bar e sinalizo para o barman preparar outro. Quando pego a nova bebida, encaminho-me para frente do largo salão de eventos do hotel, tentando não ter pensamentos negativos que começam a borrar o exterior da minha vida, aparentemente, brilhante.

Caminho pela multidão de pessoas amontoadas com uma sobrancelha franzida, mas meus lábios formam uma linha fina enquanto procuro pelo local por um rosto familiar, mas não encontro nada. Os olhares que recebo de volta me dizem que minha máscara deve estar torta esta noite. É compreensível de certa forma; minha mente está em outro lugar. Estou ocupado demais considerando por que me incomodo com a fachada de lobo em pele de cordeiro. Trabalhei duro e deixei muito para trás para chegar onde estou hoje e continuei a fazer isso para manter as coisas. Perder tudo agora seria inexplicável.

Um homem que poderia facilmente ser a minha imagem no espelho de dez anos atrás caminha em minha direção com a mão estendida.

— Senhor Alexander?

Levo um momento para estudá-lo. Ele é apenas um pouco mais baixo

DESEJO

do que os meus 1,88m, com ombros largos e confiantes, e um terno sob medida que, sem dúvida, é tão caro quanto o meu, um sinal de que ele definitivamente tem dinheiro. Seu cabelo quase preto está penteado para o lado e fora do seu rosto, adicionando personalidade à sua expressão jovial, esperançosa e de olhos brilhantes, enquanto me encara.

— Sou um grande fã do seu trabalho — revela. Meu peito se contrai com a bajulação. Devolvo o aperto de mão. Seu aperto é forte, firme, mas não ameaçador. Não há semblante de ego nessa troca. — Estou no terceiro ano e estudamos seus *designs* nesse semestre, em vista do evento de hoje — continua.

Meus olhos se arregalam com sua revelação. Sei que meus trabalhos recentes têm sido notáveis, mas só tenho trinta e quatro anos. Quando eu era aluno, estudávamos os melhores. Não um *designer* moderno que faz as coisas com a cara e com a coragem e teve a sorte de conseguir sua grande chance – duas vezes.

— Obrigado. Espero que não estejam estudando meu trabalho *tão* de perto. Pode ser que encontrem algo para melhorar — adiciono, com uma piscada. Seus olhos se arregalam e sua boca se abre por um instante, antes que ele se recomponha com rapidez.

— Sem chance de isso acontecer, senhor Alexander. Seu conceito para a *Spera House* em Boston foi genial. Inspirador. A maneira como contrastou as linhas rígidas de concreto e modernidade com as curvas dos prédios históricos vizinhos foi maravilhosa.

Bem, o jovem certamente estudou direitinho.

— O local me motivou. O que posso dizer? — Sorrio para ele.

— Eu adoraria discutir a possibilidade de um estágio em sua firma, senhor Alexander. Seria uma honra e um privilégio aprender e trabalhar com você. — O homem fez seu trabalho. O programa de estágio foi anunciado formalmente há apenas uma semana.

Assinto e noto seus punhos cerrados ao lado, enquanto encontro minha carteira dentro do terno e retiro meu cartão de visitas. É fosco, cor creme e grosso, com o nome *Alexander Richardson* impresso em prata.

Esse sou eu no piloto automático – sorrir, conversar e entregar um cartão de visitas com instruções para entrar em contato com a minha assistente. É simples, direto e deixa pouco espaço para confusão. Para um homem como eu, é a estratégia perfeita de *networking*.

Entrego o cartão a ele, que segura com força e o estuda, correndo os dedos por cima da impressão antes de me encarar novamente.

— Ligue amanhã para a minha assistente, Annie, e ela vai te passar os detalhes do processo de inscrição. — Seus ombros se levantam e fica óbvio que a oportunidade de trabalhar comigo é algo que ele valoriza. — Lembre-se de dizer a ela que me conheceu na noite anterior e agendar uma entrevista comigo imediatamente.

O jovem abre a boca, em choque, depois fecha antes de assentir uma vez e guardar o cartão.

— Uau, seria uma oportunidade incrível. Obrigado, senhor Alexander.

Estico a mão para cumprimentá-lo outra vez.

— Obrigado por admirar meu trabalho. Nós, pessoas criativas, amamos ser valorizadas, como você bem sabe, senhor…

— Gregory Graves. — Sacudindo minha mão, ele se afasta e outra vez fecha os punhos contra a perna.

— Senhor Graves, prazer em conhecê-lo. Nós nos veremos em breve.

— Tenha uma boa-noite — deseja, rapidamente, antes de caminhar de volta pela multidão e sumir de vista.

Tenho que admitir – vir me abordar com tanta certeza e perguntar direto sobre o estágio diz muito sobre suas ambições e motivações. Normalmente, os candidatos selecionados para nosso programa de estágio se inscrevem para colocar nosso nome em seus currículos. Gregory Graves pode ter elevado o padrão das opções desse ano.

Continuo a caminhar para o meio da sala e aprecio o sarau. Esses eventos nunca são o que parecem. Hoje à noite foi anunciada como uma celebração do meu prêmio quando, de fato, é um exercício delicado – e bastante óbvio – para uma arrecadação de fundos.

Os valores dos ingressos estavam inflacionados e a propaganda nas paredes do cômodo diz a verdade sobre a reunião de hoje à noite; colocar-me no centro do palco como um pônei premiado, de quem eles estão muito orgulhosos. No processo, arrecadam fundos para um novo centro de negócios.

— Callum!

Viro a cabeça para ver meu melhor amigo e parceiro de negócios, Grant, caminhando em minha direção. A tensão que estava se construindo dentro de mim desde que cheguei rapidamente se dissipa e respiro aliviado, sabendo que há pelo menos uma pessoa com quem posso ser eu mesmo hoje à noite.

DESEJO

Não dá para não rir dele. Acabou de chegar e já está tentando ajustar a gravata borboleta. Grant Richardson – meu melhor amigo desde o ensino médio, a única pessoa no meu círculo interno e outro que não gosta da pretensão que significa esse evento – não é fã de *smokings*. Na verdade, ele não é fã de nada que o restrinja, inclusive o casamento. Ele olha ao redor da sala e sopra uma quantidade enorme de ar pela boca.

— Merda, hoje à noite a coisa está séria, né? Callum Alexander retornando à Meca.

Empurro seu ombro com o meu.

— Foda-se, Richardson. Acha que quero ser exposto como uma obra de arte? — Meu tom leve se encaixa com sua declaração ridícula.

Ele ergue uma sobrancelha para mim, o rosto cheio de incredulidade.

— Sério? Eles estão orgulhosos pra caramba de você, Cal. Só calhou de coincidir com a necessidade deles de levantar a merda de um montante de grana. Pura sorte? — Seu sorriso é cheio de alegria.

Eu rio.

— Você sabe tão bem quanto eu que não foi. Faz sentido para os bons negócios, mesmo se estiverem me usando como o grande atrativo.

Ele assente, concordando.

— Fugiu dos *paparazzi* lá fora?

Suspiro, ruidosamente.

— Acha que eles me *deixariam* fugir? Tive que dar três entrevistas antes de chegar à porta de entrada.

Ele ri e sacode a cabeça.

— Você é o convidado de honra.

Desde o meu prêmio, um monte de atenção da mídia – em particular os tabloides – focou-se em mim, o "arquiteto figurão solteiro que foge dos holofotes". De fato, tornei-me uma espécie de subcelebridade – uma estrela de quarta categoria, se quiser. Não é um título que recebi ou encorajei, mas, desde que dá atenção ao meu trabalho e à empresa, tenho consciência do fato de que não seria inteligente cuspir no prato que se come.

Uma repórter em particular parece ter feito de sua missão impulsionar meu status de solteiro mais cobiçado da cidade. Isso, é claro, foi depois de eu negar seus avanços. Felizmente, ela não está em nenhum lugar por aqui hoje.

Olhando para cima em direção ao enorme relógio na parede, percebo que são apenas oito da noite. Ainda tenho outras duas horas dessa merda para aturar antes de poder escapar. Levo o copo à boca novamente. O gole quente do uísque ajuda de certa forma a deixar a noite um pouquinho melhor.

— Algo de bom para olhar? — Grant me arranca dos meus pensamentos, dirigindo minha mente para sexo casual.

Ele se mexe ao meu lado para examinar os convidados da sala e eu me uno a ele, observando, distraído, o que está ao redor.

— Não que eu tenha visto, mas a noite é uma criança. Nunca se sabe se a sorte está com você nesta bela cidade. — Rio.

— Um homem pode apenas ter esperança — Grant retruca.

— Procurando por outra esposa troféu, Grant? Não aprendeu nada com a Olivia? — pergunto.

Olivia é a ex-mulher do Grant, terceira colocada no Miss Montana, de família rica e um decote mortal que prendeu sua atenção antes de ela ter aberto a boca. Depois de um namoro rápido e um casamento em Vegas, Grant saiu do mercado. Ou foi o que pensamos. Ele percebeu rapidamente que ser bonita e ter um bom nome de família não significava que ela era inteligente e poderia oferecer a ele algo mais do que um lindo colírio. No momento em que percebeu que queria mais, sua jovem esposa saiu pela porta.

Acenando, chama a atenção de uma garçonete que passa com uma bandeja cheia de champanhe.

— Com licença — Grant pede. Quando ela para e se vira para nós, ele retira duas taças e me oferece uma.

— Obrigado — digo para ele, pegando o drinque. Quando sinto seus olhos em mim, viro-me para ver que a mulher não se afastou. Ela está parada ao nosso lado, encarando abertamente.

Viro em sua direção.

— Desculpa, precisa de alguma coisa?

— Você é Callum Alexander, certo?

Reviro os olhos e exalo ruidosamente antes de deslizar minha máscara profissional de boas-vindas de volta e lanço a ela meu sorriso mais vitorioso.

— Eu mesmo. E você é?

— Lucia. Lucia Harding, mas prefiro Luce. — Ela equilibra a bandeja na palma da outra mão e estende a que está livre para mim, seu olhar nunca vacilando enquanto se apresenta.

Olhos com uma leve mancha âmbar me arrastam enquanto ela aguarda meu próximo movimento. O que mais me surpreende é a forma como não parece se desculpar enquanto fica parada lá e me encara. É preciso que Grant pigarreie antes que eu perceba que ela está me observando.

DESEJO

Segurando sua mão, meu sorriso muda para algo mais genuíno, quase verdadeiro. Algo que não acontecia há bastante tempo.

— Luce... — Mantenho sua mão presa à minha e inclino a cabeça para a direita, onde Grant está de pé. — Este é meu amigo mal-educado, Grant Richardson, parceiro no crime e braço direito.

Suas bochechas ficam com um tom claro de vermelho e não consigo evitar me perguntar o que ela está pensando. Depois, minha própria mente vagueia para o que mais poderia fazê-la ficar vermelha, o que eu poderia fazer para conseguir tal resposta. Um aperto gentil em minha mão me tira dos pensamentos perdidos e percebo que ainda estou segurando a sua, mas ela também não está se afastando.

Um momento estranho, apesar de cativante.

Estudo seu rosto. É como se meu subconsciente sentisse a necessidade de guardá-la na memória. O cabelo escuro e brilhante que flui em ondas por seus ombros. Pele da cor de porcelana quente com sardas que adornam a ponte do nariz e as bochechas, dando uma dica de uma característica que só serve para atrair mais alguém. Ela é impossível de se ignorar. Há um brilho em seus olhos encantadores, sugerindo certa profundidade onde se quer mergulhar e explorar.

Ela pode ter a aparência de uma universitária comum vestida para trabalhar em um evento, mas um olhar para ela e já dá para saber que é muito mais do que isso. E, foda-se, quero descobrir exatamente o que é.

O que me deixou perplexo é como uma simples apresentação, um simples aperto de mão, conseguiu me deixar pensando demais sobre a interação.

Como se realmente significasse algo para mim.

Ela é apenas outra mulher. Eu poderia, provavelmente, estalar os dedos e ela apareceria na minha cama, nua, implorando por mais em uma hora, se eu quisesse. Mas, mesmo assim, há alguma coisa nela, algo que me faz dizer, só de observá-la, que ela poderia ser diferente de qualquer outra nesta sala. Um diamante bruto.

Encontro a mim mesmo inclinando-me em direção ao seu espaço, observando meu polegar enquanto ele acaricia os nós dos seus dedos assim que me aproximo. Sua respiração acelera, e a mão começa a suar de encontro à minha. Pisco duas vezes enquanto levanto meus olhos de nossas mãos unidas para os seus, que estão arregalados.

Que merda acabou de acontecer?

Eu a solto e dou um passo em direção ao Grant, que estava mergulhado em uma conversa com um dos nossos antigos professores da faculdade. Aceno uma vez na direção da mulher para silenciosamente a dispensar.

Não há nada em mim que possa servir a alguém como ela, independente de qualquer conexão ou momento que possamos ter. Ela parece jovem e, sem dúvida, inocente, alguém que merece grandes gestos e declarações de adoração sem fim. O que posso oferecer é nada mais do que uma pequena ligação física que poderia ser mutuamente satisfatória, mas emocionalmente morna.

O que quero é, de verdade, algo bem mais extremo e zero sentimental. Algo que poderia fazê-la correr para as montanhas.

Um minuto depois, olho para trás em sua direção, apenas para encontrar suas costas se afastando enquanto caminha para longe. O movimento sutil de seus quadris me diz que ela sabe que estou observando.

Uma onda de luxúria percorre meu corpo enquanto deslizo o olhar pela curva de sua cintura, circulando em seus quadris e fixando em sua bunda. Tendo rejeitado a ideia de persegui-la, de repente quero fazer tudo de novo. Quero que minha máscara de charme, e que faz as mulheres arrancarem as calcinhas, deslize no lugar para que eu possa tentar convencê-la de algo que ela provavelmente não estava preparada para lidar. Mas o homem egoísta dentro de mim tomaria qualquer coisa que eu pudesse dela.

Senti luxúria antes. Também já sucumbi a isso. Foi o que me levou aos pensamentos sombrios, à fantasia idealista de me soltar de verdade.

Para alguém como eu, luxúria pode ser uma emoção perigosa. Luxúria leva ao querer. Querer leva à necessidade. Uma necessidade que leva a uma luta inegável dentro de mim para resistir ao que desejo de verdade.

DESEJO

CAPÍTULO 2

— Mais forte... — geme, sua pele úmida deslizando contra a minha enquanto continuo a enfiar meu pau nela, cada estocada mais profunda, com mais força, chegando ao final dentro dela todas as vezes.

Jodi é alguém com quem tive sexo casual há meses e que nunca se deu conta de que eu não queria nada mais. Eu a conheci em um jantar de caridade de um cliente que fui com Grant.

A noite terminou com Jodi engolindo meu pau em uma limusine no caminho de volta para o hotel. Posso ter meus problemas, mas ainda sou um homem. E se uma mulher puxa seu pau de dentro da calça e o envolve com seus lábios, o cara teria que ser um santo para impedi-la – e eu estava bêbado o suficiente para não me importar.

Desde então, quando sentia necessidade, chamava Jodi para me encontrar discretamente. Hoje à noite, eu precisava relaxar, então liguei para ela e a cada impulso bem angulado para dentro do corpo contorcido debaixo do meu, a tensão da semana lentamente se dissipa. Suas respostas, gritos e gemidos – que são, sem dúvida, genuínos – são melodramáticos e estão sendo usados em um esforço combinado para me agradar. Infelizmente, para ela, sou imune aos seus esforços.

Fiquei distraído com os pensamentos de uma mulher que estava trabalhando no último sábado. Uma mulher notável de cabelo preto – Lucia, um nome que soa tão bem enquanto rola pelos meus lábios. Um nome que representa luz, inocência e uma beleza pura que provavelmente poderia

14

bj harvey

ser prejudicada pelo meu desejo. Não me sinto digno de tanta pureza para até mesmo contemplar o significado de tal nome. Essa mulher, com quem é improvável que eu cruze o caminho outra vez, tem preocupado meus pensamentos.

As mãos da Jodi estão amarradas acima da cabeça a pedido dela, o laço de cetim preto adornando seus pulsos, presos ao redor do tubo de aço central da cabeceira do quarto de hotel.

Seu cabelo loiro está espalhado pelo travesseiro, o rosto reflete a imagem de um falso êxtase, um brilho de suor em sua pele, enquanto prossigo com meu ataque bem-vindo ao seu corpo.

Suas pernas envolvem meus quadris, os saltos vermelhos de dez centímetros que insisti que deixasse, cravando em minha bunda.

— Hmm — geme, enquanto passo as mãos pelo seu corpo, posicionando meu dedão dentro dela junto do meu pau, abrindo-a um pouco mais. Percorrendo seu clitóris, provoco-a fazendo círculos, aproximando-me cada vez mais, porém sem tocar.

Meu único foco é gozar – primeiro ela, depois eu. A chance de provocá-la é apenas um bônus.

Seus músculos se apertam ainda mais ao redor do meu pau, impulsionando minha própria liberação. Mergulho dentro dela mais uma vez e a imagem do corpo sem defeitos de Lucia, deitado abaixo de mim, surge em minha mente, seus olhos brilhantes e exóticos reluzindo com calor, acendendo para mim no lugar dos de Jodi. Sobrecarregado pelo desejo e com a mente focada no orgasmo iminente, agarro a cabeceira com uma das mãos e movo a outra para o seu torso.

Envolvendo seu seio, aperto o mamilo entre o polegar e indicador. Quando ela se inclina para frente na tentativa de conseguir um beijo indesejado da minha parte, chego ao limite.

Concentrado nas investidas, foco no resultado, impulsionado por seus gritos de prazer que culminam quando ela se desfaz por baixo de mim. Endorfina corre pelo meu corpo e eu gozo com força, fechando os olhos e vendo um rosto que, definitivamente, não é o mesmo da mulher abaixo do meu corpo.

O que há de errado comigo?

Com o corpo apoiado sobre o dela, tento acalmar minha respiração. Afasto a cabeça quando sinto os lábios de Jodi contra os meus. Abro os olhos de imediato, deparando-me com a suavidade dos seus e o sorriso

DESEJO

15

malicioso. Isso não é coisa que Jodi e eu façamos, e sua tentativa de empurrar meus limites simplesmente reitera que minha mensagem a respeito disso não ser nada além de sexo não foi bem recebida e, definitivamente, não foi aceita.

Sou cuidadoso em desencorajar a intimidade. É algo que não quero de jeito nenhum e, para ser honesto, simplesmente nunca esteve em jogo para ela ou para qualquer outra com quem estive. Nunca fui capaz de me permitir ser completamente livre com uma mulher. Minha guarda está e sempre estará erguida nesse sentido. Chame de "mecanismo de proteção bem-aperfeiçoado", algo criado tanto por necessidade quanto por experiência.

As pernas dela relaxam ao meu redor e afasto-me, descansando o corpo ao seu lado e desamarrando-a. Mantendo distância com cuidado, levanto-me da cama e dou uma rápida olhada nela. Seus olhos são inocentes ao me encarar e seu sorriso é sonolento, parecendo uma mulher saciada e relaxada. Decido que é hora de terminar esse joguinho.

— Posso chamar um carro para você? — pergunto, minha voz livre de qualquer emoção. Preciso me certificar de que minhas palavras não sejam mal interpretadas como qualquer outra coisa que não seja a finalidade pela qual estou me esforçando.

Seu sorriso vacila e ela nega com a cabeça, o inconfundível acúmulo de lágrimas em seus olhos falando por ela. Raiva cresce dentro de mim, porque não há nada que odeie mais do que ser enganado. As atitudes de Jodi involuntariamente confirmam que sua prévia afirmação de querer um relacionamento puramente físico era tão genuína quanto os implantes de silicone de dez mil dólares em seus seios. Ela disse o que pensou que eu queria ouvir para voltar para a minha cama, pensando que poderia abrir um caminho em minha vida.

Não vai rolar, coração. Nunca vou cair nessa.

Liberando um suspiro lento e frustrado, viro as costas nuas para ela e entro no banheiro, fechando a porta em seguida. Retiro a camisinha, amarrando antes de jogar no lixo, e volto-me para observar o rosto no espelho. Meus olhos estão vazios, combinando com a sensação oca que sempre surge em encontros como esses.

Nenhuma mulher, independente de quem seja ou do que faça, merece ser usada por um homem enquanto ele imagina estar com outra, e foi exatamente o que aconteceu hoje. Nunca tinha me acontecido antes.

Caminho para o boxe do chuveiro e ligo a água, ficando debaixo da corrente que muda de frio para gelado.

Não sou completamente sem coração. Tentei me certificar de que Jodi sabia o que faríamos hoje. Encontrei-a no andar inferior antes de tudo, dividimos uma garrafa de Merlot no bar antes de virmos para o quarto. Esperava que ela tivesse desistido de qualquer aspiração de ser a próxima senhora Alexander, algo que estarei bem consciente a partir de agora. Não com a Jodi – não ligarei para ela de novo –, mas com qualquer mulher que me abordar. Já questiono suas intenções por instinto, ponderando o que podem querer comigo, o que têm a ganhar ao se associar a mim.

O que fica ressoando em minha mente é como um único e breve encontro com Lucia na semana passada está me consumindo.

Por alguma razão, seus olhos e aquele sorriso astuto – foda-se, até o balançar de seus quadris e a curva de sua bunda enquanto se afastava… Tudo aquilo ficou comigo. E depois eu fodi outra mulher querendo que fosse ela. Dá para ir mais baixo do que isso?

Sexo sem sentido com uma mulher como a Jodi é fácil. Posso fodê-las sem medo de que isso vá a qualquer lugar além do que eu permita. Porque se meu controle fosse deslizar, mesmo que por um instante, as consequências se tornariam matéria para os tabloides – aquela jornalista em particular sedenta pelo meu sangue, além de outras coisas. É o lado ruim de se tornar um sucesso da noite para o dia, alguns poderiam dizer.

Na realidade, a verdade é que não conheci uma mulher para quem tenha me preparado para baixar a guarda, uma mulher que eu tenha confiado o suficiente para empurrar meus limites, explorar minhas fantasias, dar o próximo passo.

Talvez um dia.

DESEJO

CAPÍTULO 3

Enterrando-me no trabalho pelo último mês, estive em paz. Acho no processo do meu *design* atual uma catarse, uma válvula de escape que me liberta.

A expectativa pesa em meus ombros enquanto a entrega antecipada de outra obra-prima de "Callum Alexander" se aproxima. Mas manter os pés no chão tem sido algo efetivo para remover o estresse espontâneo que vem com o fato de ser eu.

Nosso próximo projeto é bem público e icônico – um *design* fundamental para o novo museu nacional à beira-mar no coração da minha cidade natal. Será meu trabalho mais visível até agora, com todos os olhos em mim, para que eu crie algo além de comparações, e definitivamente um passo à frente no cenário de Boston. O desafio é o que eu busco e deixo isso me levar mais para frente, mais alto e mais além até do que minhas próprias altas expectativas.

Não houve mais nenhum encontro com Jodi e, na atual conjuntura, isso está perfeitamente *okay* para mim. Focar no trabalho significa afastar meus pensamentos de coisas que não posso controlar.

Depois de oito horas curvado por cima da minha mesa de desenho, trabalhando em outro conceito, estou pronto para encerrar o dia quando Grant entra em meu escritório.

Viro para cumprimentá-lo, parando quando vejo seu sorriso pretensioso e revelador.

— Parece feliz para alguém que fez entrevistas o dia inteiro.

— Você não viu a loira peituda que se ofereceu para me chupar debaixo da mesa para conseguir uma vaga.

— Você não fez isso! — digo, saltando do lugar.

— Nah, só falei aquilo para ver a sua cara — responde. — Mas obrigado pelo voto de confiança, *parceiro*.

— Desgraçado.

— Otário — replica.

— Como foi? — questiono.

— A mistura de sempre de desesperados, aspirantes e pessoas com cartões do Time Alexander. — Ele anda em direção à minha mesa do outro lado da sala, sentando-se na minha cadeira de couro de espaldar alto. — Não tenho certeza se estou impressionado ou incomodado.

— Nenhum fã do Richardson?

— Ah, vários desses também, mas não sou o garoto de ouro, sou? — Sacode as sobrancelhas, fazendo-me rir.

— Alguém saiu na frente?

— Um ou dois. — Esfrega o polegar pelo queixo. — Ei, se lembra de ter encontrado algum estudante naquele evento da faculdade no mês passado?

A única pessoa de quem me lembro vividamente naquele evento era Lucia. Negando com a cabeça, respondo:

— Não consigo pensar em ninguém. Eu me esqueci de ligar de volta ou algo do tipo?

Ele olha para mim.

— Não, nada disso. Um dos candidatos mencionou que o encontrou lá — respondeu, seco, como se soubesse que me lembro de pelo menos *alguém*.

Levanto uma sobrancelha.

— Encontro um monte de gente nesse tipo de eventos. Alguns mais marcantes que outros.

— Tipo uma garçonete gostosa morena?

— Que garçonete? — pergunto, fingindo não saber.

— Certo, você vai ficar nessa. Então, quer conhecer os poucos candidatos selecionados para o estágio?

— Precisa que eu os conheça?

— Provavelmente não. Estou feliz com minhas duas escolhas: uma

DESEJO

19

mulher deliciosamente atraente e ansiosa, além de um homem bastante íntegro e estudioso. Ambos são membros orgulhosos do fã-clube de Callum Alexander. Não há como explicar seu gosto, mas não vou usar isso contra eles — adiciona, com uma piscada.

— Ciúmes? — indago, com uma risada.

— É o que parece. — Ele fica de pé e se encaminha para minha garrafa de Hennessy Black, erguendo uma sobrancelha para mim, questionando. Aceno em concordância e ele serve o conhaque em dois copos.

Vindo em minha direção, estende um deles, depois toma um gole lento do seu antes de se sentar outra vez.

— Vamos dividir os dois entre nós, como sempre?

— Parece bom. Mas para evitar a tentação de um caso de assédio sexual, fico com a moça — aviso, com um sorriso astuto.

— Cuzão.

— Chamo isso de ser inteligente — devolvo.

— Melhor prevenir do que remediar, suponho — comenta —, especialmente com o projeto do museu estando em foco.

— Com isso eu concordo — aviso, apontando com o copo para ele antes de beber. — O que vai fazer no jantar?

Ficando de pé, coloca o copo vazio de volta no armário e dirige-se para a porta do escritório.

— Estava pensando em irmos ao restaurante grego a alguns quarteirões daqui. Só vou ligar para os novos estagiários para anunciar a boa notícia e podemos ir. Graves, em particular, estava doido para começar logo.

— Tudo bem. Só vou terminar essa parte e juntar as coisas.

— Venho buscá-lo quando terminar, então. — Grant me lança um sorrisinho e some pelo corredor.

Uma hora mais tarde, Grant lidera o caminho da saída do nosso prédio e seguimos pela calçada.

— Tem visto a Jodi?

— Definitivamente não. Ela me ligou algumas vezes, mas já é tarde demais.

Vejo-o sorrindo para mim.

— Nem mesmo para outro passeio memorável de limusine? — Grant começa a rir e junto-me a ele.

— Ela não parece ter recebido o memorando.

Ofegando com falso horror, responde:

— Elas nunca recebem.

Atravessamos a rua e paramos do lado de fora das portas de um restaurante com a frente revestida de janelas com o nome de "Santorino's".

Ao entrarmos, sou surpreendido ao encontrar o mesmo sorriso radiante que me afetou assim como na primeira vez que o vi, há mais de um mês. A mulher que tem sido estrela das minhas fantasias mais indecentes e depravadas dos últimos tempos está parada a apenas alguns passos de mim.

— Boa noite, cavalheiros. Não estava esperando ter uma *celebridade* na casa hoje.

— Lucia, não é? — Grant questiona, trocando automaticamente para sua frequente abordagem cheia de charme.

— Boa memória. É bom vê-los novamente. — Embora o comentário seja para nós dois, é em mim que Lucia mantém os olhos, um entendimento silencioso sendo compartilhado entre nós que prende minha atenção. — Serão apenas vocês hoje ou estão esperando companhia? — pergunta, virando-se rapidamente para Grant.

— Essa é a pergunta de um milhão de dólares — responde, cutucando-me com o cotovelo sem a menor discrição. — Seremos apenas nós dois hoje, Cal, ou devemos convidar nossa atraente *hostess* para se juntar a nós?

Nego com a cabeça por sua audácia, sua ousadia que não conhece limites. Observando Lucia, encontro-me incapaz de desviar os olhos dos dela, enquanto dá um sorriso brilhante para nós. Quando a vi pela primeira vez, sua beleza natural me capturou. Era clássica e não fazia esforços. Mesmo assim, tira meu fôlego ainda mais dessa vez do que na outra. Tenho uma necessidade súbita de tirar vantagem dessa oportunidade de descobrir mais sobre a intrigante mulher que se tornou objeto frequente e, de certa forma, desconcertante em meus pensamentos.

— Bem que eu queria, mas estamos praticamente lotados hoje à noite, então é melhor eu seguir trabalhando. Tentarei passar por sua mesa mais tarde, se o convite estiver aberto. Deixem-me mostrar seus lugares e trazer algumas bebidas. — Ela ergue o braço em direção à parte de trás do restaurante. — Por aqui, cavalheiros.

Uma vez sentados, pego a carta de vinhos e dou uma olhada na seleção.

— Vamos lá, Callum, deixe-me surpreendê-lo com uma recomendação — Lucia provoca.

Olho para cima e encontro seus olhos, sem conseguir evitar devolver um sorrisinho presunçoso.

DESEJO

— Quem sou eu para ficar no seu caminho e não deixá-la usar suas técnicas para me surpreender? — gracejo. Depois, inclinando-me em sua direção, sussurro: — Impressione-me, Lucia.

Seus olhos brilham com calor antes que ela dê um passo para trás e projete o quadril para fora, puxando um lápis de dentro do bolso da saia antes de bater com ele nos lábios de forma contemplativa. *Lábios que não consigo deixar de encarar.*

Ela se curva, roubando o cardápio de vinho das minhas mãos antes de sorrir para nós.

— Confiam em mim?

— Minha mãe sempre me avisou para nunca confiar em uma mulher bonita — Grant devolve.

— E você, Callum? O que sua mãe disse sobre mulheres bonitas? — pergunta para mim.

— Para deixá-las escolher o vinho — respondo, seguro.

— Um vinho tinto ridiculamente caro e encorpado chegando. — Ela nos presenteia com um sorriso de despedida antes de se virar e caminhar em direção ao bar em frente ao restaurante.

— Essa é uma mulher que merece sua atenção. Não acha, Alexander?

Rolo os olhos para Grant e agarro o cardápio como forma de distração, mas isso não me impede de roubar olhares em direção ao bar e estudar a dama mais intrigante que já conheci em tempos.

Só quando já terminamos nosso prato principal é que ouço uma risada doce, que vem dos fundos do restaurante, interrompendo o murmúrio baixo e contínuo das conversas. Quase como instinto, viro a cabeça na direção do som agradável e observo com ávida fascinação enquanto Lucia se aproxima da nossa mesa. Incapaz de afastar o olhar, estudo seu corpo sem pudor da cabeça aos pés em sapatos pretos, antes de lentamente voltar para o seu rosto, que tem olhos brilhantes de uma diversão inteligente em seu caminhar.

Ela acena para nossos pratos vazios.

— Espero que o prato principal os tenha satisfeito.

A palavra "satisfeito" rola por sua língua e meus olhos brilham ante o sorriso que se ergue lentamente em um lado de seus lábios pintados de vermelho. *Flashes* de outras coisas que sua boca pode fazer cruzam minha mente e resisto para não deslizar os olhos pelo seu corpo outra vez, sabendo que seria ainda mais torturante para mim mesmo.

Fico de pé e puxo a cadeira ao meu lado, posicionando gentilmente a mão nas costas de Lucia. O calor de sua pele queima a minha – não o clichê da corrente elétrica, é mais como uma queimadura lenta que se intensifica conforme o tempo passa.

— A comida estava deliciosa. Junte-se a nós para um último drinque.

— Eu adoraria — diz, aceitando o lugar indicado.

Estudo suas feições enquanto tenho a chance, surpreendido positivamente ao encontrar seu rosto expressivo totalmente aberto e honesto.

Pelo que vi até agora, não há joguinhos com essa mulher. O que se vê é o que ela é, e isso é incrivelmente revigorante. Ainda que eu sinta uma sugestão de algo mais sombrio, algo completamente sedutor a seu respeito que permanece abaixo da superfície. Só serve para me fazer querer descobrir mais sobre esta dama cativante.

Dou um passo em direção à mesa vazia ao lado da nossa e pego uma taça de vinho para ela.

Tudo a seu respeito grita por classe e estilo, não a pobre e batalhadora estudante que precisa ter um trabalho de meio período em um *Buffet* como ela estivera em nosso primeiro encontro. Algo não está batendo, mas não é nada suspeito, só mais intrigante.

— Parece que a chefe merece se sentar de vez em quando — reflete, enquanto empurra a cadeira. Então tenho minha resposta: definitivamente não é uma estudante. — Obrigada, gentil senhor — diz para mim, enquanto Grant serve sua taça de vinho.

Não consigo compreender os efeitos que essa mulher exerce sobre mim. É como injetar força no meu pau, não consigo ver nada além dela. Mais tarde, refletirei sobre tal fato e tentarei processar como alguém sobre quem não sei nada poderia alcançar isto.

— Então você é a gerente daqui? — Grant pergunta a ela, inclinando-se em sua cadeira, alternando o olhar entre mim e Lucia sem deixar claro.

— Dá para dizer que sim — diz, com uma risada. — Dona, *maître*, garçonete substituta, chefe da limpeza…

Ela está surpresa, e agradeço sua facilidade em se unir a nós na mesa. Há muitas mulheres que parecem pensar que, por aparecer nas páginas de fofoca de vez em quando, *devo* ser uma celebridade, alguém que exige atenção e tratamento especial. Também há a presunção de que sou rico, estou desesperado, necessitado de uma esposa troféu, assim como meu estimado melhor amigo sentado à minha frente. Jodi estava no limite entre a coluna

DESEJO

23

A e a coluna B. Lucia pode ter entrado em uma nova categoria.

— Quão sortuda eu sou de ter dois belos homens no meu restaurante hoje? E em um fim de noite tão tranquilo como esse — comenta, levando a taça aos lábios e tomando um gole lento. Ela oferece um murmúrio de aprovação, atraindo minha atenção e aumentando minha libido. Poucos minutos tão próximo de Lucia me fazem agir como um adolescente com tesão com uma necessidade desesperada de tocar a si mesmo.

Felizmente, minhas sinapses funcionam a tempo de não me deixar parecer um completo idiota.

— Já era tarde no escritório e decidimos comer alguma coisa antes de voltar para casa. — É isso: inteligente, amigável e sem parecer estar afetado pela dama.

— Bem, estou feliz que escolheram meu pequeno restaurante — responde.

— Ouvimos coisas boas sobre o local e queríamos dar uma olhada já faz um tempo — Grant revela, antes de levar a taça à boca e devolver para a mesa. — Então, Lucia, se você é dona do lugar, por que estava servindo bandejas no evento no mês passado? — E cabe a Grant fazer a pergunta que estive mais curioso para saber.

— Meu irmão, Gino, é o dono. Ele gerencia a parte de *Buffet* do nosso negócio. Foi pego de surpresa e tive que ajudar — responde, dando de ombros.

Não consigo desviar o olhar da taça repousando em seu lábio inferior, observando com ávida fascinação enquanto ela toma um gole, nada tímida em provar o sabor do vinho tinto. Seus olhos encontram os meus e ela abaixa os cílios, mas não esconde sua lenta e cuidadosa leitura do meu corpo; ocorre-me que a senhorita Harding está interessada em mim, ou, pelo menos, intrigada.

Mais chocante é o fato de que quero que ela esteja.

— Senhor Alexander, estive mesmo pensando em você — afirma, sua voz e suas palavras instantaneamente me tirando dos meus pensamentos enquanto sinto sua pele quente roçar meu antebraço.

— Ah, pode chamá-lo de Callum. Senhor Alexander me faz pensar que ele é um velho entediante e eu não jantaria com alguém assim por vontade própria de jeito nenhum — Grant solta, na minha visão periférica.

— Sério? — respondo a ela, minha voz surpreendentemente tranquila. A máscara volta para o lugar, meu mecanismo de defesa automático quando uma mulher bonita se apresenta voluntariamente, aproveitando a chance de ser mais um número na agenda do filho favorito de São Francisco atualmente.

— Você parece surpreso — reflete, antes de continuar: — Estive lendo um artigo no *Tribune* essa manhã sobre o novo projeto que acabou de ser anunciado. Vi que você será o *designer*. Geralmente prefiro uma estética clássica em oposição aos *designs* mais modernos e angulares, mas saber que você supervisionará o projeto me dá a certeza de que ele está em boas mãos. — Merda. Ela é uma fã. Torci tanto para haver um interesse genuíno ali.

Assinto, sem a certeza de que há algum ponto em continuar a conversa. As únicas fãs que quero e preciso em minha vida são minha mãe e irmã.

— Cal, você parece estar a quilômetros de distância. Tudo bem? — Grant pergunta, os olhos brilhando em diversão. — Lucia, você é uma fã de arquitetura? — prossegue, observando-me como um falcão. O desgraçado sabe exatamente o que está fazendo. *Babaca.*

— Sou — afirma, sorrindo. Não perco o leve rubor em suas bochechas, como se ela tivesse acabado de revelar um de seus segredos mais sombrios. Se ela soubesse a profundidade dos meus próprios segredos, não me enxergaria da mesma maneira de jeito nenhum. — O que é irônico, considerando que o apartamento onde moro parece mais uma abominação moderna, mas, desde que definitivamente não posso pagar para morar em nenhuma das belas propriedades consideradas patrimônio, fico feliz com esse pequeno toque moderno na minha vida.

Com toda a certeza não é assim que imaginei que essa conversa seria. Ela parece genuinamente interessada em arquitetura e é inteligente também.

Minha fascinação por essa linda mulher continua a crescer.

— Acredito ser uma bela casualidade termos decidido aproveitar uma boa refeição em seu restaurante, Lucia. — Grant se estica e pousa a mão sobre a dela, dando-me um olhar divertido.

Um revirar inquieto em meu estômago junto de um toque do que parece ser azia me atinge. Deveria ser a minha mão em sua pele, acariciando a superfície macia com um toque leve das pontas dos meus dedos. Sua risada melódica se derrama pela mesa, mas deveria ser exclusiva para os meus ouvidos, em um lugar privado.

— Você mora por aqui? — questiono, finalmente encontrando minha voz enquanto lanço adagas para o meu parceiro de negócios do outro lado da mesa.

— Moro. A apenas alguns quarteirões daqui, na verdade. É bom para o restaurante e eu amo viver aqui. Como não amar essa área? — Observo-a de perto: seus gestos e nuances, tudo nessa mulher me envolve. — E você,

DESEJO

Callum? Sem dúvidas vive no pièce de résistance[1] mais bonito e desenhado da cidade, certo?

Dou risada.

— Creio que não. Embora seja minha obra-prima mais pessoal.

— Estivemos focados nos projetos de mais alto perfil ultimamente, obras-primas para o futuro — Grant explica. — Não tenho certeza se Cal algum dia construirá a casa dos seus sonhos. Podemos chamar o local onde ele mora de sua casa dos sonhos atual.

— Sério? — Lucia se vira para mim. — O que é que dizem sobre perfeccionistas?

— Que são os piores parceiros? — retruco, olhando para Grant com diversão.

— E os arquitetos que são figurões e celebridades? — ela pergunta.

— São os *piores*. É melhor evitá-los a todo custo. — Sorrio para ela, meus olhos caindo para seus lábios, sem perder a maneira como sua língua sai para umedecê-los. Essa mulher é atraente, sua risada e observações sarcásticas são cativantes, arrastando-me para sua teia e transformando-me em uma presa voluntária.

— Eu... — Um assobio baixo da cozinha nos interrompe.

Lucia dá um último gole do vinho antes de virar o corpo em direção ao meu e me encarar, tentando me enviar alguma mensagem silenciosa que desejo poder traduzir em algo como "me leve para casa e me pegue de jeito", porque é o único caminho que meu cérebro sedento por sangue consegue conceber neste momento. Seus olhos verde-água com pequenas manchas cor âmbar – e o *flash* de calor que testemunhei neles – perfuram os meus, amplificando a situação na minha virilha.

Com uma leve encurvada dos lábios vermelhos e um aceno delicado do rosto, ela agradece brevemente a Grant antes de ficar de pé. Esticando a mão em minha direção, tanto eu quanto ele nos levantamos, como as boas maneiras exigem. Envolvo sua palma na minha e descanso a outra levemente em seu ombro, inclinando-me para frente para pousar um beijo suave em sua bochecha. A essência floral e sedutora do perfume preenche meus sentidos enquanto me esforço para conter a vontade de sussurrar um comando sedutor em seu ouvido, desejando que ela fique um pouco mais. Sua respiração vacila e percebo que não estava errado. O aperto de sua mão na minha também

---

1 *Pièce de résistance* é uma expressão que vem do francês e pode fazer referência à parte mais significativa ou de mais destaque comparada às outras.

indica a forma como se sente. O mero pensamento disso faz meu coração bater mais rápido no peito, um sentimento não tão familiar para mim.

Quando ouço Grant pigarrear, sei que eu, de alguma forma, me perdi no momento. Roçando a bochecha contra a dela enquanto me movo para trás, solto sua mão e tento ignorar o choque de consciência que brilha entre nós. Nossos olhares travam, seu olhar onisciente me espanta, o calor e o desejo retornando quase com força demais para este homem exausto, porém animado, lidar.

Ela pisca e sacode a cabeça de leve antes de recuperar a compostura.

— Obrigada por esta deliciosa taça de vinho, cavalheiros. — Ela olha para Grant, depois volta para mim, como uma mariposa atraída por um único raio de luz no quarto mais escuro. — E pela ilustre companhia, é claro. Mas devo retornar para a cozinha, se estou interpretando corretamente o sinal do meu irmão. Embora espere vê-los aqui outra vez. — Ela dá um sorriso brilhante, antes de se virar de volta para o restaurante.

Meus olhos a seguem, recusando-me a perder uma única curva ou nuance desta mulher intrigante.

— Ah — ela chama, girando nos saltos e voltando de costas. — Seu dinheiro não é bem-vindo aqui, senhor Alexander. Se quiser me compensar, tenho certeza de que pode pensar em maneiras de fazer isso. — Com um piscar de olhos e um sorriso ainda mais fascinante, ela desaparece por trás de lustrosas portas pretas que levam para os fundos do restaurante.

Essa é uma mulher que não poderia passar despercebida. Mesmo com o cabelo balançando de um lado para o outro em um rabo de cavalo alto, seus olhos estavam focados unicamente em mim. Quando respondo, sua atenção nunca vacila. Aqueles olhos comoventes me faziam querer desnudar minha alma e contar tudo e qualquer coisa – esperanças, medos, sonhos e pesadelos.

Luto contra o instinto de ir atrás dela. Há algo nessa mulher que me faz perder a habilidade de pensar racionalmente.

Negando com a cabeça, viro-me para ver um presunçoso Grant sorrindo para mim feito idiota.

— Sabia que você ia gostar. Fiquei sabendo do restaurante no evento, quando os dois estavam em um mundo próprio, mas agora que sabemos onde ela trabalha, tenho a sensação de que comeremos muita comida grega no futuro. — Ele dá um sorriso arrogante e acena, como se soubesse do segredo mais mal guardado do mundo.

DESEJO

— Não sei do que você está falando — respondo, meus lábios tremendo enquanto tento evitar um sorriso. Levo a taça de vinho aos lábios e bochecho o vinho dentro da boca, o tanino da uva dançando em minha língua antes que eu engula. Grant e eu conhecemos um ao outro por mais de vinte anos e ele acabou de provar outra vez que consegue me ler como um livro cheio de orelhas todas as vezes.

Erguendo o queixo em direção aos fundos do restaurante onde ela desapareceu, sem desviar o olhar, seu sorriso de merda nunca diminui.

— No evento do mês passado, você não conseguiu tirar os olhos dela. Agora, aquela porta da cozinha fechada é a única razão para estar olhando para mim.

— Ela *definitivamente* não precisa de um homem como eu. Ela não deve ter mais de vinte e cinco anos. — Embora isso não me impeça de *querê-la*.

— Talvez seja o que você precisa, velhote. Alguém para combater essa aparência de homem de bengala que você costuma ter — replica, de forma sarcástica.

Franzo o cenho para ele, indiferente, falhando em esconder meu sorriso.

— Não confunda restrição e classe com falta de interesse ou opções.

— Não acho que você protestou muito, senhor Alexander.

— Você sabe o que quero dizer. Não preciso ou quero uma esposa troféu como a Olivia.

— Não estou dizendo que você tem que se casar com a garota, Cal. Só acho que já está na hora de transar com regularidade...

— Eu tran...

— *Regularidade* é a palavra-chave. Não vai ferir sua imagem pública ou a da firma se você tiver um acessório permanente no braço que não seja um membro da família.

Zombo de sua franqueza, mas não consigo argumentar contra o que ele deduz por raciocínio.

— Além do fato de que deixaria seus pais bem felizes. Merda, consigo até ver. O garotinho finalmente levando uma garota para casa, depois de uma década de nada. — O olhar convencido em seu rosto é inconfundível.

Ele sabe tudo ao meu respeito, incluindo o fato de meus pais conservadores e religiosos estarem preocupados que seu filho de trinta e quatro anos não levou uma mulher para conhecerem na última década. Eles acham que eu só trabalho e não me divirto.

Grant e eu nos conhecemos no primeiro dia do ensino médio. Ele era o nerdão de óculos, prestes a levar uma surra, e eu era o típico cara taciturno que veio resgatá-lo. Desde que levei um soco por ele, somos grudados. Tem sido sempre assim.

Juntos, nós dois somos incansáveis em relação a negócios. Logo que nos formamos, fomos estagiários da mesma firma em uma cidade grande. Quando chegou a hora de um novo parceiro ser anunciado, abandonamos o navio antes de sermos forçados a escolher. Foi quando demos um passo por conta própria e começamos a Alexander Richardson, de longe nossa maior conquista.

Quanto aos meus *interesses*... Ele tem tentado me encorajar a me entregar a uma mulher que pense como eu, mas consegui manter tais desejos sob controle até agora. Mas quando você se fixa em algo por tanto tempo, torna-se quase obcecado. Sempre esteve ali, a tentação chamando meu nome. Só não tinha conhecido quem me fizesse dar o próximo passo.

Portanto, mantenho meus relacionamentos apenas físicos – sem comprometimentos ou obrigações. Curtos, nunca em público. Há muito em jogo, muito a perder e, se estou sendo sincero, muitas complicações.

Então acabo com os desejos, enterro-os bem fundo, torturando a mim mesmo, mas evitando o erro de perder o controle na situação errada. Pode me fazer parecer alguém tenso e inflexível, mas é melhor assim.

E eu vinha bem, pelo menos até *Lucia*. Nunca tive uma mulher que me afetou em níveis tão básicos. Ela é a única que virou minha cabeça e me mantém preso até agora. Não pensei muito nisso na época, mas a maneira como o toque, embora breve, daquela mulher permaneceu em mim e me afetou é algo sem precedente.

A coisa mais esperta a se fazer seria me afastar, ser sensível e enterrar a mim mesmo em meu novo projeto.

Não imaginar como seria agarrar seu rabo de cavalo, puxando sua cabeça para trás até que seus lábios se abram em um ofego por mim.

Não pensar sobre passar o braço pela sua cintura e chocar seu corpo contra o meu enquanto desço a boca sobre a dela, provando, reivindicando e tomando, saboreando os gemidos e arquejos que preencheriam o espaço ao nosso redor.

E, definitivamente, *não* pensar em seu corpo nu debaixo do meu, boca a boca, pele contra pele, as batidas aceleradas do seu coração contra o meu enquanto me perco nela.

DESEJO

CAPÍTULO 4

Na noite passada, descobri que, apesar de acreditar no contrário, posso ter momentos de normalidade. Onde sou apenas um cara de trinta e poucos anos que conhece uma mulher de tirar o fôlego e começa a flertar, inocentemente, sem expectativas, sem que a garota em questão comece a planejar como seria se casar comigo e carregar meus futuros filhos. Sem que ela me desse seu número de telefone, pedisse o meu, bajulando cada uma das minhas palavras e agindo como se eu tivesse dado a lua para ela e nosso amor estivesse escrito nas estrelas.

Meu telefone vibra pelos alto-falantes e pressiono o botão no volante do meu Range Rover Sport assim que uma música alta invade o carro.

— Grant, por favor, por tudo que é mais sagrado, desligue a música.

Ele ri, mas felizmente desliga o ataque auditivo.

— Então, Cal, como está se sentindo esta manhã?

— Por que...? — pergunto lentamente, minha voz diminuindo uma oitava enquanto espero que ele entregue as notícias que, sem dúvida, são ruins.

— Ora, ora. Não há necessidade de ser negativo. Só estava perguntando se você tinha voltado para buscar nossa garçonete *sexy* pra caralho do restaurante depois de pegar o carro na noite passada.

— Ela é a dona, não uma garçonete...

— Sabia! Você voltou lá com certeza! — ele grita no telefone.

— Não, eu não *voltei lá*, como você salientou tão eloquentemente. Ela também não é "*sexy* pra caralho".

— Ela é sim, porra. Aquela bunda que ela tem... — Não consigo impedir o rosnado que sai de dentro da minha boca, o que o faz rir. — Aposto que você gostaria de ter voltado para vê-la. Provavelmente ficou acordado metade da noite.

— Eu dormi bem — respondo com ironia.

— Não precisa ficar acordado para o seu pau funcionar, mano.

— Você saberia mesmo — devolvo, sarcástico. — A Olivia não reclamava de você pular em cima dela no meio da noite quando os dois ainda estavam dormindo?

Ele ofega, em um horror falso, antes de rir pelo telefone.

— Isso foi golpe baixo, Cal. Quero deixar claro que ela nunca reclamou na época. Pare de mudar de assunto. Você precisa ligar para a adorável Lucia ou aparecer no restaurante mais tarde e convidá-la para sair.

— E aí ela fará sua mágica para subir na minha cama e depois, subitamente, eu me encontrarei em um relacionamento?

— Desculpa. Você estava na mesma mesa que eu, noite passada? Por um momento, achei que você tinha encontrado uma mulher normal, tranquila, linda pra cacete que não apareceu no meu radar de fãs. Para ser honesto, ela parecia genuinamente interessada no que fazemos e no seu trabalho.

Aí está aquela palavra de novo.

Genuína.

A mesma que voltava para mim a noite inteira. Lucia Harding surgiu como alguém nada além de genuína. Suas reações, linguagem corporal, a maneira como falou do irmão, do restaurante e o amor aparente pelos princípios clássicos do *design*. Sua risada, seu sorriso... tudo nela era genuíno. Real.

Porra!

— Além disso, você não precisa de uma companhia para o jogo de beisebol beneficente na semana que vem? Sei que você me ama, mas de certa forma acredito que a Lucia ficaria melhor em seu braço do que eu. Ela, definitivamente, fica melhor de vestido. — Reviro os olhos, feliz em saber que ele não consegue me ver fazer isso, porque ficaria falando um monte de merda para mim. No entanto, ele não está errado em relação ao vestido.

— Você se acha que engraçado, não é?

— Eu sei que sou. E, de qualquer jeito, não é como se eu tivesse ligado para a senhora Alexander noite passada e sugerido que ela começasse a planejar o casamento e fazer planos de expandir o berçário, né?

— Grant, não há nada para falar. Especialmente com a minha mãe. Jesus!

DESEJO

31

— Tsc, tsc, Callum Matthew Alexander. O que o padre Duncan diria se ouvisse que está dizendo o nome do Senhor em vão?

— Ele me daria um puxão de orelha e me faria rezar umas cem Ave-Marias. — Sorrio para mim mesmo com o pensamento. — Mas, novamente, se eu disser a ele que você pegou a Marilyn Tompkins no banheiro dos meninos, acho que você ficaria em segundo lugar. Fica a dica — adiciono.

— Você não joga limpo — devolve.

— Nunca disse que era santo, meu filho — afirmo, com uma risada.

— Inferno! Longe disso, com os sonhos impuros que você tem. Embora essa seja metade da diversão, né?

Aí está. Como se uma carreta passasse por cima do meu peito.

— Grant — rosno. — Não vamos arruinar a bela manhã que estou tendo.

— Fodeu alguém no chuveiro enquanto a apertava pelo pescoço ou algo do tipo?

Ele ri em meu ouvido e tenho que frear bruscamente, quase ultrapassando um sinal vermelho.

— E com essa, já que você quase me fez matar a mim mesmo, e possivelmente algumas outras pessoas, vamos encerrar essa ligação e vejo você no escritório.

Ele ri, e solto o ar que estava segurando, negando com um aceno de cabeça, mesmo que não possa me ver. Conhecemos o lado bom e o ruim um do outro. Vinte anos de amizade têm que contar para algo, incluindo não ficar ofendido com o que sai das nossas bocas.

— Cara, eu não quis dizer…

— Grant, eu nunca apertei o pescoço ninguém, então vou ter que aceitar sua palavra nessa. Vejo você no escritório.

— Ei, calma, eu nunca disse…

Aperto o botão de *desligar* e começo a rir. Posso ser sério e estou mais do que consciente da minha propensão a ser intenso de forma excessiva, mas nunca pode ser dito que não consigo me controlar no que poderia facilmente se transformar em uma conversa estranha.

Mas Grant tem um bom argumento. Eu planejo ir a um evento beneficente esse fim de semana e ter uma companhia, com certeza, seria melhor do que chegar sozinho. Ter uma desculpa para evitar a imprensa rapidamente é um bônus.

Procurando na minha mente, um único nome aparece. Tenho um sentimento familiar no estômago. Como se eu fosse um adolescente considerando convidar sua paquera para sair.

Meu primeiro encontro não aconteceu até que eu tivesse dezesseis anos. Foi com Mandy Killeen, a vizinha da frente. Ela tinha o cabelo mais loiro que já vi e usava aparelho. Olhos azuis brilhantes... expressivos, gentis. Nossos pais pensaram que seria bom se fossemos para a feirinha da igreja juntos, sem supervisão.

Sim, meus pais, Deus os abençoe, decidiram que seu filho precisava expandir seu círculo social para a igualmente virtuosa e inocente filha dos vizinhos.

Foi estranho e silencioso. A pobre garota ficava vermelha toda vez que eu tentava puxar assunto com ela. Eventualmente, isso passou e nós nos divertimos. Passamos a tarde toda lá antes de voltarmos andando os três quarteirões até em casa. E, mesmo que não houvesse uma fagulha romântica entre nós, continuamos amigos até alguns anos atrás... Ainda dói pensar que ela morreu em um acidente de carro. O que me lembra de que tenho que mandar flores para a família dela no mês que vem, quando seria seu aniversário.

Entro na garagem do subsolo do prédio do escritório e estaciono o carro na minha vaga designada. Ao chegar ao elevador, seleciono o décimo sétimo andar e, quando as portas se abrem, encontro nossa assistente, Annie, que está segurando um *cappuccino* quente em uma das mãos e uma pilha de mensagens na outra.

Aceno em sua direção, nosso cumprimento matinal típico.

— Parece que estou popular esta manhã — comento com sarcasmo.

— De fato. A propósito, o senhor Graves está esperando por você no escritório.

— Graves? — questiono, a sobrancelha arqueada.

— Sim, senhor. Ele disse que queria mostrar algo a você e perguntou se poderia esperar em seu escritório. Eu sabia que você chegaria em mais alguns minutos e disse que tudo bem. Certifiquei-me de que não havia nada de confidencial em sua mesa — explica. Ela evoluiu muito da tímida e quieta recém-graduada que contratamos. Agora ela vale ouro e um pouco mais.

Sorrio para ela, de bom humor após o jantar da noite passada e a conversa de hoje de manhã com Grant.

— Tudo bem, Annie. Verei o que ele quer agora. Enquanto nos falamos, pode, por favor, entrar em contato com o secretário do conselho lá do projeto do museu e confirmar o cronograma de divulgação e o início da construção?

— É claro, senhor Alexander.

DESEJO

33

Entrecerro os olhos enquanto a encaro, mas sou incapaz de impedir o sorriso querendo curvar um canto da minha boca.

— Todo dia eu tenho que te dizer para me chamar de Callum, Annie?

Ela me devolve um sorriso perspicaz.

— Sim, senhor Alexander, e todo dia eu tenho que explicar que ajuda a manter a atmosfera profissional no escritório se todo mundo chamar você e o senhor Richardson por saudações mais formais.

Balanço a cabeça em negação para ela, nós dois mais do que bem cientes de que este é um ponto de discórdia que continua retornando — mesmo que de forma leve — entre nós.

Annie está conosco há seis meses. Ela é cordial, pontual e extremamente organizada. Nunca perdeu um compromisso, um prazo de projeto ou fechamento de proposta. Com a atenção extra e os negócios que nos foram proporcionados desde que venci meu último prêmio, ela tem sido simplesmente um presente de Deus.

Eu a contratei sabendo que não era o tipo de mulher que considero para mim mesmo. Seu cabelo ruivo tem um corte elegante, logo abaixo das orelhas, e nunca vi um fio fora do lugar. Ela usa a maquiagem perfeita, trajes corporativos bem-cortados compostos de saia lápis na altura das coxas e saltos altos que a deixam quinze centímetros mais alta do que sua forma pequena. Embora quando está ao nosso lado, ela pareça menor, já que Grant tem 1,85 e eu sou cerca de três centímetros mais alto.

Ela volta para trás da mesa e sigo até o escritório, encontrando o jovem ruivo que conheci no evento universitário parado próximo da minha janela, observando a vista da baía.

— Senhor Graves — cumprimento, colocando a bolsa do *laptop* sobre a mesa.

Ele se assusta, como se tivesse sido interrompido, mas gira e vem na minha direção, um sorriso enorme no rosto, com a mão estendida.

— Senhor Alexander, é uma honra que tenha concordado em me ver.

— Você estava esperando no meu escritório, senhor Graves, não dá para dizer que eu orquestrei isso — adiciono.

Seus olhos se arregalam antes de rir comigo. Ele é um cara estranho, muito entusiasmado e, pelo que me lembro do nosso primeiro encontro, bem ambicioso. Grant me disse que ele tinha vasto conhecimento da firma e do tipo de projetos que fizemos no setor público, no que meu foco pessoal está baseado agora.

34

— Sinto muito por isso. Queria discutir meu último *design* com você. Estava trabalhando nisso para um professor, mas ele sugeriu que lhe pedisse para dar uma olhada nos desenhos, já que o valorizo e respeito, antes de entregar. Eu realmente adoraria, se você tivesse tempo, senhor.

— É provável que eu consiga dar a você uns dez minutos se estiver com os desenhos aí — respondo distraidamente, enquanto passo o olho pela pilha de mensagens que Annie me entregou.

— Obrigado, Cal... Quer dizer, senhor Alexander. Seria maravilhoso ter a sua perspectiva neles. — Ele se abaixa para a bolsa de couro que está encostada em minha mesa de desenho, puxando uma pasta encadernada.

Finalizo de olhar as anotações em minhas mãos quando Grant entra, alheio ao meu convidado inesperado.

— Bom dia, parceiro. De novo. — É quando ele coloca os olhos no estagiário. Volta para mim com uma expressão de dúvida. — Achei que sua agenda estava vazia hoje de manhã. Acabei de aceitar um convite para nós dois encontrarmos um grupo de planejadores urbanos na cafeteria do fim da rua. A assistente-executiva do prefeito pediu que fôssemos, como um favor a ele. — Seus olhos vão para Graves, depois voltam para mim. — Devo transmitir suas desculpas?

Olho para a pequena mesa perto da janela, onde Graves dispôs seus desenhos e está pacientemente esperando por mim. Erguendo o braço, confiro a hora e volto para o estagiário, cujo rosto agora possui uma expressão impossível de discernir.

Percebendo que não serei capaz de dar uma olhada nos projetos de Graves, como prometido, dirijo-me até ele.

— Sinto muito, senhor Graves. Ficarei feliz de olhar seus desenhos em outro momento, se quiser marcar um horário com a Annie.

— Agradeço muito. — O comentário é curto, a voz tensa. Então é como se ele tivesse apertado um botão e o estudante animado voltasse ao cômodo. — Sei que é um homem ocupado, senhor Alexander, então agradeço a oportunidade de encontrá-lo outra vez.

— Parece bom, senhor Graves. — Estendo a mão para ele e o cumprimento. — Por favor, peça para a Annie encontrar um horário na minha agenda.

— Pedirei — responde, abaixando-se para pegar a bolsa e pendurar nos ombros, carregando os desenhos no braço enquanto passa pela porta. — Senhor Richardson — cumprimenta ao passar por Grant, antes de

DESEJO

35

desaparecer de nossas vistas, presumidamente indo pelo corredor para o cubículo que divide com a outra estagiária, Rachel.

— E por quê, por favor, me diga, meu estagiário estava em seu escritório?

— Ele estava me esperando quando cheguei. Annie disse que queria falar comigo e ela ofereceu para esperar aqui dentro.

Grant ergue a sobrancelha, parecendo surpreso.

— Bem ansioso aquele lá.

— Ele queria me mostrar seus desenhos antes de entregar ao professor — explico.

— Tudo bem, então. Podemos ir em frente?

— Mostre o caminho — respondo, arrancando uma risada de Grant.

— Não podemos desapontar o prefeito, podemos? — adiciona.

A alegria de jogar nas grandes ligas, creio eu.

Na tarde de quinta-feira, Annie entra no meu escritório quando retorno de um almoço, com uma expressão fechada atípica. Nas mãos, uma pilha de papéis e meu café vespertino de sempre.

— Annie, algo de errado? — questiono.

— Nada urgente, mas a secretária do conselho de diretores do museu ligou hoje de manhã para pedir que você e o senhor Richardson compareçam a uma reunião extraordinária do conselho em três semanas.

Fechando o semblante na mesma hora, franzo o cenho e pego a pilha de papéis dela. Confiante no nosso conceito e no *redesign* do prédio que assinamos uma semana atrás, fico perplexo, apesar de intrigado, com a solicitação de uma hora para outra.

— Por que pediram uma reunião extraordinária? Não deveríamos encontrá-los por mais um mês.

— Não disseram nada, exceto que surgiram questões que precisam ser discutidas com urgência — explica.

— Grant está ciente disso? — questiono enquanto entro no escritório, seus passos me seguindo.

— Ele não chegou ainda — responde com rapidez, enquanto contorno minha mesa para me sentar na cadeira de couro de espaldar alto. Deixando o café ali em cima, Annie dá um passo para trás, imóvel à minha frente, esperando sua próxima instrução.

— *Okay*, vou vê-lo quando chegar e falamos com você para confirmar.

— Mais alguma coisa em que eu possa ajudá-lo, senhor Alexander? — indaga.

— Isso é tudo. — Inclino-me para o chão, puxando o *laptop* da bolsa de couro, depositando-o na *dock station* e colocando para carregar antes de voltar minha atenção para a pilha de mensagens na minha frente. — Estou bem. Obrigado, Annie — respondo, então ela se vira para sair.

Passando pela pilha de correspondências na minha mesa, encontro a confirmação do nosso camarote para o jogo beneficente em prol do hospital infantil no próximo sábado. Outro evento para ser visto – outra situação em que minha máscara de felicidade, contentamento e plenitude estará no lugar. Grant irá com qualquer fêmea com pernas, bunda e um belo decote disposta a chamar sua atenção naquela semana e eu irei sozinho. Ou eu...

Minha mente vagueia para o nosso jantar há algumas noites. Para Lucia.

O que essa mulher tem que continua em primeiro plano na minha mente? Desde que a conheci, tenho me mantido sobre controle, fantasiando sobre seus olhos, seu sorriso caloroso e sensual, suas curvas, aquelas pernas... caralho! Estou ficando duro agora mesmo pelo mero pensamento de tê-la, pegá-la, fazer tudo que quero com ela.

Passando as mãos pelo rosto e cabelo, obrigo minha mente e pênis a se acalmarem bem quando Grant entra. Ele está franzindo o rosto e, dá para dizer apenas pelo olhar em seu rosto, que está puto.

— Que merda é essa de reunião com o conselho do museu de novo? Eles assinaram as plantas na semana passada. — E se joga na cadeira do lado oposto à minha vista.

— Não tenho certeza, mas não há dúvidas de que descobriremos na reunião. Embora eles não vão conseguir nos enrolar. Se tiverem perguntas, teremos respostas. Se quiserem mudanças, iremos acomodá-las. O que quer que queiram, desde que funcione dentro dos limites do conceito, trabalharemos com afinco para atender os novos requisitos, caso haja, e entregar o projeto que eles querem.

— Por um valor, é claro — adiciona.

— Concordo.

— Você faz a ligação ou faço eu? — pergunta, inclinando-se na cadeira.

DESEJO

— Vou pedir que Annie confirme nossa presença. Seja o que for, iremos lidar. Sempre lidamos, não é? — indago, uma sobrancelha erguida, sabendo que juntos podemos solucionar qualquer problema que aparecer.

— Sempre. Enfim, ótimo papo. Vou rever as plantas de novo, ver se algo salta para mim. — Ele fica de pé e caminha para a porta, parando ao abri-la. — Pensou mais sobre a dona do restaurante?

— Lucia? — finjo surpresa, apesar de a diversão que vejo brilhando em seus olhos me dizer que ele não está comprando minha farsa nessa merda.

— Sim, Lu-ci-a. Um nome tão bonito. Soaria fantástico saindo da sua língua enquanto...

— Grant — murmuro.

— Sabia... Você é fácil pra caralho, Cal. Só ligue logo para a mulher, cacete. Peça que ela te *acompanhe* para o jogo. Nada muito sério, mas que mostra que você está interessado. Mesmo que não consiga admitir para si mesmo. — Ele pisca e sai do escritório, fechando a porta com uma risada. Idiota presunçoso.

CAPÍTULO 5

— Santorino's. Lucia falando. — Sua distinta voz melódica é leve e energética, quase tanto quanto a mulher por trás disso.

— Lucia, é Callum Alexander. — Minha voz é forte, estável e firme, apesar do meu coração ameaçar sair do peito. Grant faria uma festa com isso.

— Ah, oi, senhor Alexander. — Sua voz se aquece, e fico satisfeito por ser a única mudança notável. — Você quer fazer uma reserva?

— Pode me chamar de Callum, por favor. Mas sem reservas no momento. Definitivamente voltaremos; a comida estava maravilhosa.

— Fico feliz por você ter desfrutado. Então como posso estar ao seu serviço?

Tantas formas que ela poderia estar ao meu serviço brilham bem em frente aos meus olhos, causando um gemido que escapa da minha garganta.

— Callum? — pergunta, divertindo-se. — Pensei ter ouvido um gemido. Você está bem?

— Sim... — Pigarreio, minha voz agora carregando um timbre rouco: — Queria dizer que foi bom ver você outra vez. — *Sentir seu cheiro, tocar você, a sensação da sua pele em meus lábios quando beijei sua bochecha, tudo isso fazendo coisas comigo que deveriam ser ilegais.* Essas são as coisas que eu *queria* dizer.

— Foi bom ver você também. Nunca imaginei que entraria no meu restaurante. Sei que é um homem ocupado. — Suas palavras saem densas e rápidas, quase como se estivesse nervosa. É uma completa reviravolta da sua conversa cheia de vivacidade no jantar.

DESEJO 39

— Tive um motivo para minha ligação.

— Diga, Callum — responde, animada. Se alguma vez foi possível sentir um sorriso pelo telefone, aconteceu agora.

— Queria pedir que me acompanhasse a um jogo de beisebol beneficente para o hospital infantil no próximo fim de semana. Eu adoraria se pudesse se juntar a mim.

Sua respiração acelera e as batidas do meu coração morrem subitamente nos poucos minutos de silêncio que se estendem entre nós. Espero por qualquer coisa que pareça uma resposta dela.

— Hmm. Fim de semana que vem, você diz. Terei que verificar meu calendário social superocupado e te aviso. — Ouvindo o tom zombeteiro em sua voz, volto a respirar. Nunca fiquei tão nervoso antes. O que há de diferente dessa vez?

— Entendo que você já tenha outros compromissos. — Mudo para meu modo de autopreservação, dando a ela a opção de declinar educadamente do meu convite.

— Callum, eu estava apenas brincando. Com certeza não tenho outros planos e adoraria ir com você.

Sem perceber, estou sorrindo para o telefone.

— Isso é incrível, Lucia. Sei que não conhecemos um ao outro tão bem e este convite pode parecer vir do nada, mas… — pauso, tomando uma decisão improvisada de ser honesto com ela. Recomeço, já que pretendo continuar: — Gostaria de conhecê-la melhor.

— Bem, o sentimento é mútuo, Callum. Tenho a sensação de que há muito mais em você do que os olhos podem ver. E adoraria descobrir exatamente o que você esconde debaixo da sua armadura.

— Só debaixo da minha armadura? — digo, sem pensar.

— Por agora… — responde, ironicamente.

Inclinando-me contra a cadeira, cruzo as pernas sobre a mesa. Giro para olhar a imagem emoldurada da *Spera House* em Boston. O prédio que começou tudo.

— Interessante. — Minha voz está baixa e irregular, como se eu tivesse passado a noite me deliciando com uísque de primeira qualidade e cigarros cubanos. — Embora eu deva dizer, nada além do que os olhos podem ver de forma geral inclui coisas tipicamente inapropriadas para um primeiro encontro, não acha?

— Então não é apenas para acompanhá-lo de forma graciosa para o evento? É um primeiro encontro? — responde, sem perder o ritmo, fazendo-me rir.

— Eu não gostaria de enganá-la, Lucia. Isso definitivamente será um encontro. Haverá conversa fiada, silêncios estranhos e mais do que alguns pensamentos inapropriados que vamos querer verbalizar, mas, devido às convenções sociais, nós iremos nos abster de fazer. Vou buscá-la na porta de casa e, sem dúvida, examinarei sutilmente o seu corpo enquanto comento quão bonita você está. — Fico em silêncio enquanto aproveito as imagens que minhas palavras criam. — Passaremos juntos pelo tapete vermelho, a palma da minha mão descansando de forma educada na base da sua coluna em um nível bem apropriado, antes de nos encaminharmos para o camarote de luxo da empresa, onde desfrutaremos de comida e vinho antes, durante e depois da partida. E então, sem dúvida, irei *acompanhar* você para casa antes de te dar um beijo educado e aceitável na bochecha com a promessa de uma ligação no dia seguinte. Isso resume um primeiro encontro razoável?

Lembro-me do efeito que ela teve em mim no jantar, bem como da completa surpresa que me deu quando a conheci. E sua resposta aos meus planos para um encontro não me decepcionou.

— Resume, senhor Alexander. No entanto, espero que, em vez de examinar meu corpo, você deixe dolorosamente óbvio o que está fazendo ou espera fazer enquanto seus olhos viajam pela extensão do meu corpo, tomando nota de pontos particulares de interesse. Depois disso, faremos uma longa passagem pelo tapete vermelho, sua palma quente descansando no que espero ser um nível nada apropriado na base da minha coluna, enquanto a imprensa irá perguntar o que você está vestindo. Depois dessa experiência esclarecedora, nós iremos entrar e dividir a comida, além de conversa apropriada e inapropriada. Quando o encontro acabar, espero que então escolha me acompanhar até a porta, e ficará a seu critério se quer terminar o encontro com um beijo suave e aceitável na bochecha ou com algo mais real, algo honesto; um reflexo verdadeiro dos seus sentimentos, depois do que espero que seja um ótimo primeiro encontro.

Não é meu coração que está me causando dor dessa vez; é o meu pau, que começa a saltar para vida com as imagens que Lucia pintou de nossa noite juntos.

— Você é única, Lucia — digo com sinceridade.

— Fico feliz de você pensar isso. Infelizmente, não sou o tipo de encontro que dá risadinhas, fica jogando o cabelo e bajulando. Se for isso que está procurando, estará dolorosamente errado e bem mais desapontado.

DESEJO

41

Se ela souber o alívio que é ouvir isso.

— Eu vejo isso, e com toda a certeza estou ansioso pelo nosso encontro agora, ainda mais do que estava quando começamos essa conversa.

— Tenho esse defeito de fábrica que diz que sou muito direta ao ponto, se você não percebeu. — Ela ri baixinho e logo me junto.

— Alguns diriam que é uma mudança revigorante.

— Acredito de verdade que, em um primeiro encontro ou não, como poderíamos conhecer um ao outro se nos prendermos apenas a tópicos *socialmente aceitáveis*? Se apenas seguirmos as regras? Não sou conhecida por ser apropriada nos melhores momentos.

— Nãooo... — respondo, com uma risada não característica.

— Chocante, eu sei. — Ela já me deixou tão à vontade. O tom de flerte em nossa conversa acontece tão perfeitamente, que me surpreendo, de uma forma boa.

— Preciso ir, mas estou ansioso para vê-la outra vez, Luce.

— Eu também. É melhor eu liberar o telefone da empresa. Meu irmão está me encarando como se eu tivesse duas cabeças e uma cauda, então eu deveria mesmo tranquilizá-lo de que vim deste mundo. — Ela ri outra vez e o som aquece minha alma.

— Ele não pode ficar pensando isso. Suponho que deveríamos trocar números de telefone, para que eu possa fazer todos os arranjos necessários, claro.

Depois de fazermos isso, inclusive meu número privado – uma ocorrência rara –, despeço-me dela.

— Ligo na semana que vem. Estou ansioso para isso.

CAPÍTULO 6

O arquiteto em mim não consegue evitar estudar o prédio quando chego para buscá-la. É tão moderno quanto possível, quase *hipster* em sua abordagem. Os telhados têm ângulos irregulares, o comprimento dos corredores é desigual e o elevador ficaria melhor dentro de um ônibus espacial do que carregando moradores de apartamentos em um prédio do centro da cidade.

Não importa quanto eu tenha tentado, nada me prepara para quão linda e de tirar o fôlego ela está assim que abre a porta, agraciando-me com um belo sorriso, embora um tanto desonesto, que me diz que ela sabe exatamente quão bonita está e como não vai se desculpar por isso. Considerando que eu estava realmente ansioso pelo encontro, e que Lucia tinha explicado exatamente como ele seria em sua mente, meus pensamentos a respeito de sua aparência estão bastante óbvios. Meus olhos percorrem todo seu corpo, começando em seus olhos e descendo por sua silhueta, absorvendo tudo que há para ver, até mesmo parando em pontos particulares de interesse – e existem vários. Do topo da sua cabeça até a ponta dos seus pés, ela parece perfeita.

Se eu não fosse um homem decidido a seguir as normas da sociedade e da percepção do público, envolveria o braço em sua cintura e a levaria de volta para o apartamento, chutando a porta. Depois esmagaria o corpo ao dela, empurrando-a contra a parede mais próxima, devorando sua boca enquanto avançava.

DESEJO

Com evento beneficente ou não, haveria muita doação e nada disso seria em prol do hospital infantil.

Minha expressão deve entregar meus pensamentos, porque a risada suave de Lucia me tira daquela névoa, trazendo-me de volta para a Terra.

— Você está deslumbrante — afirmo. Chocando a mim mesmo com tanta honestidade, minhas bochechas se aquecem de forma incomum e observo fascinado enquanto seus olhos suavizam e ela sorri para mim.

— Você parece bastante elegante, senhor Alexander. — Algo na forma como diz o meu nome me atinge, cravando-a ainda mais em minha pele e deixando-me mais ansioso para descobrir tudo sobre esta mulher fascinante.

Estendendo a mão, prendo a respiração enquanto aguardo o primeiro toque de sua pele contra a minha. Tudo nesse momento é novo para mim, da ansiedade que tem me distraído a semana inteira até a vulnerabilidade que sinto aqui nesse momento, questionando se devo seguir os instintos que tenho sobre essa mulher e deixá-la entrar.

— Podemos ir? — pergunto, logo que ela coloca a mão na minha e aperta seus dedos, enviando um choque de consciência por todo o meu corpo.

Caminhamos do seu apartamento no segundo andar até o elevador, em seguida vamos para o carro que aguarda no meio-fio. O motorista está parado bem ao lado para nos cumprimentar e, embora eu não tenha chance de abrir a porta para Lucia, não perco a oportunidade de repousar a mão em suas costas, guiando-a para o assento traseiro antes de acenar para o *chofer* e segui-la.

Uma vez que ele começa a dirigir, a divisória que nos dá privacidade dentro do carro sobe, destacando a óbvia ausência de assunto entre Lucia e eu.

— Então…

— Eu…

Nós dois olhamos um para o outro. Ela morde o lábio, lutando para conter o riso, o som que escapa de sua boca me contagiando. Ouvi-la tentar – e falhar – em manter o decoro é surpreendentemente libertador, e encontro a mim mesmo unindo-me a ela.

— Devemos tentar de novo? — Seus olhos esmeralda brilham, e fico hipnotizado com a visão.

— Pode ser uma boa ideia. — Minha mão coça para alcançar e segurar a dela mais uma vez, sentindo falta do calor que encontro sempre ao tocá-la. Meus pensamentos começam a viajar por caminhos inteiramente inapropriados. Como seria o seu toque em um volume que atinge todo o corpo, sem roupas? Preferivelmente em um local um pouco diferente do que esse em que nos encontramos no momento.

— O que foi esse pensamento? — pergunta, curiosa.

Ergo os olhos de sua mão pousada no assento de couro entre nós até seu rosto para ver que um sorriso esperto aparece em seus lábios.

— Que pensamento?

— Esse, que tem tudo a ver com algo obsceno. — Seu sorriso se alarga, os olhos brilham com calor e um toque de diversão pela posição em que ela me encurrala.

— É um pensamento que se encaixa melhor no final de tudo, se seguirmos sua descrição predeterminada de como um primeiro encontro deveria ser.

Calor toma conta da diversão, assim que o ar dentro do carro estala com certa tensão, o tipo certo de humor que eu estava esperando e temendo. Nossos olhos permanecem presos, como se nenhum de nós fosse capaz ou estivesse disposto a quebrar a conexão.

Sabendo que precisava ceder, olho de volta para onde a mão dela repousa ao lado da perna e mordo a isca, entrelaçando nossos dedos.

— Viu? — diz, enquanto pesco seu sorriso pelo canto do olho. — Não foi tão difícil, foi?

— Até que não, né? — devolvo, minha voz cheia de humor. Ela se inclina, virando o corpo de frente para o meu e repousa a boca contra minha mandíbula, logo abaixo da minha orelha.

— Se quiser algo de mim, Callum, é só pedir ou pegar. Tenho leves dúvidas de que quaisquer pensamentos passando por essa cabeça muito bonita e altamente inteligente que você tem poderiam me afastar. — Sua respiração aquece minha pele, sobrecarregando todas as minhas terminações nervosas. — Mas fique à vontade para tentar...

Antes que eu possa tentar recolocar minha máscara pública, movo a cabeça até minha bochecha encostar na dela. Dada a oportunidade, sigo meus instintos e passo os dentes lentamente contra o lóbulo de sua orelha.

— Eu estava pensando em como seria ter sua mão me tocando outra vez...

Sua respiração ofega por um segundo, antes de disparar. Ela se afasta, encostando-se ao banco, mas sem retornar para o seu lado.

— Tenho certeza de que podemos dar as mãos de novo, Callum. Faz parte de conhecer um ao outro.

DESEJO

Imito sua posição, nossos corpos ainda próximos, mas sem se tocar. Solto uma risada incomum.

— Você é um problema com P maiúsculo.

— E estou pensando, senhor Alexander, que há algo no meu tipo de problema que o atrai.

— De fato.

— Eu gosto disso — murmura, antes de girar em minha direção.

— Do quê?

— Sua honestidade. Gosto da sua abertura comigo. Quando nos conhecemos, naquele evento, você parecia desconfortável, fechado. Totalmente diferente de quem é agora.

Sorrio para ela.

— Você dificulta que eu seja qualquer coisa diferente de honesto.

— Fico feliz. — Seu sorriso pretensioso retorna e nego com a cabeça, seu jeito brincalhão me contagiando. — Devemos fazer aquela coisa de "conhecer um ao outro"? — questiona, pegando-me de guarda baixa.

— Poderíamos sim, mas considerando que você sabia meu nome quando me conheceu, que tal me dizer o que você não sabe sobre mim?

— E se você for primeiro? Vamos chamar de quebra-gelo, que tal?

Na conversa que se segue, descubro que ela tem vinte e nove anos, Gino é seu único irmão e ela é nascida e criada em São Francisco, mas seus pais agora moram na Flórida. Os irmãos são donos do restaurante junto com os pais, que são sócios anônimos. Também descobri que ela ama filmes antigos – *Casablanca* é seu favorito –, e que é uma grande fã do San Francisco 49ers[2].

Ao longo da sessão de perguntas e respostas, que dura toda a viagem de carro, ela está animada, cheia de vida, divertida e evidentemente confortável consigo mesma. Quanto mais fala, mais à vontade eu fico.

Ela também não hesita em lançar uma chuva de perguntas sobre minha vida – família, empresa, a *Spera House*, o projeto do museu marítimo. Na verdade, a única vez que paramos de falar é quando o motorista abaixa o vidro e anuncia que chegamos ao nosso destino.

Assim que saímos do carro, a imprensa me pergunta que grife estou vestindo e quem é minha acompanhante. Respondo à primeira questão e dou uma explicação ensaiada e que não confirma nada para a segunda.

Então encontramos nosso caminho para o camarote alugado pela

---

2   Time de futebol americano.

empresa, que tem uma vista perfeita do estádio e um banquete digno de rei esperando por nós.

A conversa continua a fluir durante o jogo. Não há intervalos estranhos em que aquilo parece forçado. É sem esforço, fácil. Tão fácil que quase belisco a mim mesmo para me certificar de que não estou preso em algum dos meus sonhos recentes que terminam com o corpo nu de Lucia se contorcendo debaixo do meu enquanto envolvo...

Recuso-me a ir lá. Não com ela. Ela é muito parecida com uma brisa de ar fresco para um homem que está sufocando por imaginar contaminá-la com minha depravação.

— Para onde você foi? — ela pergunta, ao meu lado.

É o fim do sétimo tempo, e estamos os dois do lado de fora, na varanda, evitando o interior do camarote, onde risadinhas e grunhidos podem ser ouvidos vindo da direção de Grant e seu encontro, Jessica, que – surpreendentemente – é uma professora de Zumba com longo cabelo loiro e pernas de dois quilômetros. De fato, se os ruídos são qualquer indicativo, Jessica poderia estar ensinando a Grant algum novo exercício que tem usos múltiplos agora mesmo.

— Perdão?

Viro-me para ela e olho para baixo, vendo sua cabeça inclinada enquanto me observa, seus 1,67m de altura empalidecendo em comparação aos meus 1,88m. Esticando-se, ela gentilmente coloca a mão em meu antebraço, fazendo-me estremecer. Ela rapidamente o remove, mas encontro-me estendendo a mão para mantê-la lá, sem querer ser privado do seu toque, que foi dado de forma tão genuína. Ela é tão tentadora que cada gole que toma de seu vinho me faz ter pensamentos impuros; aqueles que sei que não vale a pena dizer em voz alta, mesmo que uma parte minha sinta que não seria tão abominável para ela quanto é para mim.

— Sinto muito. Não estou acostumado a desfrutar desse tipo de eventos, quanto mais da companhia que trouxe comigo.

Com uma sobrancelha erguida, ela deixa um olhar surpreendido passar pelo seu rosto antes de treinar seus traços, algo feito para deixar à vontade até o mais nervoso e intenso arquiteto.

— Fico honrada, Callum. Estou tendo a impressão de que você pode, na verdade, estar aproveitando esse nosso primeiro encontro.

— Espero que sim — respondo, direto. — Já que é o primeiro "primeiro encontro" que tenho há muito tempo e em um evento público, no mínimo.

DESEJO

— Ah, fala sério, você estava na contracapa do *Tribune* mês passado com uma linda morena no braço. E antes disso havia uma loira deslumbrante, que parecia ter movimentos tão impressionantes quanto os da Jessica — responde, indicando com a cabeça em direção ao camarote onde, felizmente, os barulhos diminuíram um pouco.

Levo o quase vazio copo de Chivas Regal à boca enquanto ela está falando e quase engasgo quando ela menciona meus dois últimos encontros. Meus lábios curvam em um sorriso lento enquanto devolvo o copo para o corrimão de madeira da varanda.

— Alguém pensaria que você está um pouco enciumada, senhorita Harding.

— Não, não é is…

Coloco o dedo contra seus lábios, interrompendo sua tentativa de desmentir.

— Apenas no caso de você *ter sentido* ciúmes, o que, é claro, não sentiu… — Meus olhos dançam com diversão enquanto vejo os dela brilharem, nossos rostos se aproximando enquanto meu dedo se afasta, devagar, levando seu lábio inferior junto, até eu perder o contato com sua pele.

Observo com ávida fascinação enquanto seus lábios voltam para o lugar de origem e sua língua se lança para fora, correndo o entorno de sua boca, deixando um brilho úmido em seu rastro. Preciso de cada grama de controle que tenho para não me abaixar e tomar minha primeira prova dela. Sei que beijá-la será tão atraente e viciante quanto a própria mulher.

— A morena é minha irmã mais velha, Heather. A loira, que não serei capaz de olhar nos olhos novamente sem pensar em quão flexível é a Jessica, é minha cunhada, Julia. Mas obrigado pela imagem *amável* que terei agora toda vez que for a um evento de família. Ah, e para deixar registrado — estendo a mão para colocar uma rebelde mecha de cabelo por trás de sua orelha, inclinando-me para mais perto e abaixando o tom para um sussurro rouco —, você fica adorável quando está com ciúmes, mesmo quando é totalmente injustificado.

Suas bochechas coram de leve enquanto ela continua me encarando, sua recusa em desistir ainda mais excitante do que eu pensava. Tudo que quero fazer é esmagar a boca na dela e tomar o sabor que quero com tanto desespero.

Vendo o mesmo calor refletido de volta para mim, não há dúvidas de que ela está sentindo a química entre nós tanto quanto eu. É mais do que apenas admiração pelo trabalho que fiz, pela fama e publicidade que consigo. Mais do que posso fazer por ela e ela *por* mim para expressar sua gratidão.

Mais do que eu esperava.

Mais do que eu torcia.

Simplesmente *mais*.

Como se conseguisse ler meus pensamentos, ela fica na ponta dos pés, trazendo o corpo para mais perto do meu.

— Já que estamos em um jogo de beisebol, tenho apenas uma pergunta para você. — Sua voz está cheia de calor e sinto sua respiração soprar em meus lábios a cada palavra que ela diz: — Seu discurso é muito bom, senhor Alexander, mas será que suas táticas são tão impressionantes? — sussurra.

Meu pau, que estava a meio-mastro, salta para uma rocha sólida e sei que ela sente, porque inclina os quadris contra os meus e levanta-se para plantar um beijo de boca aberta no canto da minha. Rosno em resposta e passo um braço por sua cintura, envolvendo os dedos da outra mão em seu rabo de cavalo. Gentilmente puxo sua cabeça para baixo e esmago a boca contra a sua com força. Ela ofega com o choque e abre os lábios. Eu os tomo e invado, mergulhando a língua profundamente em sua boca, explorando e devorando. Foda-se, o gosto dela é tão bom quanto eu sabia que seria.

Diminuo o ritmo, minha mão soltando seu cabelo e gentilmente encerro o beijo. Deslizando os lábios por sua mandíbula, faço meu caminho para seu pescoço.

— Há movimentos em meu repertório com os quais você apenas pode sonhar — murmuro, a voz rouca, roçando os dentes contra sua pele macia. — Vou ter você me implorando para parar e chorando por mais, tudo em um mesmo fôlego.

Espalmando as mãos em suas costas, puxo-a ainda mais perto, descaradamente deixando-a sentir o efeito óbvio que exerce sobre mim. É um nível de vulnerabilidade, uma intimidade que tento não demonstrar, e o fato de que estou disposto a abaixar a guarda com ela, embora brevemente, revela bem coisas que não estou sóbrio o suficiente para dizer.

Meu coração bate em sintonia com o dela contra a minha pele, nossos olhos ainda presos um no outro enquanto espera que eu faça o próximo movimento.

DESEJO

— Falar é fácil... — sussurra, sem ar, o calor da sua boca acariciando meus lábios enquanto se transformam em um sorriso genuíno.

Inclinando o rosto ainda mais em sua direção, gentilmente roço o nariz por sua mandíbula, deliciando-me com as respirações rápidas que escapam de seus lábios agora inchados. Levando a boca ao seu ouvido, sussurro, em uma voz que trai a última aparência de controle que estou tentando demonstrar:

— Algumas coisas são melhores de serem ditas em particular... — Deixo um beijo suave contra a pele macia do seu pescoço.

Dou um passo para trás, devagar, olhando em direção ao campo. Tento me esfriar e acalmar o corpo, desejando que o jogo passe mais rápido.

Embora eu deixe o braço ao redor de Lucia, encontrando-me incapaz e sem vontade de deixá-la.

CAPÍTULO 7

Ao chegarmos à porta de Lucia, a tensão sexual entre nós é palpável.

Está ligada a cada respiração nossa. Cada olhar compartilhado entre nós simplesmente serve para ampliar ainda mais, como um fio esticado até seu limite físico, a força definida a tal extremo que um único passo na direção do outro causaria provavelmente uma colisão cataclísmica de coisas que nunca tive o prazer de experimentar.

Chegando à porta, ela coloca as chaves na fechadura, mas não gira. Em vez disso, vira-se e pressiona os ombros contra a madeira, seu corpo curvado sugestivamente para o meu, fazendo-me desejar dar o último passo. A noite inteira culminou neste momento. A decisão que eu sabia que nenhum de nós poderia voltar atrás. Não há dúvidas de que nosso encontro físico teria efeito de longo alcance para o resto das nossas vidas.

Anseio por esta mulher. Parado em frente a ela, suas linhas e curvas me paralisam. Ela é como uma obra de arte. Acaricio-a com o olhar, marcando-a com um brilho de calor enquanto percorro seu corpo.

Imagino minhas mãos passando pelos seus tornozelos, ao redor de suas panturrilhas, passando pela pele suave por trás de seus joelhos. Meus dedos apertam a pele flexível de suas coxas enquanto as afasto.

— Callum — murmura. Sua voz aveludada me tira da minha sedução imaginária enquanto ergo os olhos cheios de luxúria para encontrar os dela.

— Se você não der esse passo, terei que buscá-lo.

DESEJO

Rasgo a última corda que me faz lutar contra a contenção e avanço em sua direção, esmagando o corpo ao dela enquanto nossas bocas se encontram. Seu gemido responsivo serve para levar meu desejo ainda mais alto e enrosco os dedos em seu cabelo, segurando-a contra mim. Deslizando a outra mão para segurar sua bunda, esfrego minha virilha contra a dela, nossas línguas insistindo em travar a guerra que estivemos lutando desde que nos beijamos horas atrás. Meu corpo inteiro está pegando fogo e eu a devoro usando as mãos, os lábios e a língua, para transmitir tudo o que está me fazendo sentir. Cada incerteza que tenho é deixada de lado quando um gemido satisfeito ressoa em sua garganta.

Afasto-me de leve, descansando a testa contra a dela, compartilhando oxigênio precioso entre nós enquanto lutamos para recuperar o fôlego.

— Isso é algo que muda o jogo — sussurra contra os meus lábios.

Sem dizer outra palavra, estico-me por trás dela e giro a chave, abrindo sua porta lentamente e guiando-a para dentro. Uma vez lá, tiro o chaveiro da porta e deixo-o cair no chão antes de tirar a alça da bolsa de seu ombro. Viro e acendo a luz ao lado, iluminando uma área de estar grande e aberta, absorvendo a cozinha surpreendentemente ampla em um lado da sala e as várias janelas alinhadas na parede externa.

Com as mãos em minha cintura, ela começa a andar de costas, seus lábios ainda impossivelmente perto dos meus.

— Quer que eu mostre o lugar?

— A única coisa que quero ver é você, nua e disposta.

— Hmmm — sussurra, enquanto passa a ponta da língua úmida pelo meu lábio inferior. — Parece que o senhor Alexander, o cavalheiro, deixou o prédio.

— Estamos por trás de portas fechadas — murmuro, muito nublado pela luxúria para sequer me incomodar em colocar a máscara de volta no lugar correto. E de novo, ela já estava fora desde que Lucia abriu a porta. — Se você quer que eu seja alguém que não sou, posso fazer isso. Mas, com você, quero ser eu mesmo. Não quero pensar, só seguir o fluxo.

Sua expressão muda, como se estivesse tendo um momento de clareza. Seus olhos se tornam suaves e compreensivos.

— O que acontecer aqui, Callum, fica entre nós. Ninguém mais. Você e eu. Sem expectativas, sem promessas. Só você e eu...

As palavras são demais. Essa mulher é demais. Nada que ela tenha feito esta noite mostrou que estava me enganando. Tem sido completamente aberta, honesta, genuína. Ao me convidar para dentro, incitando-me a fazer o primeiro movimento, dando o passo final que nos trouxe aqui e agora, ela demonstra que confia em mim para guiar isto. Apenas este sentimento é inebriante.

Ela é muito perspicaz. Muito observadora. Atirou direto na minha armadura cuidadosamente construída e reforçada por necessidade. Incapaz de reprimir os pensamentos rodando em minha mente, mergulho a língua em sua boca.

Em um movimento que começo a apreciar e admirar, ela recebe o que lhe dou sem hesitação. Em medida igualmente hipnotizante, combina cada investida minha, sem voltar atrás ou jogar a si mesma em mim.

Essa mulher me desfaz. É libertador conhecer alguém que não quer nada além da minha companhia. Embora, quanto mais me sinto à vontade com ela, mais fico no limite.

— Quarto — murmura, tentando se afastar de mim. Sem permitir que isso aconteça, ou dar a mim mesmo outra chance de repensar tudo, aperto meu agarre em seu cabelo, inclinando sua cabeça para o lado e beliscando sua mandíbula com uma trilha de beijos de boca aberta, até chegar ao seu pescoço.

— Aqui. Agora. Bem aqui. Bem agora. — Roço os dentes contra a pele macia da sua clavícula, passando a língua por cada centímetro do seu corpo delicioso. Um corpo que uma parte vital quer abaixo do meu imediatamente, mas também desejo obter o máximo e aproveitar bem o tempo que tenho com ela. Aqui, assim, cheia de luxúria, contorcendo-se em meus braços, quero tudo dessa mulher; cada grama do seu prazer, cada grito de êxtase, cada gemido de desejo. — Não consigo esperar — declaro, com a voz rouca.

Seus olhos se arregalam e subitamente caio de joelhos, deslizando a mão pela frente da pele lisa de suas coxas, abrindo-as enquanto, ao mesmo tempo, ergo seu vestido, enganchando os dedos de uma mão na calcinha de renda preta, puxando-a de lado. Arrasto a palma pelo lado, agarrando sua bunda, trazendo-a para frente enquanto enterro o rosto entre suas pernas, correndo a boca por cima dela, degustando seu sabor doce e único com o toque da minha língua. Circulo seu clitóris e mergulho dois dedos dentro dela, sorrindo com seus gritos de prazer. Retiro sua umidade ao recuar os dedos, antes de mover a boca mais para baixo, cutucando o feixe de nervos com o nariz enquanto empurro a mandíbula para frente, enfiando a língua em seu interior. O ofego de resposta e o aperto de seus dedos em meu cabelo são gratificantes, fazem meu coração e meu pau se erguerem.

DESEJO

— Lento, lento demais — geme, esfregando-se contra mim. Suas mãos envolvem minha cabeça, segurando-me no lugar, obrigando-me a acelerar.

Luto para me manter controlado. Ela merece tempo e cuidado, uma adoração suave e delicada. Cada parte minha está gritando para tomá-la com força, rápido. É perigoso e tentador demais, mas não quero arriscar perder o controle com ela.

— Bom pra caralho — murmuro, começando investidas longas e sensuais com a língua em sua abertura. — Amo quão molhada você está por mim, porra.

— Foda-se, Callum — grita, suas coxas se apertando e o *clímax* disparando por seu corpo rígido. Agarrando sua bunda em ambas as mãos, puxo mais perto para que ela esteja montada em meu rosto. Meu pau lateja contra o zíper, agonizando com a necessidade e pedindo meu próprio orgasmo.

Quando seu corpo fica mole contra o meu, recuo, olhando para cima e lambendo os lábios com um sorriso pretensioso.

— Belo aperitivo. Agora é hora do prato principal.

Ficando de pé, arrasto as mãos pela lateral do seu corpo, levando o vestido junto ao mesmo tempo. Deixo-a apenas com a calcinha, que combina com o sutiã, e ainda está torta e a deixa exposta para mim.

O sorriso em seu rosto corado é enorme. Cachos do cabelo escuro estão grudados em seu rosto, brilhando com a aparência de uma mulher que está bem saciada.

Levantando, encaramos um ao outro, nossas respirações pesadas com a necessidade. Estou esperando para ver o que ela fará em seguida. E como tudo que fez até agora, Lucia não deixa de me surpreender ao girar em seus saltos e caminhar sedutoramente em direção ao sofá preto de camurça que encaixa com perfeição ao formato em L da sala. A cada passo que dá, vai me cativando – o balanço de sua bunda, as linhas tonificadas de suas costas.

Colocando as mãos para trás, ela solta o sutiã, retirando-o, mas escondendo a visão do que quero desesperadamente ver. Parando a poucos passos do sofá, devagar ela passa as mãos pelas laterais nuas. Com os dedos em ambos os lados da calcinha, abaixa-se sem nenhuma pressa, passando a renda suave pelas coxas até que fique exposta para mim, deixando-me sem palavras.

— Tão *sexy* — murmuro, avançando em sua direção. — Fique assim. Exatamente assim.

— Seu desejo é uma ordem, senhor Alexander.

Foda-se, as palavras dela me atingem como um tiro de luxúria na virilha.

Minhas mãos a alcançam antes do meu corpo, agarrando seus quadris antes de deslizar por seu estômago e envolver seus seios. Um punhado perfeito no qual quero me ancorar e nunca mais soltar.

— Callum, você não está nu — gemendo, arqueia de volta com meu toque.

— Mas isso envolveria tirar as mãos de você e não tenho certeza se quero fazer isso agora. — Nego com a cabeça, tentando me afastar dos perigosos pensamentos que estão começando a se infiltrar. Preciso estar dentro dela. Preciso fodê-la com força, rápido, e ficar sob controle antes de ficar mais tentado do que estou.

Com relutância, retiro as mãos do seu corpo e rapidamente abro a calça e retiro-as junto do sapato de couro preto. Coloco a mão no bolso de trás, retirando a carteira e a camisinha dali de dentro.

Devolvendo a carteira para o bolso, retiro a calça e chuto-a para longe antes de lentamente me desfazer da camisa. Assim que chego ao botão de cima, Lucia se mexe para ficar de pé, então rapidamente coloco a mão no meio de seus ombros e empurro suas costas de volta para o ângulo correto.

— Fique assim. Preciso tomá-la bem aqui. Desse jeito. Sua bunda esfregando contra meu pau enquanto empurro dentro de você.

— Callum — geme, e observo sua mão mergulhar entre as coxas, lentamente acariciando o centro molhado.

Rasgo a embalagem com os dentes e envolvo ao redor do meu pau, tocando-me firmemente algumas vezes enquanto a vejo se penetrar. Alinho-me em sua entrada, descansando ali e recostando o peito nu em suas costas. Movo seu cabelo todo para um lado, deixando um beijo reverente no topo de sua coluna. É um movimento calculado com o objetivo de tranquilizá-la, um contraste completo do que meus instintos estão me chamando para fazer.

— Dentro de mim, Callum. *Preciso* sentir você — ela geme, o corpo se retorcendo com a necessidade, já desesperado para se libertar outra vez.

— Aguente firme, Luce — digo, envolvendo os braços ao redor do seu peito e agarrando os seios. Observo-a segurar a borda do sofá, os dedos ficando brancos conforme a ansiedade cresce, e a penetro com um impulso profundo e forte.

— Cal... — Seus gemidos se tornam mais altos quando dou início ao meu ataque. Nossos quadris se chocam um contra o outro quando empurro para frente e ela se afasta.

DESEJO

— Bom... pra... caralho... — resmungo contra seu pescoço, meus dentes arranhando a delicada pele debaixo de sua orelha. Não costumo falar durante o sexo, mas, de novo, normalmente não fico tão próximo, tão íntimo da mulher com quem estou transando.

Embora, não consigo estar de outro jeito com Lucia. Parece uma experiência extracorpórea apenas estar em sua presença.

Sentindo o apelo do meu orgasmo impossivelmente próximo, combinado com o aperto do sexo com Lucia se tornar um pulso rítmico, que não quero terminar nunca, arrasto a mão pela sua barriga e envolvo a conexão dos nossos corpos com meus dedos.

Sem interromper nosso ritmo alucinante nem por um momento, minha outra mão agarra o cabelo dela com firmeza e vira seu rosto para o meu. Paro de respirar ao ver os olhos ferozes de uma mulher no seu *clímax*. Seu rosto está vermelho e suado, sua respiração saindo em ofegos forçados a cada investida do meu pau dentro dela, as pupilas arregaladas e dilatadas.

— Você gosta assim, Luce? Bruto? Gosta do meu pau martelando sua boceta?

— Simmm... Po-porra! — gagueja.

— Você é uma garota safada. Amo uma mulher que sabe o que quer e vai atrás. É ainda melhor se ela for o tipo de mulher que sabe do que gosta e faz acontecer. — Penetro mais forte, nossos corpos batendo um no outro a cada impulso dentro dela. Descanso a boca abaixo de sua orelha, sussurrando, rouco: — Você vai fazer isso acontecer, Luce? Quer gozar no meu pau e me fazer perder o controle? — Inclino-me para frente até estar a poucos centímetros de sua boca, vendo sua língua sair para umedecer os lábios ressecados.

Então ela me surpreende totalmente, virando o jogo quando puxa minha mão entre nós e, sem quebrar o contato visual, chupa meus dedos molhados, sugando-os rápido e com força. É exatamente o que eu sentiria com seus lábios em volta do meu pau. De repente, meus pensamentos ficam nebulosos, meu cérebro focado em uma coisa: meu *clímax* iminente.

— Luce — grito, enquanto ela se aperta ao meu redor, fazendo-me gozar mais cedo do que pensei ser possível, minha mão sufocando o grito de Lucia enquanto me segue em seu ápice.

Descansando a testa suada contra suas costas, continuo a arremeter devagar, gentilmente, surfando nas ondas do seu orgasmo, e ela se inclina contra o sofá, que foi, sem dúvida, empurrado do lugar por nós.

Só então meu cérebro se reconectou com meu corpo e percebi o que tinha feito. Eu me soltei, sem controlar minhas atitudes. Aquele encontro sexual alucinante poderia ter ido tão mal e eu não teria forças de parar. É só que meu corpo atingiu o limite e sucumbiu à necessidade de se libertar das coisas que não saíram do meu domínio. Normalmente, controlo minhas experiências sexuais, sem perder de vista o que estou fazendo e com quem estou fazendo. Certificando-me de que gozem antes de mim, para que eu nunca me esforce para dar um orgasmo ilusório de uma forma que elas nunca experimentaram antes.

É só aí que sei, sem sombra de dúvidas, que já estou no meu limite com essa mulher, e só tivemos um encontro. Ela me distrai do que preciso me concentrar. Ela é problema com P maiúsculo e esse é bem o tipo que pode levar a consequências se deixarmos continuar.

Eu deveria saber que, quando a beijei pela primeira vez, todos os nossos caminhos nos levariam a isso: eu, de pé em seu apartamento, suas paredes impossivelmente apertadas ao redor do meu pau, e meu cérebro todo espalhado no chão da sala.

Uma hora depois, estou em casa, na minha própria cama, depois de dar desculpas e sair do apartamento de Lucia logo após recolocar as roupas.

Ela vê demais, me faz pensar *demais*, e deixa minha mente viajando em supervelocidade, o que não é seguro. O início desta noite foi a última vez que me permiti estar nessa situação.

De jeito nenhum conseguirei vê-la outra vez sem querer transar com ela, sem querer empurrar limites ou, ainda pior, testar nossas barreiras.

Talvez até mesmo descobrir se tenho alguma.

DESEJO

CAPÍTULO 8

Estou por trás do volante do meu SUV, dirigindo para o norte, para visitar meus pais.

Uma semana se passou desde que deixei o apartamento de Lucia após ter transado com ela. Foi imperdoável, porém necessário; o efeito dela em mim é potente demais para ser ignorado.

Agora, com pelo menos uma hora de estrada pela frente e uma semana em que me enterrei em trabalho de propósito para me distrair de Lucia, tenho tempo para refletir sobre a situação na qual me encontro.

Desde que era adolescente, enterrei meus desejos bem fundo. Inicialmente, eu era ingênuo do que isso realmente significava, o que começou como uma agitação se tornou uma paixão secreta. Quanto mais pesquisei sobre, mais fiquei obcecado com a ideia. A semente do meu desejo foi plantada e quanto mais tempo passei tentando reprimir tais pensamentos, abafar meus anseios, mais forte a atração se tornou.

Em uma tarde inocente, tivemos uma ideia aparentemente interessante – um grupo de seis adolescentes que estavam à toa no terreno da escola, sem nada melhor para fazer. Uma sugestão improvisada que começou inocente o suficiente e logo se tornou um desafio sombrio. Um que ficou comigo, soterrado em minhas profundezas mais escuras, meu corpo e minha mente relutantes de deixar tudo vir à tona.

E até agora, tenho sido bem-sucedido em afastar a fome de dar o próximo passo.

O que está faltando e tem me segurado é a necessidade de um vínculo de confiança profundo, algo que não estou disposto a buscar ou me permitir ter.

Honestamente, não confio em mim mesmo para dar aquele passo com alguém, para me libertar. Talvez seja por isso que me detesto por até mesmo me entreter com a ideia, por sondar as fantasias que tenho.

E então na semana passada, estando com Lucia, senti-me desequilibrado, fora de ordem de uma maneira boa, apesar de perturbadora. Pela primeira vez desde os meus anos de formação, houve um nível de confiança entre mim e a outra pessoa que nunca tinha sentido antes.

Desde o momento em que coloquei os olhos nela, Lucia provocou uma resposta básica de coisas que nunca senti antes. Não apenas meu corpo – porque, sejamos honestos, acontece com frequência do jeito que sou. Não, minha reação à Lucia foi tanto física quanto mental, sem precedentes, o que já é bastante desconcertante.

É exatamente por isso que, apenas algumas horas depois de tê-la, eu estava deitado na minha cama, em meus próprios lençóis frios e sem cheiro, quando qualquer outro homem estaria totalmente enrolado e cercado por Lucia.

Mas eu não. Segui meu típico *modus operandi* e saí assim que terminamos.

Senti meu firme controle escorregar quando estava com ela. Com nossos corpos nus pressionados, a oportunidade de fazer mais estava ao meu alcance. A chance de dar a mim mesmo algo que tanto procurei depois de provar minha fantasia sexual mais antiga e sombria.

Não condeno outras pessoas que desejam participar de relações consensuais desse tipo. Grant me disse mais de uma vez que não há nada de errado em um homem ter fantasias, desejos que não são necessariamente realistas ou, de fato, corretos e que, por fim, é sempre minha escolha tomar uma atitude ou não.

Um homem de negócios de sucesso, educado, altamente conceituado como eu não deveria querer fazer coisas impensáveis com a mulher por quem está atraído. Tenho tudo que um homem poderia sonhar – por que meu subconsciente tem se fixado nisso pela maior parte da minha vida adulta?

Sendo o homem que sou, o homem que fui criado para ser, o homem que me esforço para me tornar no futuro, não consigo imaginar o que seria necessário para me levar a dar esse passo.

DESEJO

Para confiar o suficiente em uma mulher a dar aquele último salto comigo.

Então não fiz e nem irei.

Isso significa colocar espaço entre a mulher que ameaça cada grama do meu controle e eu.

Horas depois, padre Duncan encerra outra missa profunda e perspicaz, oferecendo suas tradicionais palavras de encerramento para a comunidade.

— Ide em paz. Que o Senhor vos acompanhe.

Um sonoro "amém" ecoa ao redor das paredes de pedra antiga da paróquia da minha infância.

Foi nessa igreja que fiz minha primeira confissão, onde recebi minha Primeira Eucaristia e onde me crismei na fé católica, na qual fui nascido e criado.

Enquanto a comunidade começa a esvaziar, caminho pelo corredor e vou para fora. Movendo-me para o lado, poucos momentos se passam antes que me encontre envolvido no abraço caloroso da mulher que amo mais do que a mim mesmo. Passo os braços ao seu redor e saboreio a familiaridade que sempre me acalma.

— Callum, já faz tanto tempo — mamãe saúda, esticando-se na ponta dos pés e beijando minha bochecha. — Estou feliz por você estar aqui.

— Sinto muito por não vir visitá-la com mais frequência. Ando muito ocupado com tudo.

Ela esfrega as mãos carinhosamente em meus braços, seus olhos estudando meu rosto enquanto absorve cada nuance da minha expressão em consideração. Seu rosto rapidamente se vira em preocupação – é como se ela pudesse ler minha fachada e ver tudo que estou tentando esconder dela. O estresse e a pressão do trabalho, a frustração de ser garoto propaganda das colunas de fofoca de São Francisco.

— Está tudo bem, Cal?

Treino meus traços, tentando fazer uma cara de contentamento.

— Claro. Eu só precisava ver todo mundo e comer um pouco da sua famosa lasanha. Nada me faz sentir mais em casa do que sua comida, você sabe disso. — Dou à minha mãe um aperto gentil antes de colar um sorriso no rosto e dar um passo para trás. É uma bênção e uma maldição o fato de eu ser sempre tão transparente para ela. — Onde está o papai?

Ela olha para mim e franze o cenho, antes de, por sorte, me deixar passar direto pela iminente inquisição que normalmente iniciaria.

— Está lá dentro com o padre Duncan. Ele queria se certificar de que estava tudo organizado para o jantar de massas no próximo fim de semana. Estamos levantando fundos para os Carter. Eles perderam a mãe para um ataque cardíaco na semana passada, que Deus a tenha. Três crianças com menos de dez anos. Uma história tão triste. — Seus olhos brilham com as lágrimas e eu a puxo novamente em meus braços, passando a mão para cima e para baixo em suas costas para ajudar a consolá-la.

— Você tem um coração tão bom, mãe.

Concordando, em meu peito, ela fica ali por mais alguns minutos antes de se afastar.

— Viu a Heather?

— Ela me viu nos fundos da igreja quando estava levando Grayson para fora. Pelo olhar em seu rosto, eu diria que ela iria trocar a fralda dele.

Mamãe ri e nega com a cabeça.

— Neste departamento, meu neto é bem menino mesmo.

— Ele é tipo uma erva daninha; não para de crescer. Já está tão grande, e eu o vi há um mês.

— Se você viesse para casa com mais frequência, veria por si próprio que ele é, na verdade, um triturador de lixo humano — devaneia papai, ao meu lado. — Bom ver você, filho. — Ele bate em minhas costas e passa um braço pelos meus ombros. É a única pessoa na minha família que pode fazer isso, visto que eu tenho 1,88m e ele é alguns centímetros mais alto, o que explica o índice de crescimento do meu sobrinho.

— Pai.

Indo em direção à minha mãe, ele a puxa para o seu lado.

— Vai ficar para o almoço?

— Como se eu fosse perder a lasanha da minha mãe. Meu sobrenome é Alexander ou não?

Meu pai ri enquanto a mamãe apenas sorri para nós dois.

— Ah, eu gostaria de fazer uma contribuição para a família Carter. Minha mãe acabou de me falar sobre a perda deles.

DESEJO

Não há dúvida do orgulho na expressão do meu pai.

— Você é um bom homem, Cal.

Procuro em minha carteira duas notas de cem dólares para entregar a ele.

— Se você me der a conta bancária, posso fazer o restante da doação quando voltar para casa.

— Cal... — Mamãe suspira e começa a chorar.

Sempre tive como objetivo devolver quando possível. Sou um homem feito, com a sorte de ter pais amorosos que se certificaram de que os três filhos fossem criados com bons princípios, uma fé forte e que tivessem oportunidades que muitos não têm.

Meu irmão, Jeremy, é dono da própria construtora e minha irmã, Heather, é uma organizadora de eventos de sucesso que estava em licença-maternidade por conta do meu sobrinho, Grayson. Pelo que sei, quando ela voltar a trabalhar em alguns meses, minha mãe cuidará dele.

Nossa família é próxima; não há segredos ocultos horríveis ou escândalos familiares escondidos.

Isso faz os meus desejos, as fantasias que escondo por tanto tempo, muito perigosos. Não posso me permitir considerar tê-los expostos. As consequências, se isso for a público, seriam de longo alcance e devastadoras.

Meia hora depois, a família inteira – minha mãe, meu pai, Heather, seu marido, Glen, Jeremy e sua esposa, Julia – estão em volta de uma larga mesa de jantar na casa dos meus pais para o almoço.

— Cal, aonde você foi? Falei seu nome duas vezes e foi como se estivesse em outro lugar. — A voz da minha mãe interrompe meus pensamentos assustadores.

— Desculpa, eu estava em outro lugar. O que você perguntou? — Viro a cabeça em sua direção, dando minha atenção total.

— Perguntei se você também queria ficar para o jantar.

— Boa ideia, mãe. — Estico-me e agarro sua mão, apertando-a mais uma vez antes de soltar. — Não tenho nada de urgente para fazer essa noite, então eu adoraria.

— Que apropriado — comenta minha irmã, irônica. — Alguém pensaria que você é famoso ou algo assim. — Ela ri e meus lábios tremem, incapazes de conter um sorriso.

— Algo assim — adiciono, servindo uma segunda porção de lasanha.

— Como vai o projeto? O novo? — Jeremy pergunta, afastando o prato e inclinando-se de volta na cadeira.

— Houve um problema com nosso *design*, mas estão nos mantendo no escuro até uma reunião especial na próxima semana. Grant está vasculhando as plantas, certificando-se de que não há nada que esquecemos ou perdemos, garantindo que aderimos aos princípios do *design* e objetivos do projeto. — Franzo o cenho e nego com a cabeça. — Para ser honesto, estamos meio perdidos no que eles querem dizer nessa reunião da quarta-feira. — Ainda estou frustrado com a falta de informação que temos sobre esse tal "encontro". Não costumo estar despreparado e sinto como se estivéssemos indo às cegas; não é assim que lido com os negócios.

A expressão de Jeremy combina com a minha.

— E isso veio do nada?

— Pelo que sabíamos, aceitarem a proposta era o obstáculo final. Nosso *design* é robusto e passa por qualquer escrutínio. Estamos confiantes de que tudo vai prosseguir.

— Se precisar de mim para dar uma olhada em algo, é só pedir, Cal. — Dá para ver que ele vestiu a pose de irmão mais velho. Sempre foi assim entre nós.

— Sim, Jer. Posso fazer isso.

— Então, Maree — Julia começa —, ouviu falar da adorável Lu-ci-a? — fala lentamente o nome, arrastando o máximo para dar efeito.

A cabeça da mamãe vira bruscamente em minha direção, erguendo uma sobrancelha e franzindo o olhar em um único suspiro. Encaro Julia, perguntando-me como ela sabe o nome de Lucia.

— Você conheceu uma mulher?

— Não... não exatamente.

Fico desconfortável subitamente com a direção que nossa conversa de almoço toma. Minha relação íntima com as mulheres é estritamente casual, nunca maior que um encontro ou dois no máximo, algo que Julia e Heather sabem, porque ambas são mulheres intrometidas, que frequentemente tentam ser casamenteiras. Felizmente, nunca me perguntaram o motivo – talvez apenas riscando o amplamente difundido equívoco de que sou um mulherengo, vivendo uma vida de solteirão.

DESEJO

— Como sua cunhada sabe sobre a mulher na sua vida e sua mãe não?

— Maree, deixe-o. Ele é um homem adulto. — Meu pai revira os olhos, mas fica notavelmente quieto.

— Sim, ele é. Mas também tem trinta e quatro anos e não se casou, não tem uma mulher forte ao seu lado. — Os olhos dela se voltam para os meus e se suavizam de maneira que apenas uma mãe consegue. — Você precisa de alguém, Callum. Está sempre focado no trabalho. Parece que não há ninguém para cuidar de *você*.

— Tenho você para isso, mãe. — Dou o meu maior e mais cafona sorriso, que é sempre transparente para ela, mesmo que nunca diga nada. — E, além disso, se *houvesse* uma mulher especial em minha vida, tenho certeza de que aquelas gêmeas fofoqueiras ali — inclino a cabeça para Julia e Heather, arrancando uma risadinha das mulheres e uma gargalhada do meu pai e do Jeremy — estariam no telefone com você em minutos.

Minha mãe tem a graça de acenar, mas seus olhos me dizem que ela ainda está bastante preocupada, algo que já sei ser verdade. É a mesma coisa toda vez que venho para casa.

Você precisa de uma esposa, Callum.

Quando vai começar uma família?

Precisa focar em construir uma vida para si mesmo fora do trabalho.

Apenas formas diferentes de dizer a mesma coisa.

— Então me fale sobre essa tal de Lucia, filho. Essa é a que eu vi com você no *Tribune* outro dia? Uma menina morena bonita? — minha mãe pergunta.

— Sim, é ela, mas dificilmente pode ser chamada de menina. Ela tem vinte e nove anos. — Isso faz seu sorriso aumentar ainda mais.

Ah, droga. Ela me pegou direitinho.

— E nada está acontecendo entre nós. Ela só me acompanhou ao evento beneficente. Isso é tudo.

— Ah, mas isso não é tudo *mesmo*, Cal. Veja só, mãe, minha amiga Tracey era a organizadora do jogo de beisebol para o hospital infantil no sábado passado e me disse que meu irmão *solteiro*, um dos principais convidados da lista, apareceu com uma morena deslumbrante e desconhecida nos braços, e deixou todo mundo comentando. Nem o *Tribune* conseguiu descobrir o nome dela. Mas o mesmo passarinho que me contou isso disse que houve um beijo envolvendo Callum e a senhorita Lucia Harding na varanda do dito evento.

Tusso, desconfortável, sem saber por que minha irmã escolheu transmitir tal mensagem na mesa depois de um almoço de família, a não ser para desviar a atenção de si mesma. Bem quando estou prestes a investigar um pouco mais, sou interrompido:

— Chega, Heather. Deixe seu irmão ter uma vida privada. Inferno, não é como se a imprensa desse a ele alguma chance na metade do tempo. — A voz do meu pai é firme, seu discurso é abrupto. Ele pode ser pé no chão e maleável, mas quando dá uma ordem, ninguém questiona.

Sei que as mulheres da minha família querem o meu bem e só pensam no que é melhor para mim, mas, como um homem de trinta e tantos anos, a conversa constante sobre meu lado pessoal é apenas mais pressão em uma vida que já é cheia de estresse. Quando você tem irmãos casados, que estão ocupados comprando casas com quintal e garagem dupla, tendo filhos ou começando a pensar neles, as expectativas recaem sobre o último integrante solteiro da família – e esse sou eu.

Fico aliviado por meu pai se intrometer.

Se estou lutando contra o pensamento de deixar a Lucia entrar na minha vida, como posso explicar esse inferno para as pessoas que mais importam para mim?

Enquanto dirijo para casa, há apenas uma coisa – uma pessoa – na minha mente.

Então não é nenhuma surpresa que eu me encontre estacionando o Range Rover do outro lado do Santorino's, observando a mesma mulher que atormenta meus pensamentos por quase uma semana agora. Ela caminha pelo restaurante com confiança – parando nas mesas, sorrindo para os clientes espalhados pelo estabelecimento. Parece feliz e tranquila, definitivamente não está afetada por certo arquiteto ter deixado seu apartamento no meio da noite, depois de um encontro sexual alucinante oito dias atrás.

Observo seu corpo, a maneira como a camisa de cor vinho se agarra aos seus seios, o tecido abraçando suas curvas enquanto se afunila abaixo dos quadris, cobrindo o topo de sua saia preta na altura da coxa. Tudo nela me chama.

Não consigo entender por que essa mulher me revira por dentro mais do que pensei ser possível.

Nunca sigo uma garota. Nunca corro atrás de uma garota – não preciso fazer isso. Na verdade, nos últimos seis meses, mal precisei fazer mais do que erguer uma sobrancelha e reservar um quarto de hotel. Há um propósito: saciar minhas necessidades físicas básicas, mas manter o controle o tempo inteiro me deixa exausto.

Mas com a minha reputação, a empresa, minha família – tudo pelo qual trabalhei tanto e me esforcei —, não consigo nem pensar em fazer algo, que não seja manter a armadura forte que tenho em minha vida.

Lucia Harding – seu cabelo sedoso e escuro, seus olhos verdes de cristal, seu sorriso assassino e a habilidade de aquecer meu corpo e desafiar minha mente em um piscar de olhos. Ela dá muito trabalho, de todas as formas, e o fato de que não está me perseguindo e tentando entrar em contato me deixa inquieto. Deixou-me tão fora de equilíbrio a ponto de ter que fazer algo totalmente diferente do meu normal, como estacionar do lado de fora do seu restaurante.

Pego o telefone, determinando que a única maneira de tirar essa mulher do meu sistema e da minha mente é vê-la mais uma vez.

Cheio de nervosismo, digito, deleto, digito novamente, deleto de novo, pensando no que dizer sem dar a ela a falsa esperança de algo que eu nunca poderia permitir acontecer, mas sem forças de parar. Depois de pensar por cinco minutos, digito uma mensagem curta e clico em enviar antes que possa repensar.

> Oi.

Olho para as janelas que vão do chão ao teto na frente do restaurante, observando enquanto ela vai para trás da bancada para olhar o telefone. Ela morde os lábios e suas sobrancelhas se franzem rapidamente, antes que ela controle sua expressão assim que um homem anda até ela, um avental preto amarrado na cintura, com a mesma cor escura do cabelo de Lucia. Ela fala com ele brevemente, sua mão livre agitada como se tivessem uma conversa animada, que termina com ela mostrando a língua para ele. Balançando a cabeça em negativa, ele se vira e se afasta, deixando meu objeto de desejo voltar sua atenção para o telefone. Aproveito a oportunidade para observar seu rosto. Mesmo de tão longe, vejo cada nuance expressiva que ela deixa escapar. Com um sorriso irônico, seus dedos param de se mexer e ela coloca o celular sobre o balcão de madeira na sua frente antes de se virar em minha direção.

Segundos mais tarde, meu telefone apita com uma mensagem recebida.

> Ah, é o artista da grande fuga da noite de sábado. Com uma saída tão apressada, eu não esperava que falasse comigo de novo.

Minha mente entra em ação e as palavras começam a fluir.

> Com uma noite como aquela, como eu não iria falar com você de novo?

> Você me deixou esgotada e querendo mais. Foi decepcionante rolar por cima dos lençóis vazios e frios onde você deveria estar.

> Poderíamos resolver esse problema.

> Poderíamos, só que estou trabalhando e pensando em jogar duro. Não planejo exatamente deixar você me seduzir...

> Não planejava seduzir você, de todo jeito. Embora, não me lembro de haver nenhuma pressão ou forte persuasão...

> O seu olhar e sua língua na minha boca foram toda a persuasão que eu precisava.

> Quanto à pressão, certamente haverá alguns lugares para serem pressionados da próxima vez :)

Inferno. Isso me deixou duro feito aço. Meu pau pressionado contra a calça me fez remexer no banco do motorista. Fico grato pela invenção das janelas escuras enquanto toco a mim mesmo para tentar amenizar o desconforto.

DESEJO

> Agora minha mente está cheia de possibilidades envolvendo pressão. Ter suas pernas por cima dos meus ombros enquanto a devoro está no topo da lista.

Ela pega o telefone, os olhos se arregalando ao levar o polegar à boca, descansando a ponta no lábio inferior. Ela digita algo rápido e para, sacudindo a cabeça antes de voltar à mensagem.

A ansiedade quase me mata. O que é mais preocupante é o fato de eu ter uma conversa contínua com uma mulher sem nenhuma pretensão. Não há necessidade de nada mais além do verdadeiro Callum.

Eu gosto disso. Bastante.

> Agora eu tenho mais uma hora no restaurante e tudo em que consigo pensar é na sua boca entre as minhas pernas. Vamos dizer que espero que planeje cumprir essa promessa.

Meu pau lateja em resposta, a imagem do corpo nu de Lucia deitado na minha cama, pernas abertas sobre meus ombros enquanto enterro a língua dentro dela passando repetidamente na minha cabeça. *Caralho!*

Decido que, provavelmente, é mais seguro deixar assim. Se essa conversa por mensagem continuar enquanto estou tão próximo, não há como dizer o que aconteceria. Deitá-la sobre o balcão e comê-la ali mesmo está rapidamente se tornando uma perspectiva tentadora. Expulso esse pensamento da cabeça enquanto viro a chave e ligo o carro.

Mais uma mensagem. Uma promessa. Uma ameaça. Algo para deixá-la querendo mais.

> É mais do que uma promessa, Lucia. É um aviso. Algo para que você se prepare. Vou deixar você nua. Vou fazê-la gritar meu nome de novo. E terei o prazer de despir essa camisa vermelha que você está usando um dia, bem em breve...

Divertindo-me, eu a observo ler a mensagem e sua cabeça se levanta, os olhos procurando do lado de fora do restaurante ao perceber que a vi ou que ainda posso vê-la. Um sorriso malicioso surge em seus lábios.

> Até a próxima vez, meu amigável vizinho stalker.

> Jantar, na minha casa. Sexta à noite.
> Venha preparada.

> Estou pronta e disposta agora mesmo,
> mas, por você, senhor Alexander, tenho
> a sensação de que a espera e a ansiedade
> valerão muito a pena. Boa noite, Callum.

Colocando o telefone de volta em sua base no painel, saio da vaga, dirigindo para longe do restaurante antes que o autocontrole provisório que tenho diminua.

Entro na garagem e desligo o motor. Meu pau ainda exige atenção, pensamentos do que eu poderia estar fazendo com Lucia agora mesmo me atormentando.

Lucia representa minha maior esperança e meu pior medo, tudo contido em um pacote lindo, inteligente e espertinho, cuja tentação fica mais forte e mais irresistível com cada nova interação.

Uma vez dentro de casa, largo as chaves e a carteira no balcão da cozinha e preparo um drinque. Em minutos, estou sentado na varanda, uísque Glenlivet em uma das mãos e o telefone na outra, a vista da baía espalhada na minha frente.

Esse é o meu porto seguro – o lugar onde posso ser apenas eu mesmo.

Penso na última mensagem de Lucia. Ela está pronta e disposta. Se ela apenas soubesse o que isso significa...

Disposta a estar comigo.

Disposta a fazer *o quê?*

Pronta para *o quê?*

Envio a ela uma mensagem de despedida, sabendo que se eu fosse abaixar a guarda para ela, significaria arrancar a armadura cuidadosamente construída ao longo dos anos. Meus instintos me dizem que há algo diferente em Lucia. Preciso decifrar exatamente o que é antes de decidir deixá-la se aproximar.

Precisando sempre ter a última palavra, envio o que espero ser a última mensagem de hoje entre nós, servindo também como uma espécie de advertência.

DESEJO

> Você pode se arrepender de dizer isso depois da noite de sexta, senhorita Harding. Uma semana é bastante tempo.

> Já sou grandinha, Callum. Alguns me chamariam de mulher crescida que sabe o que quer e vai atrás. Também sou persistente. E tendo tido o prazer da experiência completa com Alexander, você me deixou querendo mais. O que posso dizer? Sou uma oportunista que não deixará essa chance passar ;)

Bem, acho que ela acabou de traçar seu limite, ou a falta dele.

> De um oportunista para outro, eu me despeço. Tenho um assunto duro e latente para lidar.

> Se for o mesmo assunto latente que estou experimentando, recomendo manter o dedo no pulso. Parece estar funcionando para mim ;)

De alguma forma, acho que o jogo acabou de virar.

CAPÍTULO 9

Cinco dias depois, Grant e eu estamos sentados na área de recepção de um arranha-céu no centro da cidade, esperando para sermos chamados à sala de conferência preenchida pelos quatro integrantes do conselho de diretores para o novo projeto do museu.

— Não tenho um bom pressentimento quanto a isso, Cal. — Grant estava cruzando e descruzando as pernas desde que chegamos. Quando não está fazendo isso, está inclinando para frente e balançando o joelho.

— Grant, se acalme, porra. Já olhamos tudo duas vezes e sabemos que seguimos o briefing. Tentamos guiá-los em direção a algo que se encaixe mais a um local como esse. Talvez estejam hesitantes e queiram recuar em alguns aspectos. É exatamente por isso que nos certificamos de deixar espaço para mudanças. Sabia que fariam isso.

— Quando você se tornou a voz da razão?

— Quando você pensou que era *você* o sensível da parceria?

— Bom ponto. Cala a boca, seu desgraçado presunçoso. — O sorriso afetado em seu rosto é muito mais uma expressão relaxante do que a carranca que ele estava usando nos últimos dias.

— Pelo menos a droga da sua perna vai parar de mexer.

Tammy, a secretária do conselho, que se apresentou com um biquinho e uma mão macia em meu braço quando chegamos, nos interrompe. Observo com diversão enquanto ela empurra as costas para trás e empina os seios, adicionando um balanço extra – e bastante desnecessário – nos quadris, os olhos semicerrados em minha direção. Seu completo desrespeito pelo decoro público e profissional é, no mínimo, desagradável, mesmo se eu estivesse no mercado para alguma fã querendo receber alguma atenção. A máquina publicitária ilusória e incorretamente reportada de Callum Alexander ataca outra vez.

Tammy para perto de mim, de um jeito bem inapropriado, olhando para cima por sua estatura baixa, encarando meu olhar.

— O conselho está pronto para recebê-lo, senhor Alexander.

Grant pigarreia às minhas costas para encobrir uma bufada.

— Tenho certeza de que meu parceiro, senhor Richardson, adoraria seguir você para a sala de reuniões também, Tammy. Você acha que poderia guiá-lo?

— Se-senhor Richardson, por favor, me siga.

Grant cobre a boca para esconder sua grosseria ao bufar.

— Obrigado, Tammy — responde, empurrando-me pelo ombro e murmurando um "obrigado" baixinho, para que apenas eu ouvisse. Sorrio, e sigo os dois pelo longo corredor, até uma sala ampla, preenchida com uma mesa retangular preta. De um lado, há quatro cadeiras, cada uma com um membro do conselho.

Passando pela fila, Grant e eu cumprimentamos cada um, reconhecendo-os da nossa apresentação do *design* e da assinatura do contrato. Da esquerda para a direita, está o presidente, Richard James, e depois mais três integrantes – Helen McDonald, Lawrence Knight e Hudson Miles.

— Escolham um lugar, cavalheiros, para começarmos — Richard James diz, do outro lado da mesa. Ele é bastante sensato, direto, e gosta que o trabalho seja feito.

Sendo alguém que não desperdiça tempo, vou direto ao ponto, sabendo que uma abordagem direta e definitiva é sempre melhor:

— Perdoem a franqueza, mas sinto que estamos em desvantagem, especialmente dada a falta distinta de detalhes que recebemos em relação à reunião de hoje… — deixo a frase em aberto, a inflexão na minha voz indicando que preciso de uma resposta de algum deles.

O senhor James prossegue, parecendo especialmente desconfortável com uma postura ereta e cenho franzido.

— Bem, então. Vamos esclarecer isso logo. Tenho certeza de que foi um grande mal-entendido. Especialmente com a reputação da Alexander Richardson e o maior respeito que temos pelos seus *designs* e pelo conceito do projeto. No entanto, há três semanas recebemos algumas correspondências preocupantes, que geraram dúvidas sobre a originalidade do seu projeto arquitetônico. Normalmente, nós iríamos ignorar, já que o acusador não nos deu dados de contato que sirvam de base para as alegações. Embora, neste caso, decidimos investigar tais reivindicações, dada a importância nacional do projeto do museu.

Olho para Grant, que está franzindo o cenho ao se virar para mim. Ofereço a ele um rápido e curto aceno antes de voltar a atenção para os membros do conselho à nossa frente. Recostando-me na cadeira de couro preta, descanso os cotovelos em meus joelhos e estico os dedos na minha frente. Aguardo alguns instantes, fazendo contato visual com cada pessoa na mesa.

— Eu entendo, senhor James, e é claro que daremos total apoio a qualquer investigação que conduzirem. Embora eu queira saber os detalhes específicos da acusação. Acredito que esta deva ser uma concessão que devemos ter, já que é a reputação de nossa firma que está em risco com essa acusação e que a investigação correspondente aos nossos processos de *design* e ao conceito aprovado para esta construção vier a público. Um conceito que já estava aprovado por esta mesma diretoria.

Laurence arruma a gravata, mostrando seu desconforto com a virada dos acontecimentos. Eles, provavelmente, esperavam que Grant e eu nos enrolássemos. O que não esperavam era que nós dois repassamos cada aspecto desse projeto pelas últimas semanas. Não deixamos pedra sobre pedra e sabíamos que as regras tinham sido seguidas, cada requisito preenchido e cada passo do processo de licitação do conselho foi cumprido.

Não há possibilidade do nosso conceito não ser original e essa tal acusação é sem importância e uma perda de tempo. É simplesmente uma pista falsa.

Grant se senta direito, inclinando-se para frente.

— Também gostaria de esclarecer que se isso for vazado para a mídia por qualquer um nessa sala e a reputação da nossa firma e, de fato, nosso sustento, for afetado negativamente de qualquer maneira, configuração ou forma, Callum e eu seremos forçados a procurar aconselhamento jurídico. Da forma como estamos, se formos exonerados por esta investigação, o que sem dúvida seremos, ainda iremos procurar orientação sobre nossos direitos em uma situação como essa.

— Ah, não. Por favor, cavalheiros — Helen McDonald diz, em uma

DESEJO

73

voz suave e apaziguadora. — Não nos entendam mal. Estamos apenas seguindo os protocolos. Não acreditamos em nada desta acusação. É só que nossas mãos estão atadas. Se não seguirmos adiante com a reclamação e eles decidirem levar o problema para Washington, o que sem dúvida envolveria a mídia, muitas perguntas seriam feitas. Queremos esclarecer isso tanto quanto vocês.

Grant e eu nos entreolhamos de novo. Meu sangue ainda ferve pelos questionamentos sobre minha integridade tanto profissional quanto pessoal, bem como a do meu parceiro e melhor amigo. Com outro aceno silencioso, meus olhos brilham rapidamente, dizendo a Grant que é hora de sairmos. Ficamos de pé.

— Obrigado, Helen — digo, acenando para ela — e cavalheiros. Suponho que a secretária entrará em contato conosco a respeito de um encontro com o investigador? — Ergo a sobrancelha, sem me incomodar de esconder a raiva a esse ponto. Posso ser um profissional competente, mas mesmo a conduta mais impenetrável pode rachar ao encarar tal insulto.

Richard dá a volta na mesa e me cumprimenta com um aceno de mãos.

— Sinto muito mesmo por isso, cavalheiros. Queremos esclarecer tudo para que a cerimônia de inauguração do próximo mês ainda possa prosseguir sem impedimentos.

— Nós ficaríamos gratos, Richard — afirmo. Ele solta minha mão e vai apertar a de Grant.

No momento que chegamos ao Range Rover, minha cabeça ameaça explodir. Jogando a pasta no banco de trás, afivelo o cinto de segurança e aperto o volante com as duas mãos, os nós dos dedos ficando brancos enquanto espero Grant fechar sua porta para poder soltar um rugido alto.

— Que merda aconteceu lá dentro? — pergunta, se antecipando à minha explosão. Seu tom incrédulo apenas vocaliza o que já estou pensando.

— Quem é que sabe, porra? O que sei é que não há nada nessa suposta *acusação*, e que qualquer investigação que eles planejem fazer provará isso, sem nenhuma dúvida.

— Eu juro, caralho, vai provar, sim. Colocamos todos os pingos nos *is*. De jeito nenhum nosso *design* é igual ao de outra pessoa. Passamos semanas elaborando o conceito. Eu mesmo derramei café pela sua goela abaixo e coloquei palitinhos nos seus olhos, droga. Quem faria algo assim? — A mão de Grant vai até o pescoço para afrouxar a gravata azul metálica, que ele amarrou pouco antes da reunião.

Balanço a cabeça, a tensão da reunião lentamente começando a se esvair a cada respiração profunda e tranquilizadora que dou. Meus músculos continuam rígidos e a pulsação em meu pescoço ainda tenta lutar para compreender os últimos trinta minutos da minha sexta-feira sem precedentes.

— Eu prometo. Vamos lutar até a morte, Cal. Nossa palavra vale mais do que a porra de alguma dica *anônima*. Mas vou te dizer: se alguma coisa atrasar o prefeito de colocar a porra da pá no caralho do chão à beira-mar, eles vão nos pagar caro. — Grant abre os braços amplamente, quase me acertando no processo.

— Acho que precisamos de uma bebida. Não sei você, mas de jeito nenhum vou voltar para o escritório depois dessa tempestade de merda.

— Você é a porra de um santo sábio, Callum Alexander.

— Palavras mais verdadeiras nunca foram ditas — retruco, recebendo uma risada do meu melhor amigo. Viro a chave e o motor V8 ganha vida, ressoando pela garagem enquanto saio da vaga e dirijo para a rampa que leva ao nível da rua e, com sorte, para um bar que sirva um forte licor.

Duas horas depois, estamos sentados na varanda do Cisco, um sofisticado bar situado bem próximo da água, à esquerda da Ponte Golden Gate.

Sabendo que tenho um jantar com Lucia mais tarde, restrinjo-me cuidadosamente a apenas alguns copos de uísque enquanto Grant já tomou quatro cervejas e corre risco de ter uma lesão no pescoço, se as frequentes mudanças de direção da sua cabeça servem de indicação de algo. Ele ainda age como o mesmo cara de dezenove anos da faculdade, que pode ter a mulher que quer, na hora que quer. Na época em que uma cama vazia em qualquer noite da semana era uma oportunidade desperdiçada, em sua opinião. Desde o divórcio, parece que ele ainda acredita na mesma filosofia.

Ele tem sorte do fato de que decidimos atribuir apenas o meu nome como *designer* principal da *Spera House*, o projeto que colocou nossa empresa no "mapa" da arquitetura nacional, por assim dizer. Ele gosta de dar carteirada com aquele papo de "eu estou com ele" em eventos e festas. Para ser honesto, se tirar atenção de mim e me permitir a chance de simplesmente aproveitar sem a pressão adicionada do meu nome, a reputação e a notoriedade de solteirão, fico grato de dar isso a ele.

— Quer outro? — balbucia de leve, ao ficar de pé do meu lado, sua cadeira raspando alto contra o chão de ladrilhos na varanda.

— Tenho planos mais tarde, então melhor não. — Olho para ele, vendo seus olhos se arregalarem antes de um sorriso largo se arrastar em seu rosto.

— Planos ou "planos"? — Ele faz aspas com as mãos, piscando para mim quando nego com a cabeça e viro o rosto. — Ah, é assim, é? E *com quem* esses planos podem ser? — provoca, sabendo muito bem quem vou ver hoje.

— Quem tem que saber sou eu e você não precisa se preocupar. — Levo o copo à boca e sorrio contra o cristal.

— Ah, vai ser assim. Problema é seu. Estou vendo um grupo bastante amável de mulheres no bar para quem eu gostaria de me apresentar. Volto já.

Ele desaparece da minha visão periférica e eu olho por sobre a água, ansiedade pela noite que virá lentamente crescendo a cada vez que olho no relógio, o que é frequente.

Poucos minutos depois, ouço uma risada alta e desagradável no bar. Viro a cabeça na direção, vendo uma Jodi bastante inebriada e perigosamente apoiada, ao lado de Grant e outra mulher. Sua mão descansa sugestivamente no antebraço dele; uma mulher bem familiarizada aos truques de sedução vindo com força total. Ela esfrega os dedos na pele dele enquanto ele vira a cabeça em sua direção e se inclina para sussurrar algo em seu ouvido.

Ele se afasta, um sorriso sedutor enorme colado em seu rosto embriagado, e logo eu sei que ele está usando seu charme para conquistá-la. Mal sabe ele que é preciso de pouco charme para deixar Jodi Malestrom interessada em qualquer coisa na posição horizontal.

Quando seus olhos encontram os meus, viro a cabeça para o lado para conseguir sua atenção, observando enquanto ele puxa o cartão de visitas do bolso e entrega a ela, antes de plantar um beijo provocador em sua bochecha e caminhar de volta para a varanda, na nossa mesa, felizmente bloqueando a visão da mulher.

Ele assume o lugar e toma o uísque antes de devolver para a mesa, fazendo barulho.

— Sabe quem ela é?

— Uma futura participante da Caminhada da Vergonha do Richardson? — devolve, com uma risada.

— Isso, ou a mesma Jodi que eu chutei da minha cama há alguns meses porque tinha grandes planos de passar com seus Louboutins na Calçada da Fama de Callum Alexander?

Ele olha por cima dos ombros para ela, antes de voltar o rosto para mim.

— Está zoando comigo, porra? — gagueja.

— Bem que eu queria. Vamos apenas dizer que ela não pegou o recado, quando deixei bem claro que não estava procurando por uma senhora Alexander no momento, e que o fato de ela estar com as pernas ao redor da minha cintura não a faria ser a líder da corrida, como esperava — respondo, seco.

Ele encara o céu e rosna.

— Outra líder de torcida do Alexander. Que sorte a minha.

— De nada.

— Desgraçado presunçoso.

— Ah, acredite em mim, ela me serviu ao propósito, mas se eu soubesse que ela continuaria a interpretar errado as nossas raras ligações como indício de algo mais, já teria fugido daquilo muito antes.

Grant dá mais uma olhada para ela, seus olhos passeando da cabeça aos pés e voltando.

— Ela poderia ter passado com o que quisesse por cima de mim, dane-se a interpretação errada.

— Droga — resmungo, quando acidentalmente cruzo o olhar com Jodi. Ela sorri e se inclina para dizer algo à sua companhia, antes de pegar a taça de coquetel pela metade e caminhar até nós.

— O quê? — pergunta Grant, alheio à visita iminente.

— Deu seu cartão para ela, não deu?

— Claro — responde, suas sobrancelhas franzidas com a confusão. — Por quê?

— Bem, já que seu cartão diz Grant Richardson da Alexander Richardson, não acha que ela deve ter somado dois mais dois e, pela primeira vez na vida, deu quatro?

— Merda — reclama.

— Callum — ronrona Jodi, ao chegar à nossa mesa.

— Jodi, que surpresa agradável. — Fico de pé, mas tomo cuidado para não tocá-la.

— Ah, pode parar com as sutilezas, Cal. Nós dois sabemos que você é dócil de dia e safado à noite. — Ela se inclina para mim, sua mão aproveitando a oportunidade para correr pelas minhas costas e apertar minha bunda.

Dou um passo para o lado, forçando sua mão a cair junto da sua máscara de amizade. Volto para o meu lugar e vejo com uma diversão perplexa

DESEJO

quando Grant olha para nossa visitante com uma fascinação desleal.

— Jodi, não tinha percebido que você conhecia meu parceiro de negócios — comenta.

— Ah, sim, dá para dizer que tomei conhecimento dele algumas vezes. — Ela dá uma risadinha e bufa, de forma nada atraente, a quantidade enorme de álcool correndo por seu corpo fazendo-a parecer rude e bem diferente da mulher arrumada que levei para cama quando precisava relaxar.

Felizmente, eu vi quem ela era há bastante tempo – uma mulher com emoções que não cresceram, criada em um ambiente onde não faltou luxo, apenas amor e atenção. Para minha sorte, mulheres como Jodi vão de um homem rico e poderoso ao outro como abelhas pairando de flor em flor.

Ela vira a atenção para Grant, apoiando o quadril na mesa e descansando a mão próxima da dele.

— Não ligo se você trabalha para ele. Minha oferta ainda está de pé.

Se não fosse uma bagunça tão divertida de assistir, eu ficaria tentado a dar um passo à frente e evitar que a mulher se envergonhasse ainda mais. Porém, depois do dia que tive, qualquer coisa em que a atenção não seja direcionada a mim, minhas práticas de *design* ou colocar minha integridade em questão tem rédea solta. Embora, com Jodi à espreita, sinto a necessidade de proteger Grant.

Ele olha para mim e me dá um sorriso malicioso antes de, divertindo-se, voltar sua atenção para aquela que está disposta a compartilhar sua cama. Apoiando a mão sobre a dela e correndo a outra por seu antebraço exposto, ele se inclina.

— Aquele homem ali pode ser meu parceiro de negócios, mas também é meu melhor amigo e, há muito tempo, fizemos um acordo entre nós; um acordo de cavalheiros, pode-se dizer.

— E qual foi? — pergunta, suavemente, sua tentativa, embora bêbada, de soar sedutora quase ridícula.

— Que nunca vou enfiar meu pau em alguém que é estúpida, astuta, caça-fortunas ou uma vadia em busca de fama... E, querida, você está preenchendo todos os requisitos, embora só tenha passado alguns minutos contigo.

Ela se endireita, quase derrubando a mesa.

— Vá se foder! — grita, antes de sair feito tempestade em seus saltos de 15 centímetros.

— Agressivo, mas bacana — pondero.

— E pensar que ela seria minha saideira — adiciona.

Rio em voz alta, Grant se une a mim quando ergo o copo para brindar com o seu, já estendido.

— Por uma grande aventura até agora, e uma tarde no inferno.

— E por uma noite que, com sorte, apagará tudo isso.

DESEJO

CAPÍTULO 10

Deixando Grant no Cisco, volto para casa e, ao entrar na cozinha, estou mais do que agradecido por minha governanta, Maureen, que não apenas limpou todo o lugar, mas também deixou um bilhete na bancada com instruções de como reaquecer o jantar que ela fez para hoje.

Não sou o solteirão clichê que não consegue cozinhar nem cuidar de si mesmo. Minha mãe acredita fielmente nos direitos iguais e se certificou de que os filhos aprendessem a preparar refeições antes de saírem de casa. Mas sabendo que eu teria uma reunião com o conselho, e depois de todo o trabalho que Grant e eu concluímos essa semana para verificar duas vezes nosso *design* e os processos, sabia que seria impossível que eu preparasse o tipo de prato que quero em um espaço tão curto de tempo.

Dando uma olhada no relógio, percebi que mal teria tempo para um banho. Acendo o forno na temperatura indicada e sigo até uma escada circular para o primeiro piso, onde ficam o quarto principal e a suíte.

Quando projetei minha casa, optei por funcionalidade e facilidade de uso, tudo enquanto me certificava de que havia aproveitado a enorme e muito procurada vista da Baía de São Francisco. Fiz isso com paredes de vidro nos dois andares e uma varanda grande e extensa que revestia toda a largura da construção. O piso térreo tem uma ampla sala de estar e a cozinha, com um pequeno corredor que leva da sala até os dois quartos de hóspedes, o banheiro principal e meu escritório. Subindo as escadas pela lateral da sala, há um mezanino com vista para o andar térreo e a água. Há duas portas na parte de trás. Elas levam para outro quarto de hóspedes e o banheiro principal.

Finalmente, há uma das melhores coisas da casa — a suíte principal, que ocupa metade do segundo andar. Janelas do chão ao teto, com uma varanda menor e mais privativa ao lado, além de um grande closet ao lado de uma porta que leva ao banheiro. Minha cama *california king* fica no meio do cômodo contra a parede mais distante, além de duas cadeiras pretas e antigas de camurça e uma pequena mesa de madeira que herdei dos meus avós paternos. Deixei o quarto com poucos móveis justamente para dar uma impressão exagerada de seu tamanho.

Idealizei essa casa há dez anos, quando Grant e eu ainda estávamos nos estabelecendo, esperando que um dia eu estivesse em posição de fazer esse *design* se tornar real. Dois anos atrás, quando fomos premiados com o contrato da *Spera House*, fui capaz de realizar tal sonho.

Não estou dizendo que não fui dono de outras casas antes e, hoje em dia, tenho um extenso portfólio de investimentos em propriedades espalhadas pela costa oeste. É que estar na posição de adquirir o terreno e construir esta propriedade foi uma conquista que ainda não foi superada na minha vida e não consigo prever nada em meu futuro que vá chegar tão perto.

Desde que meu perfil se tornou bastante público, tive que aumentar a segurança para garantir que minha vida particular permanecesse exatamente assim — particular. Queria ter um santuário que fosse inteiramente meu próprio espaço. Nessa casa, consegui fazer isso.

Entrando em meu quarto, deixo a carteira e as chaves na mesinha ao lado da cama e vou para o banheiro. Tiro a roupa, ligo o chuveiro e entro, o boxe se enchendo de vapor enquanto deixo a água quente lavar o cansaço do dia.

Meus ombros estão tensos por conta dos eventos da tarde, meus músculos rígidos e retesados. Viro de costas, esperando que a água desfaça o desconforto, mas, enquanto fico lá parado, meus pensamentos viajam para a noite adiante.

Fui eu quem convidei Lucia para a minha casa.

Meu lar.

O único lugar onde não trago mulheres. Pelo bem delas e, especialmente, pelo meu. É um mecanismo de autodefesa que me serve bem. Senti que precisava ter Lucia em meu espaço, meu território. A incerteza que sinto em relação a essa mulher me faz pensar demais, analisar as situações além do que qualquer outro homem ficaria confortável em fazer.

DESEJO

Mas não sou qualquer outro homem. Saber que há uma escuridão latente por baixo da minha superfície, uma com a qual eu me encontro em guerra com frequência.

Meu medo mais sombrio é que minha tentativa de normalidade com Lucia coloque a nós dois em risco. Há algo nessa mulher que me faz querer conhecê-la, ficar perto dela, algo além da conexão física que temos, da intensidade que ainda me deixa inquieto e incerto.

Não consigo me afastar; não acho que quero mais ficar longe.

Há algo em relação a ela que me deixa em conflito da pior maneira possível. A fantasia de estar dentro dela outra vez, fazê-la gritar de prazer em minhas mãos sempre parece se transformar em pensamentos mais sombrios – contemplações mais sórdidas e depravadas que eu não deveria estar imaginando.

Saindo do chuveiro, envolvo uma toalha na cintura e caminho para o closet. Percebo que, embora eu a queira por perto, tenho que agir com cautela.

É a melhor maneira para nós dois.

Estou colocando uma boa garrafa de Chardonnay de Napa Valley na geladeira quando meu celular começa a vibrar no mármore da cozinha. Supondo que seja alguma mensagem de um Grant embriagado, pego o telefone para ver um número desconhecido.

— Callum falando.

— Senhor Alexander? — um homem desconhecido pergunta.

— Sim. Como posso ajudar? — Meus músculos ficam tensos na mesma hora.

Não é que nunca tenha acontecido, mas se de algum jeito a imprensa conseguiu meu número particular significa que há um vazamento no escritório. E vazamentos no escritório – especialmente com o projeto do museu com seus problemas atuais – não são ideais no momento.

— É Gregory Graves. O senhor Richardson me disse para ligar para você se eu tivesse alguma dúvida.

— Ele disse, né? — repito, com cautela, antes de continuar: — Senhor Graves, tenho que admitir que este contato é um pouco inesperado. É fora do expediente e não estou certo de que possa haver algo tão urgente que necessite da minha atenção durante o fim de semana.

— Ah, sim. Desculpe. É só que andei dando uma olhada nos seus projetos finalizados recentemente para me atualizar com tudo que a firma está envolvida. E fiquei interessado no conceito da *Spera House*...

— Senhor Graves, fico feliz com seu interesse e com o entusiasmo que trouxe para o seu cargo na empresa. Não passará despercebido.

— Obrigado, senhor. Esperava causar uma boa impressão.

— Causou. Infelizmente, estou esperando alguém para o jantar, então não tenho tempo para discutir esse tipo de coisa agora. No entanto, se você falar com a Annie na segunda, ela poderá agendar um horário comigo e poderemos discutir quaisquer questões que você possa ter.

— Uau. Isso seria fantástico, senhor Alexander. Você, humm... você se importa se eu trouxer meus projetos para que dê uma olhada de novo? Sei que você esteve bem ocupado ultimamente e Annie não conseguiu encontrar um horário para você me encontrar de novo, mas eu valorizaria qualquer conselho ou sugestão que tiver na direção que tomei com eles.

— Sinto muito por minha agenda estar quase impossível nas últimas semanas. Se eu tiver um tempo, tentarei encaixá-lo, senhor Graves. Agora, se me der licença, preciso ir.

— Ah, sim. Claro. Obrigado, senhor Alexander. Desculpe por interromper sua noite.

— Tenha um bom fim de semana, senhor Graves.

— Você também. Estou certo de que um homem tão impressionante tem um fim de semana inteiro planejado. — Bem, esse comentário é um pouco impróprio, se não sugestivo. Ele me tira daquele pensamento ao adicionar: — Verei a Annie na segunda.

— Sim. Nós nos vemos segunda. — Encerro a ligação, perguntando-me se fui tão entusiasmado com meu estágio quanto Gregory Graves parece estar.

O ponto positivo é que sua ligação tirou minha mente da ansiedade crescente pela visita de Lucia.

O mais preocupante é como ele conseguiu meu número pessoal.

Assim que estou começando a repensar minha habilidade de tomar decisões, o interfone do portão da frente soa e a voz de Lucia enche todo o espaço.

DESEJO

— Olá? Callum? É a Lucia.

Dou um passo em direção à parede da entrada, erguendo o dedo para responder:

— Ei. Vou liberar você.

Teclo o código de quatro dígitos para abrir o portão e observo pela pequena tela do circuito fechado o Mini Cooper azul passar pela entrada para a calçada de pedra, parando na frente do portão fechado da garagem. Quando abro a porta da frente, ela já está ali, à minha espera.

— Oi. — Uma saudação muito anormal para mim, mas estou rendido e sem palavras para sua aparência. O cabelo escuro foi enrolado em ondas suaves e fluidas, os cílios pretos e longos que a fazem parecer exatamente a mulher sedutora que acho que ela é.

Ela usa um vestido de lã cinza com capuz, com um decote revelador, e com o comprimento até os joelhos. É recatado, porém sedutor, um fato que não passa despercebido.

— Ei, você. — O sorriso afetado em seus lábios pintados de vermelho me diz que ela obteve o efeito desejado. Ela queria me provocar com um olhar e algo em seus olhos está me dando a impressão de que queria mostrar a mim o que perdi quando a abandonei da última vez.

O que ela não percebe é que estou perfeitamente ciente dos muitos problemas na minha decisão de deixá-la naquela noite.

— Achou fácil o lugar? — Ainda estamos parados na minha porta. Estou congelado no lugar e ela está de pé na minha frente, observando-me, quase me estudando.

— Sim, tem uma coisa chamada Google Maps. Você deveria tentar usar. Funciona bem. — Ela pisca para mim antes que sua expressão suavize e me olha com atenção. — Olha, Callum. Se você mudou de ideia a respeito disso, eu posso...

Nego com a cabeça e dou um passo para o lado, acenando em direção à enorme sala de estar.

— Não. Desculpe, estou sendo rude. — Paro, e o piloto automático entra em ação. — Meu pai me xingaria por deixar uma linda mulher do lado de fora, no frio. Por favor, entre.

Ela me observa por um momento antes de passar pela soleira.

— Estava começando a me perguntar se havia uma nova tendência rolando de comer na porta de entrada. Pensei não ter entendido um conceito novinho. — Ela abre um largo sorriso e, embora os músculos rígidos

dos meus ombros relaxem levemente, ainda estou consciente do fato de que estou exausto pelos eventos do dia associados à ansiedade por receber Lucia em casa.

Fechando a porta por trás de nós, eu a sigo enquanto ela segue pela sala de estar.

— Vá direto, em frente. O jantar deve estar pronto em quinze minutos. Espero que esteja tudo bem.

Ela gira e continua a caminhar, mas agora está de costas, observando-me.

— Callum, você está agindo como se nunca tivesse trazido uma mulher aqui e, para um homem como você, de jeito *nenhum* isso pode ser verdade.

Olho para o chão e sorrio, metade envergonhado com a referência velada à minha reputação que é divulgada e metade aliviado por meu comportamento estranho não parecer ter desviado seu interesse, baseado no que ela acabou de dizer.

— É verdade — respondo, dando um passo em sua direção. Quando seus pés vacilam, aproveito a oportunidade para trazer meu corpo para mais perto. Inclinando a cabeça para encará-la, passo um dos braços ao redor de sua cintura, quase descansando-o perigosamente perto de sua bunda. — Isso é o que eu penso sobre qualquer suposta reputação.

Seus arregalados olhos verdes se erguem para encontrar os meus.

— Hmmm. Do que estávamos falando? — Seus lábios tremem e sua respiração acelera, a atmosfera no ambiente instantaneamente se enche de tensão; o tipo certo dessa vez.

— Não acredite em tudo que você escuta — murmuro, meu olhar pousando em seus lábios.

— E o que eu deveria ter ouvido?

Observo-a. Ela tem a melhor cara de paisagem que já vi. Muito difícil de interpretar. Muito difícil de avaliar.

— Como você faz isso?

— Faço o quê? — Ela para enquanto meu rosto se aproxima, meu corpo colocando de lado quaisquer dúvidas que eu possa ter.

— Me faz querer isso. Me faz querer você. — Eu soo como um bêbado. O efeito que essa mulher tem em mim se intensifica cada vez que ficamos próximos.

— Você precisa que eu o obrigue?

Decido dar prosseguimento com aquilo. Seguir meus instintos e ver como ela reage ao verdadeiro Callum Alexander.

DESEJO

— Quando se trata de você, já sou um caso resolvido.

— Prove.

— Luce... — digo seu nome, amando a forma como rola pela minha língua. A forma como seus olhos se suavizam e o canto de sua boca se curva para cima é um bônus.

— Sim, Cal.

— Cala a boca e me beija.

— Por que você não cala a boca e *me* beija?

Eu o faço, abaixando a cabeça e passando a língua pela abertura dos seus lábios cobertos pelo batom. Seguro um punhado de seu cabelo, apertando com força antes de mergulhar a língua em sua boca, provando e absorvendo, tocando cada parte dela, dos ombros aos quadris. Empurro-a para frente e sinto seu corpo tremer quando ela se choca à parede.

Então não há barreiras. O beijo muda de selvagem para raivoso em um piscar de olhos. Suas mãos se arrastam por baixo da minha camisa, as unhas cravando em meu peito enquanto pressiono o corpo contra o dela. Meu pau protesta incessantemente, e cada movimento dos seus quadris contra os meus aumentam a necessidade de tomá-la bem ali, no corredor. Minutos se passam, mas parecem segundos, porque estamos perdidos demais um no outro para nos importarmos.

Afasto os lábios de sua boca e recosto a testa à dela, respirando com um pouco de dificuldade, combinando com a dela enquanto tento me recuperar.

— Acho que é hora do jantar — murmuro, entre as respirações, pasmo de ainda ser capaz de pensar de forma coerente depois de uma recepção dessas.

— Você é um *ótimo* encontro, senhor Alexander — comenta, com um sorriso largo, ao nos separarmos.

— É tudo parte do serviço — adiciono, segurando sua mão e guiando-nos em direção à sala de estar.

Depois que ela está sentada à mesa, levo nossos pratos da cozinha para lá.

— Espero que goste de comida italiana — digo, colocando o linguine com camarão à sua frente.

— Eu *amo* comida italiana — replica, com um sorriso largo e verdadeiro, que me aquece de dentro para fora. Apenas sua presença me relaxa. Sempre que estou com ela, posso ser eu mesmo, sem pretensões ou expectativas. É libertador, um sentimento estimulante no qual estou me tornando viciado.

— Vinho? — questiono, de costas, enquanto pego uma garrafa de Chardonnay da geladeira, mostrando a ela o rótulo antes de voltar para a mesa.

— Napa Valley — percebe, com aprovação. — Sim, por favor. — Ela ergue a taça para mim e, quando acabo de servir, leva aos lábios. Observo, completamente fascinado, que ela avalia o vinho como uma *expert*, sua língua umedecendo a boca enquanto inclina a taça e dá o primeiro gole. Encarando-me com olhos semicerrados, diz: — É um bom vinho, Cal. Estou impressionada.

— Fico feliz de ter passado no teste — digo, irônico, servindo minha própria taça e voltando para o meu assento do outro lado da mesa.

— Não esperava nada menos. — Ela coloca a taça para baixo, antes de pegar um camarão com o garfo, levando-o à boca.

Torno-me incapaz de afastar o olhar, embasbacado com seus movimentos sutis. Acostumado a pessoas que de forma evidente tentam chamar minha atenção, percebo que tudo que Lucia faz é sem qualquer esforço. Por apenas ser ela mesma, prendeu minha atenção e me atraiu.

A maioria das mulheres que conheço poderia aprender muito com ela.

— Vai ficar me observando comer a noite inteira? — pergunta, despertando-me.

— Posso? — brinco, fazendo-a rir.

— Pelo menos me daria a chance de observar você também.

Enrolo o macarrão cabelo de anjo em volta do garfo, meus olhos grudados em Lucia enquanto como pela primeira vez, fechando os olhos com o sabor do camarão, alho e parmesão, que toma conta dos meus sentidos. Seu gemido de resposta faz o esforço valer a pena.

Depois do jantar, que funciona mais como preliminar do que como refeição, inclino-me na cadeira, segurando o vinho nas mãos e encarando a baía.

— Callum, você está bem?

Devolvendo a taça para a mesa entre nós, corro o dedo pela haste de cristal sem pensar antes de encontrar seu olhar.

— Claro. O que fez você perguntar isso?

— Parece que você está com o peso do mundo nos ombros. — Seus olhos estão cheios de preocupação, uma adorável ruga aparecendo entre as sobrancelhas quando franze o cenho.

— Recebi uma notícia ruim hoje em relação a um projeto. É apenas um percalço, espero. Sinto muito por estar sendo uma companhia terrível hoje.

— O jantar estava adorável. A companhia é deliciosa, só está preocupado ou necessitando de verdade de um bom uísque escocês ou de uma massagem.

DESEJO

— Consigo os dois por cem? — brinco, e seus lábios se curvam em um sorriso.

— Aí está. Eu sabia que havia um pouco de humor ali. — Ela fica de pé e se move para juntar nossos pratos. Levanto-me e faço-a parar com a mão em seu braço.

— Luce, não precisa fazer isso. É minha convidada para jantar. Não espero que limpe. Tenho uma governanta para isso.

Ela para e olha ao redor do cômodo incisivamente.

— Não estou vendo sua governanta por aqui, então acho que vou ajudá-la. Por que não pega seu vinho e vamos para a varanda? Aproveitar o ar fresco e essa sua vista maravilhosa. — Ela dá um sorriso largo e pega os pratos, carregando-os até o balcão da cozinha.

Encaro-a, pasmo e maravilhado com a confiança que ela exala. Parece confortável e à vontade na minha casa, o que me deixa ainda mais tranquilo de tê-la aqui. É um sentimento incomum para alguém que não está acostumado ou particularmente apaixonado por ter outras pessoas invadindo seu espaço.

Pegando uma taça de vinho, vou para a varanda, como sugerido. Apoio um braço na grade de alumínio e olho para cima, para a lua cheia no céu azul-escuro.

Os passos de Lucia se aproximam e, bem quando estou para me virar, suas mãos pousam suavemente em meus ombros, o calor de sua pele irradiando pelo material fino da minha camisa. Quando seus dedos começam a massagear com gentileza os pontos tensos dos meus ombros e das minhas costas, gemo em voz alta, sem me conter. Ela gira os polegares em círculos largos e arqueio o peito para frente, empurrando seus dedos mais fundo e com mais força em minha carne dolorida.

— Hmm — gemo, quando ela move o corpo contra o meu, um toque bem-vindo, desejado.

— Segure-se na grade, Callum — instrui. Em mais alguns minutos de massagem, sinto a tensão do dia sair do meu corpo, minha cabeça focada somente na mulher cujas mãos estão me moldando no homem que eu deveria ser para ela. A perda momentânea de controle me perturba e, como se ela tivesse percebido minha pausa pensativa, leva as mãos para o meu peito e começa a abrir os botões da minha camisa em uma velocidade dolorosamente lenta. — Precisa deixar alguém cuidar de você, Callum. Está tão tenso que é um milagre não ter se desfeito.

88

— Você é muito perceptiva — aponto.

— Não é difícil de notar. No minuto em que entrei aqui, deu para ver seus ombros retesados, sua mandíbula contraída. Prefiro que outras partes suas estejam rígidas, não o seu comportamento completo.

— Sinto mui...

Ela chega ao último botão e o que quer que eu fosse falar se dissipa quando as mãos quentes de Lucia deslizam de volta pelo meu torso. Ela estuda os cumes do meu peito pelo toque, meus músculos se contraindo sob sua pele enquanto abre a camisa, antes de deixar um beijo suave e quase reverente no meu pescoço nu.

Meu corpo inteiro estremece e sinto seus lábios se curvarem contra os meus.

— Parece que estou conseguindo o efeito certo.

— Talvez — respondo, rouco, sem confiar em mim mesmo para dizer ou fazer algo do qual possa me arrepender; ou não me arrepender, o que seria infinitamente pior.

Não tenho nem tempo de considerar tal possibilidade, porque assim que me viro, suas mãos estão em minha cintura, abrindo o botão superior do meu jeans, empurrando o tecido pelas minhas pernas.

— O que você está fazendo? — pergunto, por curiosidade, sabendo onde espero que isso vá, mas sem querer ser presunçoso. Especialmente por não ser quem está no controle da situação agora. Estou deixando-a guiar dessa vez.

— Quero ajudá-lo.

— Nada vai aliviar a tensão. Apenas tempo e, talvez, alguma sorte — respondo, ironicamente.

— Ah, não tenho certeza quanto a isso. Tenho um bando de métodos testados e aprovados para aliviar o estresse.

Seguro a grade com mais força enquanto ela desliza a mão para dentro da minha boxer e lentamente a puxa abaixo da minha ereção, movendo a peça pelas minhas pernas, dando um tapinha em cada tornozelo para que eu os erga do chão e deixe que ela remova minhas roupas. Olho para baixo e observo-a, maravilhado com a graça que ela demonstra em tudo que faz, inclusive ao desnudar um homem.

Ela me encara e nossos olhos se prendem, sua intensidade me deixando imóvel.

— Testados e aprovados? — questiono, com um rosnado, sem perder a pontada de possessividade que eu não sabia que possuía.

DESEJO

89

Sem responder, calor irradia em seus olhos enquanto fica de pé, lentamente correndo as mãos pelas minhas pernas nuas. Seus dedos se abrem em meus quadris e ficam por lá, enquanto ela se endireita entre meus braços estendidos, ainda agarrados à grade como se minha vida dependesse disso.

A situação vulnerável em que me encontro agora não passa despercebido. Ela conseguiu tirar as minhas roupas e o meu controle em um espaço de poucos minutos, usando as mãos e a boca como suas armas.

— Preciso tocar em você. — Meus dedos tremem por necessidade. Quero sentir sua pele macia contra minhas palmas. Correr as mãos pela curva da sua bunda, acariciando o local sensível onde suas pernas encontram seus quadris.

— Isso é por você, Callum. — Na ponta do pé, ela roça os lábios gentilmente contra os meus. Provocando, dando-me um gosto do que quero. É necessário todo meu controle para manter as mãos afastadas, mas minha curiosidade me motiva a ver o que acontece. — Precisa relaxar. Esqueça tudo que está pesando tanto em seus ombros e solte-se. Deixe-me fazer isso por você.

Ela enlaça meu pescoço, curvando os dedos em meu cabelo enquanto traça meus lábios com a ponta da língua. Gemo, abrindo a boca e a encontro no meio do caminho. Deixo que guie e controle o beijo, meu pênis pulsando com a necessidade de qualquer tipo de contato.

— Posso relaxar quando estiver enterrado em você — comento, um sorriso irônico mascarando o desespero crescente dentro de mim quando ela se afasta. Sinto-me fora de equilíbrio, o chão aos meus pés, instável, apesar do meu estado físico ser seguro e protegido.

Sem controle, sinto-me incerto, incapaz de garantir que posso conter a ânsia de ultrapassar os limites de Lucia. É uma das razões pelas quais tentei ficar longe dela, mas veja onde isso me levou. Estou aqui com a própria mulher, quase nu, do lado de fora. Com a visão de tirar o fôlego da cidade que eu amo atrás de mim e a brisa fria da primavera soprando em meu corpo, observo maravilhado quando ela corre as mãos pelo meu peito e fica de joelhos.

Ansiedade se alastra enquanto amplio a postura, preparando-me para a sensação intensa dos lábios de Lucia em volta do meu pau.

— Feche os olhos, Cal. Esvazie sua mente de qualquer coisa que não seja nós dois. Este lugar. Eu.

Meus outros sentidos convergem com uma clareza renovada no momento que atendo ao seu pedido e fecho os olhos. Absorvo tudo ao meu

90

bj harvey

redor — sua respiração contra minha pele, suas mãos descansando em minhas coxas e descansando em meus quadris, as pontas dos dedos cravando em cada lado da minha bunda bem quando o refúgio molhado e quente da sua boca envolve a cabeça do meu pau.

De alguma forma, permaneço em silêncio, absorvendo cada detalhe à medida que ela desce os lábios pelo meu pênis, segurando a base com o punho e começando o movimento de engolir e recuar, sem deixar sua boca perder contato. A cada deslizar suave em meu comprimento, a rigidez do meu corpo se esvai. A cada aperto e afrouxamento do seu punho, relaxo contra ela, meus quadris balançando em investidas gentis, testando sua disposição. No momento em que sua mão me solta, voltando para minha bunda e empurrando minha virilha para mais perto do seu rosto, forçando meu pau a ir mais fundo em sua garganta, sei que estou com problemas.

— Porra! — rosno, minha mão esquerda saindo da grade para repousar atrás da sua cabeça, meus dedos se enroscando no cabelo.

A pressão aumenta dentro de mim. Os sons da vizinhança, da cidade à distância estão mudos — a única coisa que escuto é minha respiração pesada e os sons molhados da boca de Lucia enquanto ela devora o meu pau.

Ela geme ao meu redor. A vibração ameaça me fazer perder a cabeça, mas cerro os dentes e desejo que meu corpo afaste o desejo de me aliviar. É o último traço de controle que tenho no momento. Lucia pode ser quem está de joelhos, mas não posso negar que ela está controlando cada resposta e reação do meu corpo a si mesma no momento.

Raspando o dente contra a parte sensível ao lado da ponta, um arrepio me percorre, arrancando-me da névoa. Minhas pálpebras se abrem e olho para baixo. A luz da sala a envolve, mas não há como esconder o fogo em seus olhos. Vendo que ela está obviamente excitada por me dar prazer atinge minha mente e perco o controle frágil que eu possuía.

Apertando a mão em seu cabelo, puxo-a para cima, enlaçando sua nuca, meu dedo pousado em sua carótida, sentindo-me estimulado pelo batimento rápido do seu coração. Inclino-me para tomar sua boca, mas ela continua a me tocar com força e velocidade com a mão. A necessidade intensa me assola e não consigo mais controlar minhas atitudes. Passando a outra mão pelo seu vestido, empurro sua calcinha úmida de lado e insiro dois dedos bem fundo em sua boceta, circulando o clitóris duro com a ponta do dedão. Com seu calor escorregadio cobrindo minha mão, devoro sua boca, esfregando a língua contra a dela e explorando sua boca com

DESEJO

uma fome renovada enquanto sinto suas paredes se apertarem ao redor dos meus dedos.

Ela geme, demonstrando o tanto que se sente dominada por mim. No momento que sinto sua mão imitar a minha, agarrando meu cabelo da nuca e segurando com firmeza, perco todo pensamento coerente.

Seguro seus lábios nos meus, sem deixar de notar seus olhos arregalando com o tremular de seu corpo. Ela começa a ofegar contra a minha boca, os curtos jatos do hálito quente entre nós se misturando, devolvendo o ar um para o outro, sem perder o contato de nossos lábios. Suas pupilas dilatadas brilham na luz fraca, e percebo que ela está ficando com tanto tesão quanto eu.

Como isso é possível, porra?

A brisa me atinge, endorfina percorrendo meu corpo, então sinto mais do que vejo o corpo de Lucia tensionar, seus olhos arregalando ainda mais enquanto observamos um ao outro, nossas bocas fundidas ao corrermos em direção ao *clímax* mútuo antecipado pelo qual estamos lutando.

Com a mente dobrada em milhões de pensamentos se atropelando, refletindo no que isso poderia significar, não tenho tempo para ponderar sobre nada. Minha falta de foco possibilita uma libertação verdadeira da mente e do corpo.

O latejar na base do meu pau explode e sou catapultado para o céu, meu eixo pulsando enquanto rosno o mais poderoso orgasmo que já tive. Pressionando com força o polegar em seu clitóris, levo os dedos mais fundo. Ela se aperta ainda mais ao meu redor e grita seu *clímax* em nossas bocas unidas. Minha cabeça gira da maneira mais intensa e satisfatória e retorno para a Terra. Suas mãos desaceleram, a minha acompanhando seu ritmo enquanto relaxo e nossos lábios se separam.

Ela me encara, realmente me olha. Seu rosto é uma bela imagem satisfeita, com as bochechas coradas e lábios inchados. Bem fodida e bem beijada. Uma bela aparência em qualquer mulher, mas simplesmente estonteante em Lucia.

— Uau — sussurra, sua mão soltando meu pau e se movendo para o meu quadril. Observo nossos corpos, o meu quase nu e o dela completamente vestido. Com uma última carícia em seu clitóris sensível, que me garante um arrepio gratificante, coloco sua calcinha no lugar e tiro a mão de baixo do seu vestido.

— Sinto mui…

Ela coloca o dedo em meus lábios.

— Não. Esse foi o momento mais erótico da minha vida. Você baixou sua guarda; deu-me um pedaço de si mesmo que não vou devolver, Cal. Eu senti, você sentiu. Bem… — Ela dá um sorriso presunçoso. — Pelo menos até onde você aguentou.

Não consigo conter o riso, balançando a cabeça, seu dedo permanecendo em meu lábio inferior.

— Acho que meu trabalho está feito aqui.

— Algo foi feito aqui — retruco, com um sorriso afetado.

— Engraçado, senhor Alexander. Dá até para pensar que você relaxou de verdade.

— Shh, não conte a ninguém. Vai afetar minha reputação.

— E nós não *queremos* isso, né? — Ela ri, antes de se abaixar para pegar minha calça. Não que eu esteja incomodado pelo fato de estar nu da cintura para baixo. É quando percebo que arruinei a frente do seu vestido.

— Merda. Espera aqui.

Ela franze o rosto, confusa, mas não se mexe, aparentemente alheia. Visto a calça e abotoo, caminhando em direção à cozinha. Pego uma toalha de mão e umedeço com água quente antes de voltar para a varanda.

Ela observa em choque enquanto me abaixo e limpo seu vestido com o pano, antes de ficar de pé na frente dela outra vez.

Sinto uma mudança em sua linguagem corporal, dizendo-me que a surpreendi com o gesto, e não tenho certeza se ela sabe o que pensar.

Minhas suspeitas são confirmadas quando a vejo observar o relógio de pulso e franzir o cenho, antes de virar para mim.

— Preciso ir embora.

Quando ela passa por mim, ajo por instinto e agarro seu pulso, gentilmente trazendo seu corpo de volta para o meu até nossos peitos se tocarem. Deslizo uma das mãos por sua coluna até a bainha do vestido e espalho uma de suas nádegas. A outra mão segura seu queixo, meu olhar focado na carícia do meu polegar em seu lábio inferior úmido.

— Fique — peço, baixinho, minha voz gutural e natural. Erguendo os olhos para os dela, observo seu olhar em meu polegar até os olhos entrecerrados encontrarem os meus novamente. — Passe a noite comigo, Luce.

— Pensei que você quisesse que eu fosse embora. Estava tentando facilitar para você.

Meu coração acelera no peito ao perceber que ela pensou que eu queria que ela saísse.

DESEJO

— Não quero que você vá. Ainda não terminamos — adiciono, com um sorriso irônico.

O punho que está ameaçando acabar com meu último suspiro a noite inteira se fecha. Minha respiração é curta ao esperar sua resposta.

Ela hesita por um segundo, seus olhos estudando meu rosto, estudando a mim antes que ela acene e sorria, confirmando sua decisão com um leve toque dos lábios contra os meus.

Algo mudou entre mim e Lucia. Algo que quero explorar.

Algo que me assusta pra caramba.

CAPÍTULO 11

Abro os olhos em um quarto preenchido pelo sol, congelando no lugar quando a cama se move ao meu lado.
Não foi um sonho.
O corpo suave e quente de Lucia acaricia minhas costas. Sua mão pequena e macia como cetim desliza pela minha coluna e o meu peito, quando ela deposita beijos suaves nas minhas costas, roçando a bochecha contra minha pele enquanto continua.

— Bom dia. — Sua voz grave e sexual faz minha ereção latejar e demandar atenção, apesar das sensações divididas que me seguram.

Agora já é de manhã e a névoa de luxúria não nubla mais minha perspectiva.

A noite passada foi um ponto de virada para mim – para nós. Temos que conversar hoje. Preciso avaliar o que ela pensa sobre o que quer que seja isso crescendo entre nós e verificar se ela quer seguir em frente. Tudo que sei é que me senti afetado por uma mulher, totalmente confuso e em conflito, ao mesmo tempo em que me senti excitado e vivo como não me acontecia há muito tempo, se é que já me senti assim.

Rolando por cima dela, abaixo a cabeça em sua direção. Encontro caminho para minha língua em sua boca e empurro-a para trás. Descansando meu peso contra sua carne flexível, meus antebraços repousam em cada lado de sua cabeça enquanto minhas mãos se enroscam em seus cabelos. Nosso beijo é suave e lento, repleto de exploração e descoberta. Não há pressa de ir a lugar nenhum, sem preocupações de ser interrompido e nenhum desejo de minha parte de sair dessa cama.

Levanto a cabeça, lamentavelmente afastando os lábios dos seus, que estão inchados e deliciosos, e sorrio para ela enquanto minhas mãos emolduram seu rosto.

— Bom dia.

— Esse é um caminho bem meticuloso para se dizer bom-dia.

— E o que você acha da direção que estou tomando?

— Ah, essa direção é muito boa. De fato, parece que alcançamos um semáforo inesperado que não requer mais sua obediência.

Sorrindo para ela, encontro-me amando o brilho malicioso em seus lábios. Aquele que me faz entender que ela está me provocando e não tem medo de me mostrar que está aproveitando cada minuto disso – assim como eu.

— Você tem planos para hoje? — questiono, meus dedos acariciando suas têmporas em círculos metódicos e lentos. Ela fecha os olhos e geme, seus dedos pressionando os meus ombros.

— Hmmm.

— Um pouco distraída, Luce?

— Suas mãos são boas demais. Onde você se escondeu minha vida inteira?

Não consigo evitar. Com minha máscara estraçalhada lá embaixo, não sinto mais obrigação de manter as aparências. A essa altura, se Lucia não tivesse gostado do que viu, não estaria deitada nos meus braços, em minha cama, agora. Preciso seguir em frente dessa existência discreta que tenho vivido, a fim de prosseguir.

— O que significa esse olhar? — Luce questiona, quieta, atraindo minha atenção a ela outra vez.

— Que olhar?

Ela leva as mãos ao meu rosto e gentilmente traça minhas sobrancelhas franzidas até os dedos se unirem.

— Esse olhar. É como se uma sombra escura atravessasse sua porta, depois sumisse rápido. — Seus olhos estudam meu rosto, devagar. — É bastante desconcertante estar deitada, nua, junto de um homem cujo belo rosto está marcado por uma expressão fechada. Então, de novo, eu pergunto: o que foi aquele olhar? — Sua voz está firme e determinada, deixando-me saber, sem sombra de dúvida, que ela quer respostas e, de preferência, a verdade.

Posso confiar nos meus instintos e discutir isso com total honestidade? Algo que não fiz com mais ninguém além do Grant e que, mesmo com ele, foi há vários anos quando nós dois tomamos uma quantidade enorme de tequila e estávamos deitados em uma praia mexicana? Quero mesmo assumir o risco de deixá-la com nojo da minha verdade, dos meus desejos proibidos que tenho guardado por tanto tempo? Ou ainda pior: enfrentar a ameaça que esses mesmos desejos representam se vierem a público?

— Fico meio desnorteado quando se trata de você.

Seus dedos se contraem contra minha bochecha e seus olhos arregalam de leve.

— Sério? — Seus olhos tremulam quando ela começa a fechá-los e fico com medo de que aquele pequeno vislumbre da minha vulnerabilidade tenha mudado sua opinião sobre mim.

— Olha, eu sei que meio que assumi o comando noite passada, mas de jeito nenhum eu estava no controle. Sei disso, Callum.

Meus lábios se curvam.

— Minha bela Lucia, controle nunca é um problema entre nós dois. E, na noite passada, quase perdi a cabeça…

O largo e adorável sorriso volta com tudo.

— Além de outras coisas…

Esse senso de humor dela e o brilho maligno em seus olhos me dizem que ela está aproveitando tudo isso, o que faz com que um sorriso completo e radiante apareça.

— Sim, além de outras coisas. — Respiro fundo e movo-me para o lado, sem querer que o peso completo do meu corpo pressione o dela.

— Respire, Cal. Você pode falar comigo. Pode confiar em mim.

Eu a estudo, mas não há nada além de sinceridade escrito em todo seu rosto.

— Estou começando a acreditar nisso.

— Então me deixe entrar. Essa guarda que está desaparecida desde a noite passada; eu gosto disso. Quero conhecer o homem por trás do rosto, dos jornais, da reputação e do perfil. Quero conhecer *você*.

— Poucas pessoas conseguem conhecer o meu verdadeiro eu. — Minha voz está melancólica quando olho para cima e encaro a janela, distraindo-me com o céu azul-claro, sem nuvens. Os dedos de Luce se contraem em minhas bochechas para minha atenção para ela.

— Sinto isso também. — Percorre meu rosto com os dedos, tocando

DESEJO

97

gentilmente, traçando cada linha e contorno. Seus olhos nunca deixam os meus, encorajando-me silenciosamente a revelar mais de mim mesmo.

— Sempre fui uma pessoa privada. Há algumas partes de mim que é melhor manter para mim mesmo.

— Como a noite de ontem?

Aceno, as palavras travadas em minha garganta. Como posso dizer a ela sobre o que eu fantasio? Como vou saber que ela não vai congelar debaixo de mim e fugir?

— Eu...

— Há limites que você quer ultrapassar?

Pigarreando, cuidadosamente calculo o que quero dizer para que não aja erro de interpretação ou de comunicação.

— Sim. Essa é uma forma de descrever.

— Você é um dominador? Precisa de controle?

Erguendo a mão livre, agarro minha própria nuca e massageio os músculos retesados. Soltando o suspiro longo, lento e profundo que estava segurando, penso no que posso dizer e como dizer:

— Eu gosto. Mas não preciso. Não da maneira que você pensa. É difícil de articular.

— Você está articulando bem, Cal. Não vai me ver fugindo para as colinas.

— Tem certeza?

— Você é algum tipo de sádico que sonha em me infligir quantidades infinitas de dor?

— Não, porra.

— Então deixe-me dizer o que penso: a noite passada só serviu para me comprometer ainda mais à causa de quebrar a caixa de vidro na qual você está cercado.

— Ah, é? — Minha voz está tensa. O medo de me apaixonar mais profundamente e com mais força por essa mulher apenas para vê-la tímida quando a atenção, a pressão, a abrangente guerra de vontades que ocorre em minha vida é quase demais para lidar. Encontrar alguém tão em sintonia comigo... que tipo de homem a traria para o meu mundo, despreparada? É exatamente por isso que preciso da *caixa de vidro*, como ela colocou.

— E estou chutando que você está se perguntando se, primeiro, estávamos bêbados na noite passada e essa é a razão de eu ainda estar aqui na sua cama ou, segundo, se ainda estou aqui, como eu poderia sequer pensar

98

na maneira que você me deixou assumir o controle e como relaxou as rédeas curtas em que mantém seus instintos e só se deixou levar. Estou perto?

Eu rolo para cima dela, incapaz de resistir à vontade de passar os nós dos dedos pela curva dos seus ombros e pelos seus braços, respondendo às suas perguntas com meu toque.

— Então me deixe perguntar: por que você *é* tão reservado?

— O que é isso, a Inquisição Espanhola? — Pigarreio outra vez para esconder o desconforto. Olhando em seus olhos, consigo ver que não há malícia, apenas sinceridade.

— É a Inquisição Lucia. É realizada quando se está nu, na cama, e é bem mais confortável. — Seu tom permanece leve e provocador.

Observo-a, seus olhos verdes suaves tomados de compreensão. Não há julgamento ou desgosto em sua expressão. Ela quer saber, de verdade, o que está acontecendo. Decido que a honestidade é a melhor política.

— É mais seguro.

— Para quem? — indaga de supetão, sem me dar espaço.

— Para mim. As mulheres com quem escolho me envolver...

— E agora *eu* sou uma mulher com quem você está escolhendo se envolver? — Uma de suas mãos acaricia meu braço, seu toque agindo como um bálsamo.

— Depois da noite passada, eu espero que sim. — Por instinto, encontro-me pressionando meu corpo ao dela ainda mais para reiterar minha resposta. Apoio meus antebraços em cada lado de sua cabeça para aliviar um pouco do peso de cima dela. Esticando-se, ela enfia a mão por dentro do meu cabelo, enroscando seus dedos nas mechas rebeldes.

— Então eu creio que é seguro dizer que você precisa abrir a porta da caixa para me deixar entrar lá com você.

— E aí o que acontece?

— Aí, juntos... — ela gentilmente aperta os dedos e puxa minha cabeça de forma que nossas testas se recostem uma à outra, transformando a voz em um sussurro suave — surfamos essa onda e aceitamos o que vier. O que quer que tenha te deixado tão tenso na noite passada, quaisquer que sejam as pressões externas que você está tentando e falhando em lidar, faremos isso enquanto também conhecemos um ao outro, construindo a confiança necessária para podermos avançar além do que você está tentando com tanto afinco me proteger.

Dou um sorriso irônico para ela.

DESEJO

99

— Você é bastante assertiva quando coloca algo na cabeça, mas precisa saber que não sou fácil de lidar. Nunca deixei nenhuma mulher chegar perto até agora.

— Então fico feliz de que você está me dando uma oportunidade de chegar lá — diz, com um suspiro. — Por que está tão preocupado, Cal? Você é um dos homens mais centrados que já conheci. É o que sei que está escondido debaixo do exterior duro que me deixa intrigada para início de conversa.

— Tem certeza de que está disposta a lidar com tudo que vem junto do nome Callum Alexander? A publicidade? As fofocas? Os eventos? Os...

Seus dedos pressionam meus lábios, encerrando meus argumentos.

— Estou disposta a fazer isso para você.

— É a mesma coisa?

— É ainda melhor. Estou fazendo isso para você, não por você. Há uma diferença clara.

— Não quero machucá-la. Não conseguiria lidar com isso.

— Então confie em mim para te dizer quando e se cruzarmos uma linha que não estou disposta a ultrapassar. Mas direi a você, Cal. Há várias linhas por aí e ainda não encontrei nenhuma que me impedisse. Estava esperando que você percebesse isso.

Observo enquanto um sorriso malicioso se estende por seu rosto e suas mãos caem do meu cabelo, esticando-se por cima da cabeça. Meu olhar se move enquanto seus seios se estendem junto com eles.

— Mas então, eu pego pesado pela manhã, mas depois de pelo menos um orgasmo e um bom café. Acho que você pode me ajudar com isso, já que nós dois concordamos que sou agora a mulher com quem você está envolvido? — Sou recebido por um sorriso pretensioso que evapora a apreensão que senti previamente.

— Odeio pensar que estou falhando em meus deveres de anfitrião. Preciso melhorar nisso. — Abaixo a cabeça e circulo seu mamilo oferecido com a língua antes de trilhar beijos por sua garganta e roçar meus lábios aos dela, sua boca procurando a minha ao provocá-la.

Uma hora depois, estou no andar de cima tomando café na varanda com uma mulher sorridente e satisfeita ao meu lado, minhas preocupações irritantes silenciadas por agora, mas sei que deixar Lucia entrar, tendo aquilo que nunca experimentei e que apenas Grant tem conhecimento, estou assumindo um dos maiores riscos da minha vida.

Só posso torcer para que a escolha que fiz seja a correta.

100

CAPÍTULO 12

Tive a sorte de não encontrar com Carmen Dallas por alguns meses. Isso foi até hoje e, apesar de ter avisado para Luce sobre a mídia e o interesse na minha vida privada, não tinha contado sobre o Furacão Dallas e sua missão de descobrir tudo e qualquer coisa para obter um "grande furo".

Isso significa que eu estava despreparado quando Lucia e eu aproveitávamos um almoço de domingo no Japanese Tea Garden e Carmen entrou pela porta com um sorriso imenso, vindo até nós.

— Callum, adorei encontrá-lo aqui. Ah, e em um *encontro*. Esse deve ser meu dia de sorte.

Não consigo nem tentar controlar minha aversão por essa mulher, mas a emoção avassaladora que está percorrendo meu corpo é o medo.

— Senhorita Dallas — rosno seu nome, meu corpo tensionando ao perceber que não tenho como proteger Lucia.

— Quem é essa que temos aqui? — Vira sua atenção em direção à Luce, que devolve seu copo à mesa e ergue uma sobrancelha para mim antes de retornar um sorriso meigo e acolhedor para nossa visitante indesejada.

Ela oferece a mão para apertar a de Carmen, o que ela faz de bom grado, mas, observando as duas mulheres, posso ver as diferenças óbvias entre elas. Não é apenas o lance de "loira contra morena"; é algo mais como "desonesta contra genuína".

— Estava querendo conhecê-la há um tempo, Lucia. Você é uma mulher difícil de rastrear.

DESEJO

Luce puxa a mão de volta e inclina o corpo para o meu.

— Engraçado — reflete —, porque é a primeira vez que vejo você. Carmen, você disse? Não ficou claro para mim o motivo para que você esteja me rastreando, exceto pelo fato de que estou namorando Callum.

Encosto-me para trás na cadeira e vejo tudo com fascinação, quando a mão de Lucia aperta minha coxa, quase possessivamente.

Carmen decide sentar e puxa uma cadeira, acomodando-se em nossa mesa, o que me leva ao limite. Essa mulher é uma das maiores colunistas de fofoca em San Francisco. Sua edição semanal de duas páginas no *Tribune* é uma das mais comentadas e lidas da cidade. O fato de ela estar procurando por Lucia me deixou preocupado que a mulher por quem agora tenho fortes sentimentos possa não saber para o que ela está se dando oportunidade.

— Callum é um assunto quente. As pessoas querem ser como ele ou estar com ele. E desde que não podem ser nenhuma das duas, querem saber sobre ele, *tudo* a seu respeito. E é aí que eu entro.

Bufo, o que me rende uma careta de Carmen e um sorriso pretensioso de Luce.

— Enfim. Parece que você se tornou um acessório permanente na vida do Callum, o que já é um feito em si. Conte-me mais sobre si mesma.

Luce permanece calma, uma expressão divertida. Ela toma outro gole do seu chá, olha para mim e pisca – ela *pisca* – antes de se virar para Carmen.

— O que me surpreende, Carmen, é você pensar que quem sou ou o que faço, ou qualquer coisa relacionada ao homem com quem estou, tem alguma consequência ou é da conta de alguém.

Tento esconder minha surpresa à defesa imediata que Lucia faz de mim. Avisá-la sobre minha notoriedade e o interesse da imprensa em mim é uma coisa – a maneira como ela está voluntariamente saindo em minha defesa é algo totalmente diferente. Um sorriso enorme se alastra pelo meu rosto ao observar a linguagem corporal de Carmen se fechar, seu choque com a recepção que está recebendo tornando-se evidente. Mas ela se recupera, e o faz de maneira rápida e efetiva.

— Callum se tornou popular ao receber seu primeiro prêmio. — Ela olha para mim, seus olhos cheios de algo que não quero contemplar, o que só me deixa com mais raiva. Fico frio, meu corpo tenso e a aversão que sinto por essa mulher e qualquer um em geral que lê e alimenta esse tipo de jornalismo. — Ele é um enigma. Projeta prédios inspiradores, é o homem por trás do novo museu nacional, que está programado para se tornar outra atração turística de alto nível para a cidade, e é um homem bonito, sem problemas com dinheiro e que nunca sai duas vezes com a mesma mulher; a menos se você estiver contando a irmã ou a cunhada dele, o que, a propósito, Cal, foi uma ideia brilhante até eu perceber.

Os dedos de Lucia apertam minha coxa, o que aceito como dica de que ela atingiu o limite.

— Carmen, foi uma agradável surpresa conhecê-la e uma baita *coincidência* você ter aparecido enquanto estou em um encontro com meu namorado — diz, com sarcasmo. — Porém, eu tentei ser cortês e amigável, mas consigo ver que sua fixação com Callum e sua vida não será facilmente ignorada. Então estou pedindo gentilmente que você continue com seu dia e deixe-nos aproveitarmos nosso chá. — Ela volta a se inclinar até mim, descansando seu ombro contra o meu e deixando claro para todos que estão vendo, quem e o que ela é para mim. — Mas vou te dizer isso: Callum e eu, juntos ou não, somos seres humanos. Temos direito a uma vida particular, assim como qualquer um.

Carmen levanta e se inclina para Lucia, sua postura combativa enfatizada ao colocar as mãos nos quadris.

— Você aprenderá que não vale a pena ficar no meu caminho.

— Suas ameaças veladas não significam nada para mim. Agora, gostaríamos de aproveitar o resto do nosso *encontro* antes de voltarmos para casa. Tire o que quiser disso, senhorita Dallas. — Lucia se vira para mim, curvando-se para frente e colocando a mão em meu queixo até eu a esteja encarando, depois beija meus lábios gentilmente.

Olhando para a repórter, tenho que engolir uma risada com a descrença no rosto da mulher por ser descartada tão de cara dessa forma. Lucia descansa a cabeça em meu ombro e luto contra todos os instintos que tenho para tomá-la ali mesmo. Seria a exibição mais quente e gratificante que já participei em bastante tempo.

Ainda assim, não aplaca o sentimento incômodo em meu estômago, que apenas será aliviado quando a edição de quarta-feira do *Tribune* sair.

— Meu Deus, quero deixar você nua agora mesmo — rosno contra o ouvido de Luce, assim que Carmen sai pisando firme.

— Na minha casa ou na sua?

— Jesus, você é maravilhosa. *Isso* foi maravilhoso. Você não tem que fazer esse tipo de coisa por mim.

— Cal, você é um homem, como qualquer outro. Tem os mesmos

DESEJO

103

direitos que eles. Pode ter vencido prêmios e sido jogado sob os holofotes contra sua vontade, mas isso não dá a ela o direito de tentar intimidar você ou a mim, muito menos arruinar o que estava sendo uma tarde agradável. Então, posso ser maravilhosa, mas acho que você é incrível e ninguém…

Tenho que calá-la, então esmago meus lábios contra os dela, passando o braço por seus ombros e segurando-a perto de mim ao invadir sua boca, sem dar a mínima para quem nos viu.

— Uau — diz, depois de se afastar do beijo, sua respiração ofegante falando diretamente no meu pau.

— Vou pagar a conta.

— Melhor ideia que você teve o dia inteiro, senhor Alexander — devolve, com um sorriso afetado e *sexy*.

Pago a conta e deixo uma gorjeta generosa para a garçonete antes de guiar Lucia pela mão para o lado de fora do Tea Garden. O sol quente do verão incide em nossas costas enquanto caminhamos pelo parque e de volta para o meu carro.

— Minha casa ou a sua? — pergunto, assim que abro a porta do passageiro para deixá-la entrar.

— Tão cavalheiro. Pergunto-me o que seria necessário para você se libertar — ela questiona, com um sorriso largo.

— Provei que, em certas circunstâncias, nem sempre sou tão nobre.

Ela se inclina para mim e me dá um sorriso *sexy* e malicioso.

— Talvez eu queira ver quão longe consigo pressioná-lo, Cal.

— Você não sabe o que está pedindo, Luce — alerto.

Mas meu aviso passa despercebido.

— Talvez eu saiba. Talvez você não tenha percebido que posso aguentar o que quer que você queira me dar.

Distraído pelas imagens eróticas surgindo ante meus olhos, assinto e fecho sua porta, permitindo que meu corpo se acalme enquanto dou a volta no carro. É aí que vejo um envelope enfiado pelo lado da porta, endereçado a mim. O cabelo em minha nuca arrepia com o pensamento de alguém saber qual é o meu carro em uma rua pública lotada. Sem querer estragar nosso encontro, coloco no bolso, fazendo uma anotação mental para ler mais tarde, depois me acomodo ao volante antes de ligar e sair para o trânsito.

Fico preocupado durante o curto trajeto até seu apartamento. Somente quando estaciono em sua vaga na garagem, é que Lucia chama minha atenção.

— Cal, eu te chateei? Foi aquela cena na casa de chá?

Olho em sua direção e encontro-a me encarando, suas costas apoiadas contra a porta. Libero um grande suspiro e inclino-me para frente, agarrando o volante com força, descansando a testa contra o couro frio.

— Nunca quis que você estivesse nesta situação.

Virando a cabeça para encará-la, deparo com seu cenho franzido e com o olhar profundo, emotivo e muito sagaz.

— Se você estiver falando sobre se defender, bem como defender seu direito à privacidade contra repórteres que atacam os outros como aquela mulher, então fiz aquilo por mim mesma e faria de novo em uma fração de segundos.

— Não quero que tenha que encarar nenhuma pressão de nada ou ninguém, porque escolheu ficar comigo. Protegi minha família e deveria fazer o mesmo por você.

— Cal, eu nunca...

Inclino-me para frente e coloco a mão em sua perna, meus dedos desnudando um pouco sua saia para acariciar a pele suave por baixo.

— Sei disso. E sei que você nunca faria algo assim. Estou começando a acreditar que você sabia onde estava se metendo quando concordou com nosso primeiro encontro. Você é a primeira mulher que eu quis que aceitasse cada parte minha.

Sua mão cobre a minha, lentamente puxando-a mais para cima em sua perna.

— Eu já aceitei, Cal. É você quem precisa aceitar.

— Estou começando a ver isso. — Meus olhos estudam seu rosto, observando seus lábios entreabertos e o rubor que se espalha em suas bochechas enquanto meus dedos passam pela pele macia e flexível do interior da coxa. — Há apenas algumas poucas partes que preciso de tempo para mostrar a você.

Ela me observa atentamente antes de seu olhar pousar no meu dedo, que agora está fazendo círculos, o calor do seu núcleo ameaçando me afogar enquanto o desejo está escrito por todo seu rosto.

Nossas mãos sobem um pouco mais, até que a ponta dos meus dedos roce a roupa íntima de cetim fina e molhada.

— Quero tudo de você em qualquer ritmo que você queira me dar — sussurra, sua voz cheia de necessidades enquanto me envolve. — Mas agora eu *preciso* de uma parte sua em particular, e eu *preciso* disso agora.

DESEJO

— Agora? — Ergo uma sobrancelha, manobrando minha mão para que a ponta do polegar pressione o material macio da sua calcinha para dentro dela, testando os limites da sua elasticidade. Seu gemido reverbera dentro do carro, fazendo meu pau latejar em resposta. Preciso levá-la para dentro do apartamento antes de nós dois perdermos a capacidade de pensar de forma responsável. Estou a um passo de distância de não me importar sobre o lugar e focar unicamente no quê e no porquê.

Deslizo o dedo por baixo do tecido e lentamente penetro fundo nela, arrastando o polegar por todo seu clitóris em um movimento suave e provocante. Seus quadris se remexem contra minha mão, levando o dedo mais fundo com cada impulso para cima ao gemer descaradamente. A mão dela agarra a minha com força, esfregando-se contra mim com mais intensidade, por mais tempo e mais rápido. Pressiono Lucia contra a porta do carro, apoiando a mão livre no vidro e descansando meus lábios na pulsação acelerada do seu pescoço.

— Você está tão pronta para mim, Luce.

— Sempre estou pronta para você, Cal.

— Devo te comer bem aqui no carro? Onde todo mundo pode nos ver? — Arrasto os dentes sobre sua pele, depois faço o caminho inverso com a língua. — Onde todo mundo pode me ver enterrar meu pau dentro de você até nós dois desmoronarmos?

— Meu Deus, sim… Não.

Rio com sua indecisão. Parece que ela ainda tem capacidade de pensar com coerência, o que decide por nós. Seguro seu rosto e beijo-a com selvageria, mergulhando a língua em seus lábios abertos e acariciando a dela sedutoramente. Empurrando o dedo ainda mais fundo do núcleo de sua pulsação até senti-la se apertar ao meu redor, retiro a mão de dentro dela dolorosamente devagar antes de me sentar direito outra vez.

Sua cabeça tomba contra o vidro com um baque e ela luta para controlar a respiração.

— Droga, você é bom nisso.

— Se conseguirmos entrar nos próximos cinco minutos, vou te mostrar exatamente quão bom vai ser.

— Foda-se, é claro.

Nunca vi uma mulher se mover tão rápido. Em instantes, estamos fora do carro e caminhamos para a porta da escada, subindo os dois lances até seu andar e entramos no apartamento. Tiramos nossas roupas e vou em direção ao quarto. Luce caminha de costas e me dá um show a cada peça que ela joga no chão até estar de pé no final da cama, usando apenas seu sorriso.

— Você é estonteante — murmuro, movendo meu corpo nu para o dela; minhas mãos agarram sua bunda e empurro seu quadril contra o meu.

Suas mãos agarram meus bíceps, depois deslizam para cima em direção ao meu pescoço.

— Então… sobre aquela conversa que você começou no carro… — Ficando na ponta dos pés, ela arrasta a ponta da língua pelo meu pescoço e mandíbula, até os lábios encontrarem os meus. — Acho que devemos terminar.

Aperto mais forte sua bunda, empurrando meu pau entre suas coxas para que minha pélvis se esfregue contra seu clitóris a cada movimento sutil.

— Meu Deus, isso é muito bom.

— Preciso de você forte e rápido, Cal.

— Não, minha doce Luce. Você precisa de lento e constante, sedutor e *sexy*. — Corro a língua por seu lábio inferior. Sua boca se abre para mim e dou a ela o oposto do que está desejando. Com golpes sensuais da minha língua, exploro sua boca, continuando a me empurrar contra seu centro. Ela enterra os dedos em meu cabelo, segurando rapidamente, e se esfrega em meu pau, deixando nossos corpos tão próximos quanto possível.

— Meu Deus, preciso de você dentro de mim.

— Isso eu posso fazer. Mas, primeiro, preciso que você monte no meu rosto.

— Se vou montar no seu rosto, então estarei deitada em cima de você com a boca em seu pau enquanto faço isso. Sejamos justos.

Essa mulher é meu pecado e salvação. Uma olhada na necessidade desesperada em seus olhos me faz querer cair de joelhos em adoração.

— Na cama, Luce — quase rosno. Minha voz está rouca e grave, que trai qualquer máscara de indiferença na qual eu poderia tentar me esconder por trás.

Sem mais nenhuma explicação, ela se deita por cima do edredom. Estica o corpo ágil e ergue os braços sobre a cabeça, depois envolve os dedos ao redor da cabeceira de ferro forjado, guiando os olhos para os meus. O calor que emana de volta enquanto fico sobre ela quase me sufoca. Essa mulher já tem tanto poder sobre mim, mesmo sem saber, o que é igualmente assustador e empolgante, tudo ao mesmo tempo.

Movo-me pela cama, parando invertido em cima dela para assimilar a imagem da completa perfeição que ela cria.

DESEJO

— Você é uma visão — resmungo, curvando-me para prender seu mamilo pontudo em meus lábios. Passando os dentes pela carne sensível, corro as mãos pela extensão dos seus braços em direção aos ombros. Minhas palmas se curvam ao redor dos seios, oferecendo-os à minha boca voraz enquanto troco de lado, uma mordida gentil arrancando um gemido delicioso de seus lábios, que sinto por todo seu peito.

— Cal — sussurra. Suas palavras estão carregadas com a necessidade e chamam os meus instintos mais básicos. — Solte.

Sei que ela não se refere aos meus lábios em sua carne. Seu talento intuitivo não conhece limites e esse pensamento tanto me aterroriza quanto me anima.

Reprimo a ideia ao levantar uma das pernas sobre o seu corpo, meus dois joelhos apoiados ao lado do seu tronco. Minhas mãos se movem para os quadris, enquanto abaixo a cabeça, minha língua se lançando por seu calor escorregadio, o sabor envolvendo meus sentidos e ocupando minha mente.

Seus dedos envolvem meu eixo e sua língua quente circula a cabeça. Um gemido lascivo escapa de seus lábios e vibra ao redor da minha parte mais sensível. Serve para me deixar mais faminto ainda por ela. Meus dedos apertam a pele macia de sua bunda, enquanto avidamente cuido do seu centro encharcado.

— Mãos na cabeceira, Luce — gemo, circulando a língua por seu clitóris inchado, adicionando leves arranhões sobre os nervos sensíveis. Seu corpo arqueia da cabeça aos pés, meu pau deslizando entre seus lábios até a parte de trás de sua garganta. Flexionando os joelhos, ergo os quadris e lentamente desço, então um ritmo se estabelece. Apertando os lábios ao redor da base, ela empurra as costas contra o colchão cada vez que retiro e avança com cada impulso para baixo, até que sua garganta está se contraindo ao redor da ponta.

— Porra! — gemo contra ela, e empurro a língua para dentro, seus músculos se contraindo ao meu redor na cadência que meus movimentos criaram. Tento aliviar meu peso acima de seu corpo, mas ela simplesmente me toma mais fundo. O fraco controle que ainda tenho quase chega a um ponto diabólico enquanto uma onda de prazer e necessidade percorre meu corpo. O desejo de mergulhar profundamente em sua boca enquanto levo-a para alturas vertiginosas de prazer é quase forte demais para aguentar.

Seus braços se movem para baixo e suas mãos seguram meus quadris, seus dedos espelhando meu próprio aperto. Ela continua a me pressionar, cutucando o monstro dentro de mim e silenciosamente implorando que ele saia. Fecho os olhos e me concentro em fazê-la alcançar o *clímax*, dando meu máximo para ignorar a necessidade crescente de ultrapassar um limite.

Precisando de uma distração, seguro-a com mais firmeza e rolo de costas, trazendo o corpo de Lucia para ficar por cima do meu, a tensão que se construía em minha coluna se dissipa quando recuo da zona vermelha.

Levo as mãos até suas coxas e separo-as, garantindo o acesso completo ao seu centro. Enterrando os polegares dentro dela, foco minha atenção em fazê-la gozar, precisando de seu *clímax* para me prender à realidade.

— Mais fundo, Cal — murmura, passando a língua pelas minhas bolas, cutucando gentilmente a pele tensa e sensível por baixo.

Empurro os polegares por todo o caminho e circulo sua entrada com a ponta da minha língua. Mas ela não se rende; engole meu pau mais fundo, como se estivesse em uma missão, uma mulher cujo único foco é me ver desequilibrado.

É como se meu corpo assumisse uma mente por si só. Empurro-me enquanto Luce desliza para baixo, meu pau pulsando ansioso, e ela engole e se levanta levemente antes de ir mais fundo, quase de um jeito impossível. Uma névoa toma conta de mim, minha pele queimando com a necessidade de me mover. Minha mente grita para que eu recue, mas meu subconsciente tomou as rédeas e está com os olhos no prêmio. Perco todo pensamento racional e deslizo as mãos para cima, chegando aos seus ombros. Seus movimentos estão irregulares agora, sua cabeça saltando para cima e para baixo no meu pau. Meus dedos correm por sua nuca para os cabelos e firmo o agarre, deixando-a guiar o momento; mas quando levo os lábios para seu clitóris e chupo com força, ela grita. Todo seu corpo se contrai – suas pernas, seus braços, sua garganta, e caio de cabeça no *clímax* mais intenso da minha vida, sem exceção. Seus músculos vibram ao redor da cabeça do meu pau e gozo dentro da sua boca, os gemidos abafados e constantes em volta da minha pele fazendo todo o meu corpo zumbir, da cabeça aos pés.

Gentilmente afastando a boca do meu pau, ela apoia a cabeça contra minha coxa, sua respiração saindo em ofegos rápidos. Sou preenchido pela necessidade de manter tanto contato com ela tanto quanto possível, enquanto minha mente dispersa luta para se reconstruir dos escombros. Meu orgasmo não foi como nada que já senti na vida. Intenso e depravado, foi como se Lucia fosse obrigada a me fazer perder a cabeça. Ela estava firme

DESEJO

em meu desejo de me empurrar por cima de uma linha invisível, rompendo os fios e me levando a uma queda livre dos impulsos e instintos.

A névoa clareia, minhas sinapses estão se reconectando e uma onda de pânico ameaça me sufocar.

— Luce, você está bem?

Suas mãos começam a vagarosamente circular a pele das minhas coxas e engulo em seco contra o nó na garganta sendo formado pelo medo de ter ido longe demais.

— Viu o que acontece quando você se entrega? — murmura contra a minha pele. Seus lábios estão molhados. Precisando ver seu rosto, olhar em seus olhos para garantir a mim mesmo que ela está bem com a experiência como parece estar, relaxo as mãos em seus ombros e lentamente a viro até estar deitada em meu peito, sua cabeça poucos centímetros abaixo da minha.

Seu sorriso é radiante, os dentes brancos brilhando de orgulho, assim como os olhos, acesos em minha direção.

— Você, senhor Alexander, estava se escondendo de mim. Agora não há mais como voltar.

— Luce, eu…

— Você é uma caixinha de surpresa vestido em um terno Tom Ford sob medida, e eu amo saber que sou a única que consegue ver por baixo da armadura. — Seus olhos suavizam enquanto ela encara a minha boca e abaixa os lábios para gentilmente pressioná-los contra os meus. E como se fosse toda a confirmação que preciso, aperto-a contra mim e beijo-a como se fosse o ar que eu respiro.

É só mais tarde, quando deixo a calmaria do apartamento de Lucia e estou me despindo em meu quarto, que encontro o envelope que ficou no carro. Passando o dedo por baixo do selo, cuidadosamente abro e desdobro o bilhete de dentro.

> *Mesmo o ouro mais brilhante pode ser manchado quando cintila sob a luz certa.*

CAPÍTULO 13

Surpreendentemente, a coluna de Carmen na quarta-feira mal nos menciona. Os únicos comentários que ela fez a respeito foram sobre ter esbarrado em mim e em uma "morena atrevida, linda e teimosa" no Tea Garden, no domingo. Nada mais, nada menos. Nada de repreensão, insinuações ou algo parecido com os insultos passivo-agressivos e hipócritas que eu esperava da senhorita Dallas.

Parece que Lucia foi um tanto inesperada, mas Carmen admirou sua reação e conversa durante nosso encontro. Ou isso ou ela, para nossa sorte, decidiu que não valia a pena publicar nenhum detalhe pessoal.

Estou esperando que seja a última opção. Não preciso ter uma repórter decidida a fazer um *exposed*.

É sexta à noite, duas semanas depois de Lucia e eu termos assumido *algo*.

Eu a vi duas vezes na última semana, uma para um jantar tranquilo em sua casa, que se transformou em algo mais, algo que nenhum de nós ficou surpreso ou desapontado. Ainda estou com anos de restrição tão arraigados em mim que, embora eu saiba que é aparente para ela, não consigo dar o passo final.

Não é que não confie nela. Ela mais do que provou que nosso relacionamento em desenvolvimento significa mais do que tenho qualquer direito de esperar, quando ela se identificou para a imprensa. Conhecendo-a do jeito que conheço e do jeito que ela não se rende a ninguém, expondo aquela parte final de mim que parece ser demais, cedo demais.

DESEJO

Apesar dos meus sentimentos crescentes por ela, nunca quero que minha vida se sobreponha à dela a ponto de ela não conseguir mais viver a vida do jeito que quer – sem arrependimentos.

Saindo do meu escritório em direção aos elevadores, paro quando meu telefone vibra na mão. Esperando que a tela mostre o nome da Lucia, fico surpreso quando vejo *Richard James*, o presidente do conselho do museu.

Nas últimas semanas, Grant e eu ficamos esperando o resultado da investigação. Operar em um limbo profissional não foi tarefa fácil. Felizmente, um portfólio completo de outros projetos manteve minhas mãos – também a minha mente – ocupadas. As noites em que Lucia não estava trabalhando no restaurante, levei trabalho para casa, mantendo o nariz enfiado no batente até que ela me ligasse ou visitasse, o que me distraiu com sucesso de muitas maneiras.

— Senhor James, que surpresa agradável.

— Senhor Alexander. Sinto muito por ligar para você depois do expediente, mas com uma investigação dessas, temos que cobrir todas as bases.

— Entendo. Grant e eu agradecemos por ser tão meticuloso. Há bastante coisa em risco com um projeto de tamanha notoriedade.

— Há mesmo, de fato. Não irei incomodá-lo mais, porém, depois de investigar os fatos e as alegações feitas sobre seus *designs*, o conselho e eu estamos mais confiantes do que antes que o conceito da Alexander Richardson é sólido e único em sua abordagem. Essa construção se provará ser uma das instalações mais fundamentais e icônicas da cidade dos próximos anos.

— Obrigado, senhor James. Estou muito feliz que nós fomos liberados e de forma relativamente imperceptível — adiciono.

— Nunca duvidei, senhor Alexander. Era importante manter a transparência e nos assegurarmos que isso e qualquer alegação feita, apesar de infundada, fosse investigada inteiramente. Por favor, acredite, nunca duvidamos e sempre nos mantivemos confiantes no sucesso futuro do projeto.

— Fico feliz de ouvir isso, senhor James.

— Callum, espero que possamos deixar essas formalidades para trás agora. Por favor, pode me chamar de Richard.

— Sim, obrigado, Richard. Também agradecemos que a investigação não tenha sido jogada na imprensa.

— Conduzir uma investigação preliminar sob o olhar do público não seria benéfico para nenhuma das partes — declara, com firmeza.

— Isso significa que a cerimônia de inauguração da próxima semana irá prosseguir?

— Com toda a certeza. Vejo você lá. A secretária do conselho entrará em contato com vocês para dar mais detalhes.

— Agradecemos muito. Posso fazer mais uma pergunta?

— É claro, Callum. Vá em frente.

— Você vai nos revelar de onde partiu a reclamação original?

A linha fica em silêncio, a hesitação de Richard me dando a resposta bem antes que sua voz faça isso. Aproveito o tempo para chamar o elevador.

— Dado o perfil do projeto, achamos que valeria uma investigação.

— Tudo bem, Richard. Acho que nunca saberemos. — Suspiro baixinho, ainda curioso para saber o que qualquer um ganharia ao tentar fazer desandar algo cujo desenvolvimento está em estágio tão avançado.

— Infelizmente, não. Não vou segurá-lo mais — avisa.

— Obrigado por ligar para informar.

— Eu que agradeço, Callum. Passe minhas saudações para Grant também.

— Farei isso. Vejo você na semana que vem, na cerimônia. — As portas do elevador se abrem e eu entro, agradecendo a forte rede telefônica no prédio.

— Sim. Haverá bastante cobertura da imprensa, mas, dado seu perfil, não será nada novo para você, certo? — diz, com uma risada.

— De fato. Boa noite. — Encerro a ligação e inclino a cabeça contra o metal frio da parede do elevador, soltando um suspiro enorme de alívio com o fato de que pelo menos esse aspecto da minha vida foi resolvido agora.

Infelizmente, a cobertura da imprensa que Richard mencionou não irá tirar a pressão *daquela* área particular. Agora mesmo, os prós de uma boa cobertura da imprensa tanto para esse projeto quanto para a firma, *versus* os contras de perguntas indesejadas e atenção à minha vida pessoal estão no mesmo patamar de igualdade.

Olho para o relógio, perguntando o que Lucia pensaria se eu fosse até o restaurante para vê-la. Ela ficaria tão aliviada com as boas notícias sobre o caso quanto eu. Ela até falou sobre oferecer um jantar no restaurante depois da inauguração. Mas vendo o adiantado da hora, é mais inteligente esperar até que ela venha para cá hoje à noite.

Uma vez no carro a caminho de casa, uso o *Bluetooth* para ligar para Grant.

— Cal, meu irmão emprestado, que queria ser meu namorado — responde, ao atender ao telefone.

DESEJO

113

— Você está na profissão errada. Deveria ser comediante.

— Venho dizendo isso a você há anos, meu filho. Agora, a que devo a honra?

— Pensei que você gostaria de começar seu fim de semana com uma boa notícia em vez de ficar em casa chorando com seu uísque de vinte e cinco anos, assistindo filmes de mulherzinha.

— Pornô lésbico conta como filmes de mulherzinha? Porque se contar, eu topo. — Ele ri ao telefone e não consigo evitar um sorriso. O humor de Grant é sempre contagioso.

— Aposto que topa — respondo, irônico. — Pensei que gostaria de saber que Richard James me ligou.

— E...?

— E... estamos liberados de toda e qualquer alegação feita na reclamação. O evento inaugural vai acontecer na próxima semana, como planejado, e tudo está indo a todo vapor.

— Ah, caralho, obrigado por isso. Essa era uma dor de cabeça que não precisávamos — diz, soltando um grande suspiro pelo telefone.

— Não dá para argumentar contra isso. Ligo amanhã.

— Tudo bem. Mas Cal?

— Sim...? — respondo devagar, antecipando uma resposta arrogante do meu melhor amigo. Anos de experiência me dando um aviso do que potencialmente está a caminho.

— Você vai encontrar a adorável Lucia hoje?

— Dois mais dois são quatro?

— Verdade. Quando você vai conhecer a família dela? — pergunta, a voz cheia de curiosidade.

— Semana que vem — respondo, involuntariamente. — Porra — murmuro baixinho, esperando que Grant vá em cima do que assumi.

— Merda, Cal. Você já teve sua quantidade de mulheres, mas não conheceu a família de nenhuma delas. Isso não é apenas uma primeira vez; é algo sem a porra de um precedente. Quase quero ir junto com você.

— Se não estiver envolvido com seu entretenimento adulto, você e seu rostinho bonito podem se juntar a nós em um jantar de comemoração depois da cerimônia, depois da nossa aparição costumeira na recepção oficial, é claro.

— É claro. O prefeito nos desprezará, perdendo sua oportunidade de angariar votos com o filho preferido da cidade.

114

bj harvey

— Richardson, pode parar com essa merda — aviso, sem muita convicção.

— Mas é *muito* divertido, Alexander.

— Então, além de ver pornô, algum plano para hoje? — questiono, enquanto contemplo dar a volta com o carro e dirigir para o condomínio de Grant. O perfeito apartamento para um divorciado.

— Agora não. Minha amiga chegará em uma hora e poderá me entreter o quanto quiser.

— Dito isso... — digo.

— Você me ama. Tchau, Cal. Espero um relatório completo dos muitos talentos dela amanhã.

— Nós somos o quê? Amigas fofoqueiras? — pergunto a ele, brincando.

Ele solta uma gargalhada.

— O que quer que possa te ajudar a dormir à noite. Diga olá para a milagreira por mim.

Não consigo evitar sorrir.

— Direi. Tchau, Richardson.

— Tenha uma boa-noite, Alexander — responde, cantarolando.

Indo em direção à minha casa nas montanhas, o santuário que me proporciona calma em uma tempestade, respiro aliviado. Finalmente, minha vida profissional está melhorando de novo.

Parado ao lado de Grant e do presidente do conselho na frente do palco, apertamos as mãos com um sorriso falso colado no rosto enquanto uma série de *flashes* das câmeras fotográficas tenta nos cegar. Tudo em nome de conseguir o clique perfeito, aquele que, com sorte, aparecerá na capa do *Tribune* amanhã.

O público é uma mistura eclética de profissionais convidados e um pequeno grupo da imprensa que se aglomera um por cima do outro, chamando meu nome enquanto tentam conseguir o registro perfeito. Sem dúvida, valeria mais para eles do que as poses calculadas que estamos oferecendo.

De certa forma, não estou com comichão por conta da atenção. Sei a razão disso, já que ela está sentada na ponta direita da primeira fila, em minha visão periférica. Chegamos juntos; sairemos juntos. Alguém até poderia chamar isso da nossa "saída do armário" oficial como um casal.

Um casal monogâmico.

Estou definitivamente ansioso para exibi-la por aí. Orgulho-me de tê-la ao meu lado e quero ser fotografado ao seu lado. Quero que Carmen Dallas seja ultrapassada por alguém uma vez. Mas quando procuro no público, meus olhos se travam com o da mulher em questão, que se certifica de olhar para Lucia, depois retorna para mim com uma sobrancelha perfeitamente arqueada.

Richard, Grant e eu tomamos nossos assentos no pódio e a imprensa se posiciona em frente ao palco para perguntar a mistura usual de questões esperadas e que não costumam nos surpreender. Uma sensação de formigamento lentamente sobe pela minha espinha. Embora haja um grupo sentado no palco, com Grant orgulhosamente ao meu lado, enquanto o presidente do conselho direciona o primeiro repórter a fazer suas perguntas, a bravata que normalmente sinto nessas situações desliza.

É quando vejo Carmen ficar de pé.

— Senhor Alexander...

— Acho que passamos das formalidades por ora, senhorita Dallas, dado seu relato completo da minha vida pessoal até agora.

Há algumas risadinhas na multidão e a repórter normalmente decorosa parece perder um pouco a compostura antes de recuperá-la.

— Senhor Alexander, você pode comentar sobre as recentes alegações feitas em relação ao *design* da sua firma para esse prédio. É do meu conhecimento que houve sugestões de plágio? — E com essas duas frases, meu fôlego praticamente evapora.

Minha mente é incapaz de pensar em alguma coisa que soe como uma resposta profissional. Grant se inclina para frente e responde à pergunta:

— Uma boa jornalista em busca de um furo também deveria investigar todos os fatos. Se tivesse feito o trabalho de casa, senhorita Dallas, saberia que uma investigação independente foi realizada e a Alexander Richardson foi liberada de forma inequívoca de qualquer inconveniência.

Meu peito aperta e os músculos das minhas costas tensionam com as ramificações não apenas da pergunta de Carmen, mas também do que minha hesitação em respondê-la possa dizer. Aquilo por si só pode ter causado mais dano do que se tivéssemos sido abertos e honestos desde o começo sobre a reclamação anônima contra nós. Encaro Lucia. O olhar de desgosto total e a fúria velada com a qual ela está lutando para esconder me surpreendem. Encarando a repórter, sua mandíbula está tão cerrada quanto seu punho enrolado no colo. Ela está brava por mim, incomodada por *mim*. Está sentindo tudo que eu demonstraria fisicamente se não estivéssemos em público, tendo sido lançado de maneira voluntária e deliberada como a carta principal desse evento.

— Apesar de ter sido liberado, não acha que isso levanta uma questão de sua integridade e de sua habilidade para desenvolver um projeto tão importante como esse? Talvez suas atividades extracurriculares tenham nublado seus julgamentos e deixado você distraído? — A alta inflexão de sua voz quando insinua sobre meu relacionamento faz com que meu decoro, que não havia sido afetado, se rompa.

Viro para o modo empresário, minhas costas retesadas para me preparar para uma batalha. Se a senhorita Dallas quer se exibir aos olhos do público, ela está prestes a conseguir um inferno de uma apresentação.

— Senhorita Dallas, você pode ser jornalista e uma representante da mídia, mas o que lhe dá o direito de caluniar o meu nome e da nossa empresa? Projetamos vários prédios fundamentais e originais, tanto nesta cidade quando ao redor do país, e nenhuma vez sacrificamos nossa integridade ou princípios do *design* para garantir um contrato.

— Mas...

— Ainda não terminei, senhorita Dallas. Fomos premiados com esse projeto depois de um concurso vigoroso e extremamente estrito, durante o qual o conselho do museu não deixou pedra sobre pedra para se certificar de que venceria o melhor projeto arquitetônico e conceito. Estamos muito orgulhosos do fato de que fomos selecionados e vamos observá-lo até que o último prego seja martelado e o último ladrilho seja colocado no lugar. Se quiser falar das especificidades do projeto ou sobre a investigação que resultou de uma reivindicação anônima e infundada feita contra nós, fique à vontade para entrar em contato tanto com a secretária de imprensa do conselho quanto com a assistente da Alexander Richardson para uma entrevista. Agora, se não há mais nenhuma pergunta, acho que deveríamos começar a celebrar a inauguração e a construção do novo museu marítimo de São Francisco. — Finalizo com um sorriso, minha máscara de arrogância firmemente no lugar. Fico de pé e sinto Grant bater em minhas costas em apoio e comemoração.

DESEJO

— Estava me perguntando quando o Callum assassino apareceria. Consigo me segurar, mas iria entrar em uma luta verbal com aquela demônia. Fico feliz pra caralho de você ter vindo para a festa — murmura baixinho, sorrindo para as câmeras mais uma vez. Felizmente, a secretária do conselho assume e direciona os participantes para as tendas montadas no lugar, onde o prefeito estava oferecendo uma recepção.

Olho para Lucia, que está sorrindo para mim, seu sorriso arregalado e totalmente de tirar o fôlego. Seus olhos estão cheios de orgulho ao caminhar em nossa direção. Incapaz de resistir, viro a cabeça e dou uma última olhada furtiva para Carmen, apenas para encontrá-la lançando adagas com o olhar, sua expressão fechada se tornando um sorriso malicioso ao flagrar a aproximação de Lucia. Acenando com desdém para nós dois, ela gira em seus saltos e se afasta. Depois da matança verbal que ela encontrou, qualquer pessoa normal sairia correndo com o rabo entre as pernas.

Encontrando meu caminho para fora do palco, tenho apenas um segundo para me preparar antes que Lucia se lance em meus braços, seus lábios procuram os meus, esmagando a boca na minha ao me beijar. Flutuando com o que acabou de acontecer e sem me importar com quem está vendo, passo o braço por sua cintura e volto a beijá-la com entusiasmo. Coloco tudo que estou sentindo no contato: orgulho, euforia, o zumbido de adrenalina da minha briga verbal com a repórter mais do que fanática, tudo isso.

Grant pigarreia, arrancando-me da névoa, mas não a tempo de impedir a multidão não planejada de *flashes* e os assobios dos repórteres remanescentes quando veem uma oportunidade e correm atrás, tirando o máximo de fotos que podem enquanto o que está acontecendo é bom.

Os olhos de Lucia se arregalam ao perceber o que esqueceu em seu subconsciente.

— Sinto muito mesmo, Cal. Eu não...

Sem querer ouvi-la se desculpar outra vez – porque na minha cabeça, ela não tem nada para se arrepender –, pressiono seu corpo contra o meu e esmago a boca na sua. Levando meu tempo, mergulho a língua em seu calor, rolando contra a dela em uma dança bem ensaiada que nunca foi tão boa quanto é com ela. Ouço um zumbido ao nosso redor, mas não é nada comparado ao rugido em meus ouvidos e às batidas do meu coração em meu peito, como se os sentimentos que tenho pela mulher em meus braços se tornassem conhecidos por mim em uma clareza ofuscante.

Eu a quero em meus braços. Quero que o mundo saiba que ela está comigo, que ela é minha.

Mas agora, o que realmente quero fazer é levá-la para algum lugar privado, despi-la e enterrar meu pau dentro dela. Quero me perder de forma que nunca possa encontrar o caminho de volta.

DESEJO

CAPÍTULO 14

No minuto que entro pela porta da frente com Lucia, desisto de conter as emoções turbulentas que me atravessam. Sentindo meu humor, ela retribui na mesma hora. Puxo sua mão, trazendo seu corpo contra o meu com força. Envolvo uma mão em sua cintura e a outra em seu rabo de cavalo. A única resposta disponível para ela é passar os braços pelos meus ombros e se segurar.

Minha boca esmaga a dela, um suspiro de resposta dando à minha língua a oportunidade que ela queria tão desesperadamente para mergulhar e pegar o que quiser. Movo-a para trás, parando apenas quando ela atinge a parede. A força sacode o apartamento, fazendo um espelho que estava pendurado cair no chão, espalhando vidro ao redor dos nossos pés.

Lucia geme em voz alta, o que só me deixa mais empolgado. Empurro minha coxa entre suas pernas, pressiono contra seu centro, a mão em suas costas se movendo para a bunda, empurrando a pélvis contra a minha. Seus quadris balançam por vontade própria, e arrasto a boca por sua mandíbula, beliscando e beijando, depois correndo a língua por seu pescoço e chupando com força contra a pele suave e flexível.

— Me foda, Callum. Me foda bem aqui.

— Preciso sentir você em volta do meu pau.

— Faça isso — diz, com um gemido, ao pressionar minha pélvis contra a dela com força. Movendo a perna para o lado, enfio a mão que está em sua bunda por baixo do vestido, agarrando sua calcinha em um punho e rasgando-a. Largo o pedaço ofensivo de seda no chão, correndo dois dedos por cima de seu clitóris e seguindo o caminho até eles a pressionarem por dentro. — Meu Deus, isso é bom. Desejei isso o dia inteiro.

Mordisco o lóbulo de sua orelha antes de chupar com a boca.

— Desejou que eu estivesse dentro de você? — pergunto, minha voz rouca com a luxúria.

— Preciso de você, Cal — geme. Suas mãos agarram meu bíceps, as unhas cravando em minha pele pela camisa. A pontada de dor é uma distração bem-vinda do rugido em meu ouvido, pedindo que eu a tome aqui, forte e rápido, contra a parede.

Deslizando as mãos pelo meu torso, ela luta para puxar minha camisa de dentro da calça do terno, depois solta meu cinto, abrindo o botão e baixando meu zíper.

Ela consegue vantagem no segundo em que suas mãos me tocam. O primeiro aperto corta minha respiração, minha boca encontrando a dela avidamente ao nos levarmos à loucura com a necessidade.

— Me tome, Cal — suspira.

— Tão brava — murmuro, contra seus lábios, gemendo quando ela envolve os dedos ao meu redor.

— Agora?

— Antes. Você estava tão brava por mim. Queria partir para cima dela.

— Ela ficou instigando você.

— Eu te observei. Mal conseguia pensar direito.

— Mostre-me o tesão que você sentia — murmura, depois vira do jogo para mim, pegando-me de guarda baixa e girando, para que minhas costas ficassem contra a parede. Mergulhando os lábios na minha garganta, ela ergue os dedos para desabotoar minha camisa, abrindo-a de maneira dolorosamente lenta.

Inclino a cabeça para trás quando sua língua deixa uma trilha úmida e quente pelo meu abdômen. Suas mãos deslizam pelo cós da minha calça, puxando-a junto com a boxer e expondo meu comprimento ereto. Antes de ter a chance de recuperar o controle, ela me leva ao máximo possível para dentro de sua boca quente e molhada.

— Foda-se — gemo, minha mão descansando na parte de trás de sua cabeça.

Ela murmura algo ao redor de mim e, na próxima vez que me toma, vai até o fundo da garganta, fazendo com que meus joelhos se dobrem.

DESEJO

— Porra, Luce. Avisa da próxima vez — rosno, puxando o prendedor de cabelo e jogando no chão antes de enfiar os dedos de volta em seu cabelo.

— Quero que foda a minha boca, Cal. Use-me.

— Porraaaaaaa — digo, quando ela envolve minhas bolas na mão, gentilmente apertando e rolando-as por sua palma, embaralhando qualquer pensamento que eu fosse capaz de ter naquele momento.

É quando eu tenho um estalo, meus quadris assumindo minha mente e se empurrando nos lábios dela antes de se retirarem, repetindo o movimento com estocadas mais profundas a cada vez.

— Merda, a sua boca...

— Hmmm. — Seu gemido abafado ressoa por todo o meu corpo, começando no meu pau e subindo. Quando sua mão solta minhas bolas, o som molhado, um segundo depois, dos seus dedos deslizando entre as pernas é quase a minha perdição.

Incapaz de pensar com clareza, dou um passo para trás e encontro seus olhos semicerrados cheios de calor antes dos meus se concentrarem na mão enfiada por baixo do vestido.

— Foda-se, preciso de você no meu pau agora.

Rosno, caindo de joelhos no chão de madeira, levando Lucia comigo. Movendo seu corpo para o lado e, em seguida, para baixo de mim, tenho o cuidado de colocá-la no chão longe do vidro, amortecendo a queda com o braço envolto em suas costas.

Perdemos o controle. Ela ergue o vestido por cima da cabeça e espalmo seus seios por cima do sutiã, enfiando os dedos por baixo da renda e cobrindo um dos mamilos com a boca. Seus braços enlaçam meus ombros, depois deslizam até que ela segure a minha bunda. Abrindo as pernas, ela me puxa contra ela, meu pau deslizando contra seu clitóris com cada movimento do meu quadril.

— Quero te sentir, Cal. Estou protegida, estamos seguros. Confio em você.

Apoiando as mãos em cada lado dela, afasto-me para encará-la.

— Luce... — Seu nome é um apelo que escapa dos meus lábios.

— *Preciso* de você. Confie em *mim*, Cal.

— Foda-se — rosno, baixando a mão para posicionar meu pau em sua entrada e, em seguida, mergulho dentro dela. Seu grito enquanto a preencho me estimula.

— Cal, me fode. Me mostre.

Eu o faço. Com as mãos em seu rosto, os antebraços no chão bem no meio da entrada do apartamento, dou tudo a ela. Cada investida, cada beijo, cada empurrão e puxada – é tudo nosso. É duro, bruto e tudo o que representamos quando estamos juntos. Ninguém mais existe nesse momento. Cada sentimento que ela desperta dentro de mim desde o momento em que nos conhecemos é intensificado pela liberdade de poder ser eu mesmo.

— Porra — imploro, quando Lucia puxa minha boca para encontrar a dela, nossas línguas travando uma batalha que sabemos que os dois vencerão, mesmo se perdermos. Quando meu *clímax* ameaça tomar controle, solto a mão entre nossos corpos para guiá-la. Mas ela não precisa de ajuda, suas unhas se afundam em meus ombros ao gritar com seu orgasmo, os gemidos ecoando pela casa, cercando-nos bem quando grito seu nome em completo abandono.

Abaixando a boca em seu pescoço, deslizo o pau lentamente para dentro e para fora dela, saboreando o resquício de uma das experiências sexuais onde estive mais à mostra na minha vida.

Eu me abri para ela, que recebeu tudo. Precisou de tudo. Precisou de mim.

— Amo você, Callum Alexander. Cada parte sua. O verdadeiro você. Essa versão sua.

Com suas palavras, ela arranca outra parte da minha máscara, companheira constante, o mecanismo de autoproteção que tem mantido meus segredos em segurança por tanto tempo.

Ela fez isso comigo, quebrando-se a cada momento que passamos juntos. É seu sorriso, sua risada, ela ter me pressionado para ser quem sou de verdade e não o que o mundo espera que eu seja.

Apoio-me em um cotovelo, absorvendo suas bochechas coradas, lábios inchados e cabelo bagunçado. Olhando em seus olhos, vejo nada além da devoção e da satisfação refletida de volta para mim. Envolvendo sua bochecha com a mão, abaixo a cabeça e descanso os lábios contra os dela.

— Também amo você — murmuro, proferindo as palavras que nunca disse a outra mulher. Em seguida, beijo-a com suavidade, saboreando com calma cada minuto.

Uma mulher como Lucia merece o homem que fui criado para ser, o homem que trabalhei muito para me tornar, o homem que o mundo conhece e deseja ser. O único risco é dar aquele próximo passo com ela. A última etapa, que eu tanto temo.

Tenho um medo profundo de permitir que ela veja meu demônio mais

DESEJO

123

sombrio, um desejo tão tabu e perigoso que, se ela soubesse, provavelmente me classificaria como o depravado que sou.

Só posso esperar que Lucia acredite em nós e confie o suficiente em mim para ver além da aberração da minha fantasia, se um dia ela aparecer.

Porque perder Lucia agora não é mais uma opção.

Vou eliminar tal desejo, afastar a vontade e enterrar esta parte de mim que não foi descoberta. Fiz isso pelos últimos quinze anos – o que são mais quinze? Minha fixação, nascida de um fascínio, foi curada pelo tempo e a maturidade e será esquecida se chegar a uma escolha entre isso e ela. Não há competição. Não é preciso considerar nada.

É um sacrifício incomparável que não marcará minha alma, se isso significar tê-la.

O que temos juntos, o que acabamos de fazer e tudo que construímos merece ser protegido, ser mantido por perto. Nem mesmo o mais carnal dos desejos chega perto do que tenho com Lucia.

Nenhuma vez, em meus dezesseis anos como um adulto independente, conheci propositadamente a família da mulher com quem estava envolvido. Isso significaria amarras e emoções, distrações e complicações e, até Lucia, eu não tinha nem tempo nem vontade de nada disso. Mas, para ela, a mulher que é uma das partes mais importantes da minha vida, eu daria o mundo.

Portanto, enquanto nós dois nos encaminhamos para o seu restaurante na parte de trás de um dos carros que reservamos para toda a equipe que irá à celebração da noite, considero o que a noite trará.

— Você está muito pensativo hoje. O que está passando nessa sua cabeça maravilhosa complicada, apesar de bonita além da conta? — Luce me pergunta, sua mão apertando com gentileza a minha em seu colo.

Virando-me para encará-la, ergo sua mão para os meus lábios e deposito um beijo suave seus nódulos dos dedos.

— Nunca quis conhecer a família da mulher com quem estou envolvido antes.

Ela dá um sorriso irônico para mim, seus olhos cheios de diversão, antes de me avisar:

— Já dei um sermão no meu irmão. Ele não tem permissão de puxar nenhuma conversa de irmão mais velho superprotetor, alfa ou qualquer merda na frente da sua equipe.

— Isso é reconfortante — respondo com sarcasmo.

— Como você acha que me sinto? Sua família também estará lá. Sou a primeira mulher a conhecê-los?

Olhando para nossas mãos entrelaçadas, lentamente esfrego o polegar para cima e para baixo em sua pele.

— Você sabe que é — respondo, gentilmente.

— Está nervoso com isso também? — A pergunta traz meu olhar de volta para ela.

— Eles sabem sobre você. Viram nossa foto naquela partida de beisebol e, quando falei com minha mãe ontem, ela estava animada para conhecer a mulher que, em suas palavras, "me desvendou".

Ouvindo isso, ela começa a dar risadinhas.

— Bom saber que tenho um efeito positivo em você.

— Você tem um efeito inimaginável e completamente inesperado em mim, Lucia Harding, e eu, por exemplo, nunca estive mais feliz de aceitar um drinque de uma garçonete antes.

— Bem, tal acontecimento fatídico deveria ser comemorado — diz, suavemente, erguendo o queixo e curvando-se para mim. Sem perder sua intenção, roço os lábios contra os dela uma, duas vezes, depois mergulho a língua em sua boca receptiva, colocando todo meu apreço, adoração e amor no momento.

— Concordo — aviso, afastando-me e sorrindo para ela.

— Um sorriso de Alexander; uma ocorrência rara e altamente cobiçada. Alguém poderia quase pensar em documentar esse momento.

— Hmm, pode ser que você esteja certa — pondero.

— Gosto quando você sorri. É quando sei que você está feliz por algo.

— Tenho um monte de coisas que me deixam feliz agora. — Beijo-a novamente, um toque suave dos meus lábios contra os dela, cheio de significados não ditos.

— Chegamos — fala, ao nos afastarmos.

Olho sobre seus ombros e vejo que, de fato, estamos do lado de fora do restaurante. Dou um selinho rápido em seus lábios.

DESEJO

— Espere aqui. Eu devo agir como um cavalheiro na frente da sua mãe.

— Você é sempre um cavalheiro.

— E você está sempre bonita. — Um último beijo e minha porta se abre, o motorista segurando-a enquanto saio para a calçada. Virando com o braço estendido, seguro a mão de Lucia e a ajudo a sair do carro.

Um *flash* de uma câmera não me surpreende, mas continua sendo irritante e tira meu bom humor; as poucas horas que passei em casa com Lucia tinham apagado da minha memória de curto prazo, com sucesso, o agravamento da coletiva de imprensa.

— Lucia! Aqui. Callum!

— Lucia, como é estar nos braços de um dos solteiros mais promissores da cidade?

— Algum comentário sobre as acusações de Carmen Dallas sobre um abafamento?

Cada questão é como um picador de gelo na minha alma, azedando meu humor jovial e relaxado. Com o corpo retesado pela ofensa, rapidamente coloco a mão nas costas de Lucia e apresso-a em direção à porta da frente, que Grant segura aberta.

— Nunca estive mais grata pelas persianas das janelas frontais — Lucia murmura baixinho.

— Bando de animais. Já estão aí há pelo menos uma hora — Grant afirma, pegando a jaqueta de Lucia e se inclinando para dar um beijo em sua bochecha. — Lucia, maravilhoso ver que você, de fato, ainda é capaz de andar em linha reta.

Ela ri enquanto rosno para ele. Grant me encara e dá um sorriso pretensioso, sabendo exatamente o que está fazendo e que vai escapar dessa, porque ele é o Grant e faz o que quiser.

— Todo mundo chegou? — pergunto, olhando ao redor.

— Vocês são os últimos a chegar. Elegantemente atrasados? — questiona, com a sobrancelha erguida.

— Algo assim. — Não deixo de perceber o sorriso perspicaz de Lucia.

— Faremos discursos ou acha que o assassinato do Dragão Dallas de hoje será suficiente? — Grant indaga.

Suspiro em voz alta.

— Eu não apostaria nisso. Alguma reação até agora?

— Considerando que a Annie me ligou três vezes porque a rede telefônica estava sobrecarregada, dá para dizer que sim. De toda forma, acho que seria uma boa ideia dar uma declaração para a imprensa na segunda, explicando exatamente o que aconteceu e os porquês.

— Concordo.

Lucia se move entre nós e segura cada um pelos ombros.

— Garotos, não estamos aqui para falar de negócios a noite inteira. Tenho um irmão protetor para acalmar e os pais do Callum para conquistar.

— Os Alexander são inofensivos. Vão amar conhecer a mulher com quem Callum está envolvido. O fato de você ser bonita, independente e não estar procurando por um vale-refeição significa que não há nada para se preocupar — Grant explica, quando chegamos ao salão do restaurante.

— Quer dizer algumas palavras antes de a comida ser servida? — pergunto, às suas costas, ao segui-lo para o restaurante, segurando a mão de Lucia.

Virando a cabeça por cima do ombro, ele oferece um sorriso sagaz.

— Você foi tão eloquente hoje que percebi que tinha que deixar esse trabalho para você.

Bufo, mas não consigo evitar uma risada.

— Bem, hoje deve ser sido uma exibição incomum. Já estou farto de repórteres intrometidos, manchando-me às custas da nossa firma, da minha reputação e da sua. A senhorita Dallas levou as coisas longe demais e eu meio que explodi.

— Foi maravilhoso assistir — Lucia reflete. — Deu até calor de te ver tão agitado — sussurra no meu ouvido, agora pressionando o corpo em minhas costas.

Grant, ao ouvir a declaração não tão sutil de Lucia, ri em voz alta.

— Gosto dessa mulher, Cal. Por favor, você pode ficar com ela?

— Espero que sim — murmuro, baixinho, para que apenas Lucia me ouça. Sua respiração acelera e seus braços passam pela minha cintura ao se aproximar mais de mim.

— Pare de dizer coisas se não quiser que eu pule em cima de você. Meu irmão e sua família não gostariam do show.

— Acho que não — retruco, um sorriso malicioso aparecendo em meus lábios ao me afastar dela e puxá-la por um canto, o salão se enchendo de aplausos assim que nós três entramos.

Lucia solta a minha mão e se afasta em direção à cozinha, enquanto procuro por meus pais, encontrando-os parados ao lado de Annie com taças de champanhe em suas mãos erguidas, como todos os outros convidados.

DESEJO

— Ei, antes que eu esqueça — Grant chama, depois pega algo no casaco. Ele tira um pequeno envelope. — Annie disse que deixaram isso na recepção para você.

Retiro o cartão de sua mão e abro, meu sangue congelando quando me lembro do último bilhete que encontrei em meu carro, logo após o encontro com Lucia no Tea Garden.

— Algo de importante? — Grant pergunta, curioso.

"Nenhum homem, nem mesmo os que têm conduta semelhante à de um deus, é imune à autodestruição."

— Mas que porra? — digo, em descrença.

— Cal? O que diz aí? — Grant pergunta. Entrego a ele e seus olhos arregalam quando as palavras fazem sentido.

— Dallas? — questiona, com uma sobrancelha erguida.

— Ela é mais comunicativa; bilhetes anônimos não fazem seu estilo. Ela vai escrever outro *exposed* sobre mim.

— O que isso significa?

— Significa que tenho um inimigo. Por qual razão do caralho, não faço ideia.

— O que você vai fazer sobre isso? — pergunta, e pela primeira vez em muito tempo estou confuso.

— Vou pegar um drinque e aproveitar a noite. Começamos oficialmente o maior projeto das nossas carreiras, Richardson. Isso pede um licor de alta qualidade, concorda?

Grant me olha incisivamente antes de dar um sorriso pretensioso.

— De fato. — Ele me guia para o bar e, antes de pegar taças para nós três, tosse na própria mão e diz a palavra "discurso", causando uma cacofonia de gargalhadas.

Usando as mãos para acalmar o público, não perco o sorriso orgulhoso de minha mãe e os olhos brilhantes, o peito estufado do meu pai e os sorrisos arregalados do meu irmão e irmã.

— Obrigado por virem hoje à noite. Grant e eu não estaríamos aqui sem todos vocês. Agora temos um prédio icônico de pé em Boston e o começo de outro em nossa amada cidade natal. Então vamos brindar a nós mesmos, aos nossos colegas e à firma.

— À firma — todos repetem, tilintando as taças umas às outras e tomando goles do que sei ser um bom champanhe. Annie nunca permitiria algo que não fosse o melhor.

Grant levanta a taça, tocando na minha.

— Onde está aquele uísque puro e maltado quando se precisa? — pergunta, com um sorrisinho. — Você é um bêbado terrível quando só ingere champanhe.

— Parabéns para você também, Richardson — digo, sarcasticamente. — E sei que há um bom Macallan em algum lugar por aqui. Luce me disse que eles têm algumas garrafas escondidas para convidados especiais.

— *Você* é um convidado especial, Cal? — indaga, piscando.

— Sem comentários. — Levo a taça aos lábios e tomo o conteúdo de uma vez. — É melhor eu dizer oi para minha família. Você sabe como minha mãe é com as boas maneiras.

— Verdade. Vou me misturar. — Ele dá um passo mais perto e fala baixinho para que ninguém ouça: — Para que você não seja pego de surpresa, parece que Gregory, o estagiário, tem uma convidada especial essa noite.

Minhas sobrancelhas se franzem.

— Por que isso é do meu interesse? Toda a equipe tem direito de trazer um companheiro.

— Sim, mas essa parceira em particular é interessante, já que seu sobrenome é Malestrom... — Ele deixa a dica se estender.

Dando um passo para o lado, viro a cabeça em sua direção com olhos arregalados, meus músculos tensionando com a memória do nosso último encontro com Jodi e o tanto que ela ficou irritada. Uma sensação de naufrágio se instala na boca do meu estômago com a vasta quantidade de perturbações que ela poderia causar esta noite bem na frente de minha equipe, da minha família, da Lucia... A pergunta mais desconcertante que tenho é o que uma mulher como Jodi está fazendo nos braços de um estudante de arquitetura – um que, coincidentemente, calhou de ser estagiário da minha firma? Porque ele não é seu tipo normal de homem rico e bem-sucedido.

— O que ele quer com isso?

— Não tenho certeza, Cal. Pode ser um acaso total, mas, dizendo isso, conhecendo o garoto e sua personalidade, tenho certeza de que ele já falou para todo mundo que quiser ouvir que ele está trabalhando para nós. Ele provavelmente acha que isso abrirá portas para ele, o fará ser notado e garantirá que transe.

Ah, tem isso.

— Mas a Jodi? Depois daquela cena no Cisco? Aquilo não foi legal,

DESEJO

definitivamente não foi educado e aquela mulher está à procura de sangue, de preferência o seu, mas é provável que o meu também. — Olho para ela e aceno. — Uma mulher daquelas não aceita ser envergonhada em público; nem mesmo se foi ela quem causou. Porra, ela provavelmente fez bonecos vodus de nós dois com alfinetes gigantes no nosso pau.

Grant dá um sorriso irônico.

— Pode ser melhor não reagir à sua presença. Pelo contrário, o ataque da Carmen a você na coletiva de imprensa provou que houve um vazamento em algum lugar, seja na empresa ou no museu. No entanto, precisamos manter um ambiente neutro e feliz mesmo sabendo que não é assim. Concorda?

— Definitivamente. Queria saber como aquela víbora descobriu tudo, mas, se nós temos um vazamento, precisamos estancar o mais rápido possível. Pode ser parte do controle de danos que começaremos na segunda — sugiro.

— Vou pedir à Annie que cancele nossa agenda. Agora cole um sorriso nesse rosto e vamos nos misturar. O jantar deve ser servido em vinte minutos e você tem sua família para cumprimentar e um irmão mais velho para convencer a não cortar suas bolas.

Rindo, bato de brincadeira em seu ombro. Olho pelo local, encontrando meus pais conversando com meu irmão e sua esposa, assim como minha irmã e o marido. A alguns passos de distância, com as cabeças coladinhas, estão Graves e Jodi, seu vestido branco de festa se destacando em uma multidão de preto, azul e vermelho. Isso é bem do feitio de Jodi – vestindo-se para chamar atenção.

Graves capta meu olhar e ergue o queixo, um sorriso aparecendo em seus lábios quando olha para Jodi e, em seguida, para mim. Ele diz algo para ela, que se vira para me encarar, levantando o braço e acenando para mim. Sua expressão vacila quando Lucia se aproxima.

— Ei. Gino está se certificando de que a equipe esteja no horário, mas prometeu que fará um esforço para vir aqui te conhecer assim que estiver livre.

Meu Deus, essa mulher é linda. Adoro seus olhos, seu rosto, sua graciosidade sem esforço, e o desejo escancarado que ela tem por mim, que é meu motivo de orgulho. Sem um mínimo de hesitação, ela posiciona a mão na minha bochecha. Olho para ela, que se ergue na ponta dos pés suavemente antes de retornar à posição normal.

— O que foi isso?

— Eu queria beijar você. Agora podemos conhecer as pessoas maravilhosas que o criaram para podermos dar apertos de mão?

Com isso, seguro sua mão e ando até onde meus pais estão parados.

— Callum, você está tão bonito. Esse terno é a sua cara — minha mãe comenta, passando as mãos pelas lapelas.

Soltando a mão de Lucia, dou um passo adiante e beijo a bochecha da minha mãe.

— Obrigado por vir.

— Você sabe que sempre viremos celebrar seus prédios. Essa é a Lucia? — pergunta, olhando por cima do meu ombro para onde Luce está parada, esperando que eu a apresente.

Dou um passo para trás e enlaço sua cintura, trazendo-a para frente.

— Lucia Harding, essa é a minha mãe, Maree, e meu pai, Jared.

Ela estende a mão para minha mãe, que a agarra, puxa para frente e abraça Lucia apertado.

— Fico tão feliz por conhecê-la, Lucia. Você é tão bonita — mamãe diz, travando os olhos comigo por cima dos ombros dela. *Fique com ela*, diz para mim, sem som.

— Maree, você vai esmagar a pobre garota até deixá-la sem ar e eu nem a conheci. Solte-a antes que nosso filho se torne um homem das cavernas com você. — Meu pai nega com a cabeça e vem para mim, dando-me tapinhas no ombro de orgulho. — Lucia, peço perdão por minha esposa — devaneia —, ela está determinada a ver nosso filho sossegar e, desde que você é a primeira mulher que conhecemos e que esteve envolvida com Callum, ela está de certa forma animada com a perspectiva.

Um suspiro soa por trás de mim. Seguindo o som, encontro Jodi lançando adagas nas costas de Lucia, enquanto ela conversa com meu pai. Quando capto seu olhar, encaro-a, negando com a cabeça em um aviso silencioso que rezo para que ela dê ouvidos. Graves segura seu braço e ela afasta o olhar.

Seguro a mão de Lucia outra vez, precisando tocá-la. Ela deve sentir minha tensão, porque aperta gentilmente minha mão antes de se inclinar para mim.

— O que há de errado?

— Mãe, pai, temos que continuar nos misturando, mas viremos nos sentar com vocês quando servirem o jantar. Guardem nosso lugar — aviso.

Ainda segurando a mão de Lucia, guio nosso caminho pela multidão, dando apertos de mão e apresentando Lucia para os convidados. Finalmente, quando voltamos para o restaurante, encontro um canto quieto.

DESEJO

Viro para encarar Lucia. Seus olhos suaves estão preocupados, mas tem um efeito calmante nos meus nervos dispersos.

— O que há de errado, Cal?

Olho de novo para onde está Gregory e Jodi, de pé com um grupo de arquitetos, decidindo que é melhor avisá-la sobre a presença de Jodi do que arriscar que ela fique às cegas se a mulher decidir fazer uma cena. Respondo com um sorriso indiferente:

— Parece que uma ex… conhecida minha foi convidada hoje por um dos nossos estagiários.

— Conhecida? — Ela fica na ponta dos pés e sussurra para mim: — Você pode simplesmente dizer ex-amante, ex-companheira de cama, ex…

— Luce… — rosno em aviso, seu imenso sorriso irônico dissolvendo minha irritação.

Ela dá uma risadinha.

— Está preocupado que ela possa fazer algo? — Ela me dá um sorriso pretensioso e adiciona: — Não se preocupe, Cal. Vou protegê-lo da sua ex grande e má. Aposto que dou conta dela.

Eu rio e, com as mãos em seus quadris, puxo-a para perto de mim. Erguendo o braço, enfio uma mecha solta do seu cabelo por trás da orelha e roço o dorso da minha mão pelo seu pescoço.

— Não tenho dúvidas de que você dá conta. Mas hoje não tem nada a ver com ela. Tem a ver com a empresa, o projeto e nós dois. — Inclinando-se para frente, sussurro contra seus lábios: — E ninguém vai arruinar isso.

Afastando a cabeça, vejo que seus olhos estão brilhantes e animados.

— Quer conhecer meu irmão assustador?

— Vamos lá. Essa noite será tudo menos monótona, então se ele decidir vir com aquela conversa sobre "minhas intenções com sua irmã", estou pronto.

— Ah, para. Ele é meu irmão, não meu pai. Acredite em mim, meu pai já teria puxado você, te obrigado a se sentar e beber Ouzo para descobrir seus segredos mais profundos e sombrios. — Seu comentário é uma brincadeira, mas ainda me dá um sentimento desconfortável, algo que ela deve ver em meus olhos. — Cal, estou *brincando*.

Nego com a cabeça, a máscara voltando para o lugar.

— Eu sei, querida. Onde está o Gino?

— Bem aqui — uma voz profunda responde, à minha direita. Estava tão perdido em sua irmã que nem vi o homem nos abordar.

Virando na direção de sua voz, encontro uma versão bem masculina, alta e musculosa de Lucia. A mesma cor de cabelo, os mesmos olhos, o mesmo sorriso. É estranho. Ele estende o braço para mim e diz:

— Você deve ser o Callum. Eu sou Gino Harding.

Segurando a mão dele, não me surpreendo por seu aperto firme.

— Gino, não danifique a mão dele. É o seu ganha-pão — Luce brinca, fazendo o irmão rir.

— Verdade. Nunca pensei nisso.

— Obrigado por receber nosso evento hoje à noite — digo.

— Obrigado por pagar mais do que o que receberíamos dos clientes essa noite — devolve, fazendo-me rir.

— De nada. Grant e eu viemos aqui algumas vezes. A comida é fantástica.

— Aposto que você acha que o cenário é bem melhor. — Ele indica a irmã com a cabeça e ela dá um tapa fraco em seu bíceps, seus olhos cheios de amor.

— Não posso argumentar nisso. Você me pegou.

Há um assobio alto da cozinha, o que chama a atenção de Gino.

— É bom dar uma cara ao nome, Callum. Infelizmente, o dever chama. — Ele segura a cabeça da irmã e beija sua têmpora com reverência. — Vamos nos encontrar para um drinque em um dia que finalmente tivermos uma folga juntos. Tenham uma ótima noite.

Gino desaparece pelas portas de vaivém da cozinha, deixando Lucia e eu sozinhos novamente.

— Tudo pronto — diz.

— E sem menções à virtude ou intenções...

— Callum Alexander, tenho quase trinta anos de idade. Já passei e muito da fase de precisar da permissão do meu irmão para namorar um homem.

— Bom saber — respondo.

Ela belisca minha bunda.

— Pare de ser um espertinho e vá ficar com o seu pessoal. O rei precisa socializar com os ajudantes de vez em quando — adiciona.

— Espere até eu te encontrar sozinha.

— Mal posso esperar. Agora, guie o caminho, senhor Alexander. Quero conhecer a sua gente também.

Voltamos a nos misturar com a equipe até que, cinco minutos depois, pedem que nos sentemos.

DESEJO

Felizmente – o que também me surpreende –, o resto da noite continua sem problemas. Jodi fica afastada, Graves colado ao seu lado, e Lucia acaba trocando número com minha irmã, Heather, e minha cunhada, Julia.

E, sem perceber, minha máscara caiu precisamente cinco segundos depois de me sentar.

Foi assim até a manhã seguinte, quando a coluna de Carmen Dallas espalhou uma série de histórias sobre a ascensão e a queda de Callum Alexander: a empresa, o projeto, a investigação, meu relacionamento com Lucia e, sim… um *exposed* das minhas noites com Jodi para Deus e o mundo lerem.

CAPÍTULO 15

Desde que a primeira história do *Tribune* saiu no dia depois da inauguração, falhei em esconder o verdadeiro efeito que aquela exposição teve em mim. Andei quieto, mais taciturno que o normal, preferindo ficar em casa com Lucia a manter minha pesada e costumeira rotina de aparições públicas.

O que piorou foi que não houve tempo para recuperar – os ataques continuaram vindo. Nenhuma das histórias tinha qualquer mérito, exceto as reclamações feitas sobre o conceito e a entrevista concedida por Jodi. De tudo, foi a entrevista dela que mais me atingiu.

Não só Carmen deu um show comigo, Jodi tentou colocar o último prego no caixão ao falar sobre nosso flerte físico, com detalhes gráficos. Nunca cruze com uma mulher que foi rejeitada; se for cruzar, certifique-se de não ser uma pessoa de interesse público.

Ter minha última relação sexual divulgada em cada detalhe específico – com alguma licença poética adicionada em boa medida – não é algo que eu desejaria nem para o meu pior inimigo. Para um homem que é notoriamente reservado e fez a escolha consciente de manter sua vida particular exatamente como deveria ser – em particular –, ter algum detalhe sórdido das minhas atividades sexuais espalhadas de forma tão escancarada, publicada para todo mundo ver, é vergonhoso.

Felizmente, fui capaz de ligar para o meu pai quando Annie soube que a história da Jodi seria publicada e deixei minha mãe de sobreaviso. Não voltei para a casa deles desde que a história surgiu, mas uma coisa é certa: a história de sucesso do garoto da cidade natal agora tem uma mancha que não será apagada da memória das pessoas nem tão cedo.

Houve uma série de histórias – acusações de corrupção, falsas acusações de nepotismo, ajuda do governo em ano eleitoral do prefeito… pense no que quiser, Grant e eu fomos acusados. Também fui tachado como um conquistador sem coração e boca suja, com uma mente ainda mais suja, e alguém que impiedosamente jogou Jodi de escanteio quando conheceu Lucia.

Lucia tem sido meu porto seguro durante tudo isso. Fico orgulhoso de ser forte, capaz de lidar com o que jogarem no meu caminho, mas, apesar de tudo que fui acusado e tachado, ela ficou ao meu lado. Nenhuma vez questionou se as acusações eram verdadeiras ou não. Confiou em mim com todo o coração.

De fato, foi quando os repórteres não pararam de assediá-la do lado de fora do seu prédio, um deles indo mais longe a ponto de passar pelo saguão e bater na porta dela, que pedi para que ficasse comigo.

Nada entre nós mudou. Nada na maneira como Lucia age comigo mudou.

Mas eu, sim. E Lucia percebeu.

Não fomos a nenhum evento desde que as notícias saíram e eu nem cheguei perto do restaurante.

Decidi usar um serviço permanente de automóveis, por não querer dirigir meu carro para casa, onde posso ser bombardeado pela imprensa. O que não cessou o constante fluxo de ligações e pedidos de entrevista que chegavam pela empresa.

As manifestações físicas da pressão em que estou começaram a aparecer e, para combater seu efeito, estou tentando compensá-la de outras formas.

Já passou o sexo com total abandono que costumávamos desfrutar. Não quero que Lucia sequer pense que o que temos juntos é qualquer coisa próxima do que tive com Jodi. Estive mais atento às suas necessidades do que nunca, fazendo amor com ela de forma gentil, lenta, fazendo durar muito mais tempo antes de chegar ao *clímax* embaixo de mim.

Ela é a minha âncora em um mar turbulento de desconfiança, e estou tentando protegê-la da tempestade em minha vida. Mas com a pressão crescente a cada momento que passa, outras coisas têm peso maior na minha mente.

Tenho que estar controlado.

Quase controlado demais.

O desejo de fazer mais tem me chamado mais alto e claro do que nunca, tornando-se mais difícil, quase impossível de ignorar.

Mas já fui longe demais agora para perder a melhor coisa em minha vida por algo tentador demais para contemplar.

Por mais que eu tenha tentado, o que não posso silenciar é a necessidade desesperada que me agarra enquanto a pressão continua a aumentar. O rugido ensurdecedor por dentro, ameaçando explodir se algo – qualquer coisa – não ceder, e logo.

Estou distraído nessa linha de pensamento quando Lucia chama meu nome da cozinha.

— Cal?

Sempre uma anfitriã, ela decidiu que minha casa grande e vazia precisava de pessoas. Portanto, estamos oferecendo um jantar hoje à noite com Grant, Jeremy, Julia, Heather e Glen. Meus pais estão tomando conta de Grayson para termos uma "noite de adultos" com as pessoas de quem sou mais próximo e em quem mais confio.

Desligando o computador, deixo o escritório do segundo andar e desço para encontrar minha namorada parecendo bagunçada e superaquecida, abaixada na frente do forno.

Meu pau endurece com sua bunda redonda e firme empinada no ar na minha frente, chamando-me para tomá-la duro e rápido na minha cozinha, empurrando-a para a ilha central e penetrando-a por trás, com minha mão virando sua cabeça para eu saquear sua boca.

Ela vira a cabeça por sobre o ombro e encontra meu olhar.

— Que olhar é esse, senhor Alexander?

— Que olhar, senhorita Harding?

— Esse que diz que você está catalogando todas as coisas impuras que poderia fazer com a minha bunda enquanto estou nessa posição.

— Com a sua bunda? — questiono, erguendo uma sobrancelha para ela.

Suas bochechas ficam vermelhas de forma incomum e, pela primeira vez, vejo o olhar de Luce quase envergonhado. Ela rapidamente se recupera.

— Bem, talvez não na cozinha. Nós *temos* convidados chegando em breve.

Incapaz de resistir, vou até ela e empurro-a contra o balcão.

— Temos quarenta minutos. Muita coisa pode ser feita nesse tempo — murmuro contra sua nuca, arrastando os lábios por sua pele macia e beliscando a curva do seu ombro. — *Um monte* de coisas pode ser dado e recebido...

DESEJO

137

— Uhumm — cantarola, enquanto suas mãos começam a vagar, mergulhando por baixo da minha camisa e deslizando pelo meu abdômen antes de se direcionar para o sul. — Sou o tipo de mulher que prefere que você mostre, não que diga.

— E eu sou o tipo de homem que prefere tudo o que você quiser, onde quiser.

— O tipo perfeito.

— Então me deixe te mostrar. — Prendendo as mãos por baixo de sua bunda, levanto-a no balcão e me abaixo, mostrando algumas maneiras prazerosas de passar quarenta minutos extras.

— Deixa eu entender direito. Você foi presa por atentado ao pudor? Na Riviera Francesa? Onde você é exilado se *não* fizer *topless*? — Grant pergunta para Lucia, depois do jantar.

— Sim, eu só calhei de passar por um policial conservador que sentiu a necessidade de me dar uma lição sobre o que é aceitável no comportamento em público. — Ela dá um largo sorriso, a experiência não tendo obviamente nenhum efeito prejudicial em sua confiança.

— Há um monte de tipos diferentes de lições que podem ser passadas sem arrastar uma mulher de *topless* para uma cela de prisão — comenta Julia, do outro lado da mesa.

— Nua. Não de *topless*. Nua.

Todos à mesa começam a rir, parcialmente em choque, mas também espantados.

Seus olhos encontram os meus e ela ergue uma sobrancelha para mim. Então seu pé descalço sobe pela minha perna e agora sei que o brilho tortuoso em seu olhar agora tem um propósito.

— E você, Cal? Foi preso por algo que não sabemos? Tem algum segredo profundo e sombrio para esconder dos seus pais? — Jeremy fala, encurralando-me durante uma pausa na conversa.

Encaro Grant com cuidado, que me dá um sorriso pretensioso. Lucia me observa, atenta, aguardando uma resposta. De fato, a mesa inteira agora me dá atenção completa. Porra.

— Eu nem mesmo acho que ele escapou depois do toque de recolher durante o ensino médio — Heather devaneia.

— Jesus — resmungo, com um gemido, olhando para o teto.

— Não tome o nome do Senhor em vão — Jeremy e Heather retrucam em uníssono, imitando nossa mãe. Isso só inicia outra rodada de risadas.

— Não há segredos — replico, levando meu uísque à boca e tomando goles lentos e medidos.

Lucia zomba, despreocupada.

— Ah, eu não acredito nisso nem por um segundo, Cal.

— Todo mundo tem segredos — Grant me olha de maneira incisiva, depois afasta o olhar, felizmente.

— Sou um livro aberto. Não há segredos aqui — ela diz, dando de ombros e levando a taça de vinho à boca.

Nunca menti para Lucia, mas, com a pressão crescente começando a cobrar seu preço e a atenção do público que se intensificou, sinto que sempre que não estou em casa, estou me segurando mais.

Ela merece mais do que minhas atitudes contidas, mais do que estou dando a ela agora.

— Terra chamando Cal? — Jeremy diz.

— O quê? — pergunto, encarando meu irmão.

— Você está bem? Sabe, com a coisa da imprensa? — pergunta, as sobrancelhas franzidas.

— Deve ser difícil, sempre ser observado, denunciado… — Glen adiciona.

Todos os olhos se viram para mim na ponta da mesa, estudando-me, esperando que eu diga a verdade. Mas, sem perceber, vou em piloto automático. Com um leve inclinar dos lábios, sorrio para minha família, alguns dos meus apoiadores mais fervorosos, e minto:

— Estou bem. Já me acostumei. — Dou de ombros e bebo meu uísque de um gole só.

Ficando de pé, gesticulo para todos à mesa.

— Alguém quer mais?

Encontro o olhar de Luce e fico preso na intensidade. Ela está me estudando como um cubo mágico quando só faltam alguns giros para terminar. A inclinação de sua cabeça é cativante e me perturba, um sentimento inato causado pelo conhecimento de que a mulher que amo vê através da minha

DESEJO

máscara, da cortina de fumaça que ergui para me esconder por trás. Ela é capaz de sentir a inquietação dentro de mim e a preocupação em seus olhos ameaça minha resolução de permanecer forte frente à pressão duradoura.

Isso me prende, uma sensação contínua de formigamento que aperta meus músculos com a tensão que incessantemente ameaça me puxar para baixo. Ter que fingir não estar afetado na frente de todo mundo é um comprometimento árduo, mas necessário, com a necessidade de manter o estado das coisas, ambos os lados pessoal ou profissional. Proteger aqueles ao meu redor de tudo ao meu alcance agora se tornou meu único foco. Está tudo sobre os meus ombros, um fardo que voluntariamente irei suportar até que não haja mais ônus para continuar fazendo isso.

— Mais um seria ótimo, Cal — Luce responde, sua voz suave, os olhos compreensivos. Ela estende a taça para mim e levo comigo para a cozinha.

— Sim, para mim também — Heather adiciona, antes de virar na direção de Glen.

Grant está estranhamente silencioso e mais desconcertante do que me conscientizar da preocupação de Lucia, é o meu melhor amigo saber exatamente a forma como penso em momentos como esse. Ele esteve ao meu lado durante os altos e baixos das nossas carreiras – quando começamos a Alexander Richardson, quando fizemos nossa licitação pública, quando *perdemos* nossa primeira proposta de *design* para uma firma maior, trabalhando dezoito horas por dia direto comigo no projeto perfeito para a *Spera House* para verificar uma e duas vezes cada detalhe minucioso.

— Vou ajudar com os drinques — Grant diz, ficando de pé e seguindo-me para a cozinha. Quando estamos longe dos ouvidos dos outros, ele coloca as mãos no meu bíceps e me para. — Você não está enganando ninguém.

Um bufar pouco digno me escapa.

— O que isso deveria significar? — Coloco o copo e a taça na bancada e apoio os braços contra ela.

— Você pode ser capaz de proteger sua família da merda que está te cercando agora mesmo, mas não vai conseguir me enrolar e definitivamente não vai fazer isso com Lucia.

— Eu não estou…

— Está sim, porra. Você está aqui, sorrindo, agindo como se estivesse tudo normal, mas esse não é você. — Seus olhos estão brilhando. Ele tenta esconder a frustração e estou grato, nesse caso, de que ele está de costas para o resto da sala.

— Grant... — advirto, com a voz baixa.

— Não precisa colocar a droga da máscara na frente de nenhum de nós, mas, lá atrás, você deu o que as pessoas esperam de Callum Alexander. Você não tem que fazer isso conosco e estou puto por você achar que precisa fazer isso.

— Grant... — Minha voz fica um pouquinho mais alta e, definitivamente, mais ameaçadora.

— Você precisa pelo menos *tentar* relaxar, Cal. Não quero ser deixado com uma empresa para comandar sozinho quando você tiver a porra de um ataque cardíaco de tanto estresse.

— Há mais que isso.

— Agora, por que isso não me surpreende? Olhe para mim, Cal. Não sou apenas um idiota com quem você trabalha e se não pode desabafar comigo, você também tem a porra de uma mulher bem ali que caminharia por cima de brasas só para ficar ao seu lado. Você não está sozinho nessa. É minha empresa também, meu nome sendo arrastado na lama.

— Você não teve suas façanhas sexuais descritas em detalhes em uma publicação nacional — pontuo, caminhando em direção à geladeira para pegar o vinho de Lucia antes de me virar e servi-lo na taça.

— Não, mas pelo menos não havia nada lá que transformaria você em um pária. Poderia ter sido pior. Imagine se...

— Não vamos imaginar nem trazer isso à tona — retruco.

— Vamos superar isso, Cal. Todo mundo sabe que isso é uma caça às bruxas que foi criada para ser assim; algo maquinado. A forma mais destrutiva daquela expressão "prego que se destaca leva martelada".

— É disso que tenho medo. As pessoas acreditam no que é dito de ruim sobre os outros. Se isso continuar, pode causar danos incalculáveis aos nossos negócios, ao nosso nome, à empresa. E quanto à nossa equipe? — Cada palavra vai aumentando, a tensão me atingindo como uma faca afiada, ameaçadora e impenitente com sua crueldade. Meu corpo, cansado das semanas no modo constante de "bater ou correr", está desvanecendo diante dos ataques contínuos e implacáveis de todos os lados.

— Temos contingências, Cal. Você não está nessa sozinho. Lutamos para trilhar nosso caminho do abismo desconhecido para onde estamos hoje e vai precisar de mais do que uma mulher que foi desprezada...

— Ou duas...

— Touché. Ou duas para cortar nossas asas. O que todos parecem

DESEJO

esquecer é que temos uma terceira perna que é mais poderosa que qualquer outra. — Ele pisca para mim, um sorriso largo nos lábios.

Sacudo a cabeça, exasperado, mas suas palavras – e apoio – amenizam pelo menos parte do estresse que ameaça me arrastar.

— Obrigado — digo. — E, com isso, acho que um charuto na varanda é uma boa pedida.

— *Essa* é a melhor ideia que você teve a noite inteira. Exceto, é claro, se você oferecer um ménage com a Lucia mais tarde, mas vou esperar até ela me perguntar sobre antes de respeitosamente declinar.

— Babaca.

— Sim, mas sou o melhor babaca que você conhece.

CAPÍTULO 16

— Senhor Alexander? — Annie chama, da porta do meu escritório.

Inclinado sobre um novo projeto na minha mesa de desenho, coloco o lápis para baixo e viro para encará-la.

— Sim? — Dou um sorriso falso, aquele que diz que está tudo bem quando, na realidade, *estar bem* parece ser algo inatingível, inalcançável no momento. Distração parece ser a chave para manter a farsa de que tudo que envolve minha vida não está me virando de dentro para fora a cada novo desdobramento.

— Jodi Malestrom está lá embaixo, no saguão, querendo vê-lo. A segurança impediu que entrasse nos elevadores, mas se os sons que ouvi pelo telefone servem de referência, ela está bem convencida de que precisa falar com você.

Minhas costas tensionam, meu humor se transforma em raiva pela audácia de Jodi. Como pode uma mulher culpada de trair minha confiança sentir que tem o direito de fazer uma cena no saguão do meu prédio, sem dúvidas em frente a um enxame de fotógrafos e repórteres?

— Annie, você pode ligar para o saguão e informar a eles que a senhorita Malestrom deve ser escoltada para fora da propriedade e advertida de que será removida à força no futuro.

— Farei isso, senhor Alexander.

— O senhor Richardson está no escritório? — pergunto.

— Sim. Deseja que o chame aqui?

— Está tudo bem. Lide com o distúrbio lá embaixo. Isso abre precedentes — respondo.

— Eu vou agora mesmo — diz, girando nos saltos e desaparecendo das minhas vistas.

Andando até minha mesa, pego o telefone e ligo para Grant. Frustração percorre meu corpo, meus ombros se preparando para um próximo golpe, que já é esperado. Eles estão vindo, densos e rápidos, e fico em um constante estado de preparação. Como alguém consegue lidar comigo nesse momento é um mistério – e um milàgre.

O telefone toca algumas vezes antes de Grant atender.

— Ei, já é hora do uísque semanal? — ele diz e dou uma risada desprovida de humor, no entanto, Grant rosna em resposta: — O que aconteceu?

— Acho que já passamos do ponto de um uísque. Jodi está no saguão, fazendo uma cena.

— Ela acha que tem esse direito? — zomba.

— Aparentemente, sim.

— Mande a segurança a escoltar para fora.

— Annie está resolvendo isso agora. Graves está com você?

— Acabou de sair daqui para sua mesa de trabalho. Por quê?

— Pensei que ele pudesse agir como um intermediador com ela. Eles foram ao jantar juntos, quase pensei que pudessem estar envolvidos.

— Então ela não teria tentado chegar a você através dele se realmente quisesse conversar?

— Achei que sim, mas dado ao comportamento e atitudes recentes dela, não dá para ter certeza.

— Quer que eu peça a ele para descer e falar com ela?

— Acho que é o melhor. Posso não gostar da mulher, mas chamar a polícia não é o melhor movimento de relações públicas para nós. Inocentes ou não, estamos sendo observados com um microscópio e *não* queremos dar a Carmen Dallas e ao *Tribune* qualquer munição para jogar ainda mais lenha nessa fogueira.

— Entendi seu ponto. Vou te encontrar quando resolver isso — avisa, antes de encerrar a chamada.

Fico de pé e caminho até a parede de vidro ao redor da sala. A vista que normalmente me sustenta me faz sentir mais como se eu estivesse preso.

Estou em uma placa de Petri[3], com uma vista de um milhão de dólares. O que uma vez serviu de musa de muitos dos meus projetos, agora parece manchado pelos poucos pincéis desleais de alguns selecionados.

Perdido em pensamentos, estou a quilômetros de distância quando Grant entra e para ao meu lado.

— Bem, isso foi estranho — solta.

— O quê? — respondo, sem desviar o olhar da baía.

— Graves me encontrou no corredor e explicou que a segurança ligou para ele e que estava a caminho do saguão para *lidar* com Jodi. Ele estava se desculpando profusamente, e pediu que transmitisse a você suas desculpas.

— Desculpas? — questiono, meus olhos focados nele agora. — Por que ele está se desculpando?

— Não tenho ideia. Mas considere a mensagem entregue — avisa, colocando dois dedos de Macallan e passando o copo para mim. — Parece que você precisa disso. Está tenso pra caramba, Cal.

Silêncio se estende entre nós enquanto levo o copo aos lábios, refletindo sobre meus pensamentos.

— Começamos essa empresa para fazermos o que amamos e seguir nossas próprias regras — comento.

— E conseguimos isso em todas as frontes — replica Grant.

Nego com a cabeça, encarando a baía.

— Não parece mais tão divertido.

— Eu lembro quando entramos nesse prédio pela primeira vez. — Ele se move para ficar ao meu lado. — Eu estava entusiasmado, porque compramos algo grande e chamativo para mostrar ao mundo que havíamos chegado e não iríamos a lugar algum.

— E eu estava mais contido, querendo que usássemos nosso tempo fazendo a escolha mais correta e apropriada.

— Aí você viu esse escritório, essa janela, a ponte, e já era.

Ele não está errado. A vista daqui de cima me ganhou de primeira. Isso me faz rir.

— Você já *viu* essa vista?

— Merecemos isso naquela época, Cal, e continuamos merecendo essa porra agora. Quem diria que o *seu* pau nos causaria o maior tormento?

---

3   Placa de Petri é um recipiente com formato cilíndrico e achatado, feito normalmente de vidro ou plástico e cuja função é auxiliar principalmente alguns procedimentos de microbiologia.

DESEJO

145

— Jodie foi um momento de fraqueza.

— Ela é uma oportunista — disse.

— Isso também.

— Assim como a Carmen Dallas, que queria pendurar uma estrela junto com a sua no minuto em que você venceu o prêmio pelo *Spera*. Ela estava se atirando em você desde então. Se não conseguia chegar lá, queria pintar você como alguém que todos querem, mas ninguém consegue. Ter encontrado Lucia e ficado com ela meio que a estimulou.

Ele tem razão. Suspiro, desanimado.

— É tudo culpa minha, Grant. Deveríamos ter divulgado a investigação nós mesmos. Ser abertos e honestos, sabendo que não havia nada para esconder.

— Não era escolha nossa. O conselho queria manter sigilo.

— Sempre mexemos os pauzinhos. Podemos projetar uma obra-prima, mas isso não significa que será inteiramente nossa — digo, olhando através do vidro. — Quando os fantoches se tornam as pessoas que comandam as marionetes?

— Quando se corta a droga da corda e para de se importar sobre o que os outros pensam. Em vez disso, começa a fazer qualquer porra que quiser, porque, Cal, em privado você é assim. Em público, a droga da máscara te sufoca. Lucia sabe disso, eu sei, até mesmo os controladores de fantoches imaginários a quem você dá poder sabem disso; as Jodis, Carmens e quem mais estiver mandando o caralho dos bilhetes. Quando você tira a máscara, acaba com qualquer coisa que eles acham que têm contra você.

— Essa merda vai sumir. Carmen vai ficar sem fôlego como geralmente fica e encontrar outro pobre coitado para se fixar. Jodi vai seguir em frente para o próximo *sugar daddy* que só pensa em boceta em vez do bom-senso. O museu será a próxima estrela brilhante na paisagem arquitetônica de São Francisco e nossos nomes se tornarão sinônimos das técnicas de *design* com um híbrido entre o moderno e o clássico. Vamos entrar para a história.

Olho para ele e levanto a sobrancelha.

— Vamos entrar para a história? Não está exagerando um pouco?

— Serviu para te tirar daquele humor em que você estava, não é?

Dez minutos depois, uma batida na porta chama nossa atenção e nós nos viramos para encontrar Gregory Graves parado dentro do meu escritório.

— Senhor Graves?

— Senhor Alexander. Senhor Richardson — diz, acenando para nós dois.

— Falou com a senhorita Malestrom? — questiono.

— Sim. Gostaria de me desculpar. Ela estava chateada porque terminei nosso relacionamento ontem. Nunca pensei que viria para o escritório e causaria uma confusão para conseguir minha atenção — explica, sem desviar os olhos dos meus.

Colocando o copo na mesa, caminho para trás da mesa e me sento.

— Por que ela queria me ver, se estava chateada com o seu término? Acho que todos sabemos que a Jodi já causou uma quantidade considerável de prejuízo.

Sua expressão se torna sombria e ele pressiona os lábios, uma expressão fechada no rosto.

— Disso não tenho certeza. Quando a vi no saguão, ela só queria falar comigo.

— Bem, Greg, acho que Callum vai concordar comigo que é provavelmente mais inteligente manter os problemas de relacionamento fora do escritório no futuro. Como você sabe, temos atenção da mídia o suficiente na empresa e no Callum nesse momento, sem encorajar mais nada com as namoradas dos nossos funcionários dando show no saguão da Alexander Richardson. Concorda? — Grant explica.

— Sim, senhor. Sinto muito, senhor Alexander — pede, falando diretamente comigo. — Agora vejo que ela estava me usando para se aproximar de você. Sabia que ela estava em outro nível, mas parecia ser verdadeira. Espero que isso não cause problemas para o meu cargo ou sucesso em meu estágio.

Ele parece sincero até este ponto, embora algum comportamento seu pareça de alguma forma estranho às vezes. Encaro Grant, que simplesmente ergue a sobrancelha para mim, seus olhos falando alto, tudo que iremos discutir em seguida, quando o homem em questão não estiver mais na nossa frente.

— Obrigado, senhor Graves. Você não causou isso diretamente, então não precisa assumir a culpa.

— Vou até sua mesa mais tarde, Greg, e continuaremos olhando aquelas plantas que eu pedi.

— Sim, senhor Richardson. Eu...

Meu telefone toca alto sobre a mesa e o interrompe, as vibrações movendo o aparelho sobre a madeira.

— Com licença um momento — digo, olhando para o nome de Richard James brilhando no meu celular.

DESEJO

Olho para Grant e mostro a ele, antes de atender.

— Richard, essa é uma surpresa agradável. Está tudo…?

— Ligue a televisão, Callum. Aconteceu um acidente.

— O quê? — pergunto, pegando o controle remoto da gaveta de cima e apertando para ligar a tela plana na parede do meu escritório. Grant se move para o lado para que eu possa ver, enquanto Graves entra na sala, virando-se para o objeto.

— O que é isso que estou vendo, Richard? — questiono, largando o controle sobre a mesa.

— Há cerca de vinte minutos, houve um colapso por baixo da fundação sul. Dois trabalhadores morreram, três estão desaparecidos e outros dez estão feridos. Polícia, bombeiros e ambulâncias estão no local e o OHSA[4] da Califórnia foi notificado — explica, enquanto assisto a notícia na tela.

A mensagem na parte inferior continua a transmitir a notícia de que uma explosão no canteiro de obras à beira-mar – no que teria sido o maior e mais empreendedor marco do Norte da Califórnia – matou dois homens e feriu vários outros, com três trabalhadores ainda desaparecidos. Nuvens de fumaça enchem o céu acima da concha parcialmente construída, que agora é apenas uma bagunça de metal retorcido e concreto despedaçado.

A estrela brilhante no horizonte da Alexander Richardson foi quase extinta.

— Callum, você está aí? — Um silêncio de choque se estende pela linha. Richard, por outro lado, não perde tempo. — Você precisa se certificar de que tem tudo que o OHSA possa querer, porque tudo agora está de pernas para o ar. Cada detalhe minucioso, até se as opções que marcaram nos formulários estão corretas; tudo será examinado e vasculhado.

— O *design* era sólido. Os relatórios dos engenheiros foram certificados duas vezes pelos melhores especialistas em geotecnologia do país.

— Então por que estou de pé, do lado de fora de um cordão de isolamento, olhando para rostos ensanguentados, fumaça em todo canto e dois corpos cobertos?

— Iremos cooperar completamente com qualquer um que precisar falar conosco.

---

4   *Occupational Safety and Health Administration* – Departamento de Segurança do Trabalho e Saúde. Agência americana cujo foco é aplicar as normas de segurança e saúde no trabalho para prevenir acidentes, doenças e morte.

— Não espero menos que isso. Entrarei em contato. — Ele desliga, e fico ouvindo o som monótono do fim da ligação enquanto o choque começa a me tomar.

— Cal? — Grant chama, mas ergo o dedo, pedindo um minuto para me recompor. — Cal?

— Preciso chamar um carro. Tenho que sair daqui — digo, com a voz rouca. Pego minha pasta do chão e tento acalmar a respiração o suficiente para descansar por um instante. Um momento de clareza me permite olhar Grant direto nos olhos. — Pode falar com a Luce e pedir para o carro levá-la para a minha casa assim que ela puder?

Seus olhos estão tão em pânico quanto me sinto, disparando entre mim e a tela, que agora mostra um fogo violento no local e vários pontos de incêndio ao redor das ruas.

— O que Richard disse?

— É o que ele não disse. Há mais nisso. Ou ele ainda não percebeu ou não está nos dizendo. De todo jeito, não é possível que houvesse problemas com o serviço, os alicerces, as informações geotécnicas ou com as plantas. O holofote que estava sobre nós acabou de se transformar em um alvo do caralho.

— Há algo que eu possa fazer? — Graves questiona. Eu tinha esquecido que ele ainda estava lá.

— Senhor Graves, é apenas um negócio normal para todo mundo. Entraremos em contato.

— Se eu puder ajudar em qualq…

— Avisaremos — Grant garante, impaciente. Graves olha para nós dois antes de assentir e sair. — Cal? — Grant me chama.

Fico de pé, meus dedos apertando o telefone na mão. Meus músculos estão tensos e esticados a ponto de ser um milagre eu ainda conseguir me mover, a apreensão ameaçando me partir ao meio. Ando até a janela e volto, passando a mão livre pelo cabelo, parando para olhar na direção da beira-mar.

— Cal, que porra nós vamos fazer? — Grant questiona, assim que Graves sai.

Viro-me para encará-lo, as palavras saindo da minha boca sem eu pensar:

— Essa tempestade de merda já estava girando ao nosso redor e atingiu o ponto mais baixo de todos. Até sabermos o que está acontecendo, vamos mandar a equipe para casa. Diga a eles que mandaremos um memorando quando soubermos de mais alguma coisa.

DESEJO

— Exatamente isso — responde, preocupação estampada em seu rosto.

Aceno para ele e saio, sem falar com ninguém enquanto passo pela recepção, e vou para o elevador, chegando ao subsolo, onde me sento no carro que já estava à minha espera no estacionamento.

Assim que chegamos à rua, seguindo em direção de casa, aperto a discagem rápida e aguardo até a chamada ser atendida.

— Cal? Acabei de ouvir.

Ouço sua voz, mas, pela primeira vez desde que a conheci, a tensão que me incapacita não desaparece.

CAPÍTULO 17

Preciso me acalmar, me libertar, algo para quebrar o dilema no qual me encontro agora.

Qualquer coisa que impeça meu mundo cuidadosamente controlado de implodir ao meu redor.

— Cal? — ela chama, da soleira, assim que entra na casa.

— Aqui — respondo, com a voz tensa e contraída pela emoção implícita. Estou uma bagunça tão grande que fico abismado por ter sido capaz de chegar em casa e não me desfazer membro por membro.

Meu corpo inteiro está em chamas, cada fibra minha gritando por algo – *qualquer coisa* – para suprimir o barulho incessante que era suportável até agora.

— Grant explicou o que aconteceu — diz, apressando-se para chegar até mim, perto da janela da varanda. Seu corpo encontra o meu bem quando seus braços envolvem minha cintura. — Eles sabem o que causou?

— Eu... — Nego com a cabeça, subitamente sem palavras. Milhões de pensamentos se atropelam pela minha mente mas não consigo verbalizar nenhum.

— Cal? — Ela se move ao meu redor até se postar à minha frente. Segura minha mandíbula, abaixando minha cabeça até a dela. Quando encontro seu olhar, tudo que vejo é preocupação e tristeza.

Ficamos lá, congelados no tempo. Deixo-me perder em seus olhos cheios de sentimentos e em seu belo rosto que nunca falhou em me trazer de volta à serenidade – até hoje.

DESEJO

Pigarreando, dou um passo para trás e vejo suas mãos caírem, sua expressão mudando para confusão. Tomando o restante do uísque no copo, pego a garrafa pela metade próxima do sofá e sirvo outra dose para mim. Ficar intoxicado pode não ser a atitude mais inteligente, mas agora a ideia de um segundo copo é mais tentadora do que a alternativa – que seria permitir as paredes se fecharem ao meu redor.

A mão macia da Lucia envolve a minha enquanto encho o copo.

— Não vai ajudar, Cal. Precisamos conversar. Diga o que posso fazer.

Se ela soubesse a resposta que está aguardando na ponta da minha língua.

Quanto desejo ser capaz de dar o último passo ao qual resisti até agora. Sem o copo na mão, algo para segurar, algo para me manter no chão, fico perdido. Lucia apoia o corpo contra o meu mais uma vez, nós dois agarrados um ao outro. Coloco as mãos em seu quadril, repousando-as lá porque não sei o que mais fazer.

Pela primeira vez em meus trinta e quatro anos, estou completa e irrevogavelmente perdido.

Ela abre a boca para dizer algo, mas me encontro necessitado de falar primeiro:

— Não sei o que devo fazer. É demais.

— O que é demais? — Lucia, quieta, suave e compassiva. Sua voz está cheia de cuidado e preocupação, encorajando que eu deixe meus pensamentos saírem.

— Nunca me senti tão fora de controle… — De pé, no meu escritório, recebendo uma ligação que poderia moldar para sempre o cenário onde minha carreira é exposta.

— Deixe-me ajudar. Diga o que posso fazer para ajudar. Posso ligar para alguém? Há coisas que eu…?

Os instintos do meu corpo agem. Tomam o que querem, o que precisam em primeiro lugar e, sem pensar, puxo o corpo dela contra o meu e esmago nossos lábios. Ela ofega em choque e minha língua tira vantagem, invadindo sua boca aberta. Seu corpo derrete instantaneamente quando percebe minhas intenções.

Mas a névoa cheia de luxúria alimentada pela minha necessidade desesperada de parar de pensar – de parar de *sentir* – evapora momentos depois e percebo quão nervoso estou.

— Luce, eu… — Balanço a cabeça e dou um passo atrás, colocando alguma distância física muito necessária entre nós. — Não machuquei você, não é?

152

bj harvey

Seus olhos se arregalam. Ela é rápida em acalmar meus medos.

— Não, Cal. Você seguiu o seu corpo. Eu *nunca* vou impedi-lo de ouvir seu instinto e seguir com ele. Quer conversar?

— Não.

— O que posso fazer? — insiste, imóvel, enquanto me observa.

— Eu não sei! — grito. — O que qualquer um de nós pode fazer? — Começo a andar pela sala, minha respiração rápida e ruidosa, meu peito arfando enquanto cuspo violentamente cada palavra. — Dois homens morreram hoje. *Morreram.* Construindo um prédio que eu projetei. Pode ser qualquer coisa, pode ser *tudo*, mas a primeira pessoa que eles vão procurar serei eu, depois Grant, a empresa... — Pego o copo de cristal e jogo pelo cômodo, observando os cacos de vidro se estilhaçarem em milhões de pedaços contra a parede de pedras.

Giro e caminho até ela. Uma demonstração tão grande de raiva deveria assustá-la; a maioria das mulheres se acovardaria ao encarar tantas emoções. Mas não a minha Lucia. Ela mal pisca antes de prosseguir:

— Não é sua culpa, Cal. Nada disso é sua culpa. Você precisa se acalmar e começar a pensar no que pode fazer para ajudar.

Eu me jogo na poltrona de couro, colocando a cabeça entre as mãos, meus cotovelos descansando nos joelhos.

— Sou o garoto de ouro da minha cidade natal, o bode-expiatório perfeito para alguém jogar debaixo do ônibus.

Ficando de joelhos na minha frente, ela posiciona as mãos em cada lado da minha cintura. Coloca-me em um casulo, dando-me conforto.

— Cal, não dá para saber.

Minha voz está baixa, quieta, derrotada.

— Tudo indica isso. É uma merda. Não faço a porra da ideia de que merda vou fazer. — Levanto a cabeça e olho para ela. — Esse não sou eu, Luce. Esse não é o Callum Alexander que todo mundo conhece...

— Não, esse é o Callum Alexander que *eu* conheço. E *Grant* conhece. E sua família conhece. Você não é imune ao mundo ao seu redor. Aquela droga de máscara que você usa é. — Ela leva as mãos ao meu rosto, segurando minha mandíbula e trazendo-me para tão perto que posso sentir sua respiração quente roçando meus lábios. — Pare de tentar corrigir tudo e seja apenas você. Não precisa se segurar comigo. Eu *nunca* quis que você se segurasse comigo.

Ela desliza as mãos pelo meu peito, descansando as palmas diretamente sobre meu coração. Tenho que apertar as mãos em punhos para resistir

DESEJO

153

à vontade de tocá-la. Minhas emoções estão imprevisíveis e tenho medo de ir longe demais se encostar nela. Nunca senti uma necessidade tão crua tomando meu corpo, cada nervo no limite com o instinto que me recuso a seguir.

Um ato depravado que mulher nenhuma em perfeito juízo – nem mesmo alguém tão aberta quanto Lucia – acharia aceitável.

— Do que você *precisa*, Cal?

Minha voz está grossa, áspera e coberta de desejo e desespero.

— Eu preciso... — Não consigo nem pronunciar as palavras.

Ela quer que eu me exponha, diga a ela o que acho que preciso nesse momento. Com toda a pressão cedendo, sufocando-me, esmagando-me com a culpa, mesmo estando perto do meu ponto final de ruptura, as palavras não saem.

— Diga, Cal. Diga que vai me dar esta última parte sua. Essa parte enterrada da qual está tão determinado em me proteger. — Seus olhos falam alto, mais do que qualquer palavra pode dizer. *Confie em mim. Acredite em mim.* — Pare de ser conter — pede, flexionando os dedos contra o meu peito.

— Estou fazendo isso para proteger você, para manter...

— Cal, você não pode se segurar para sempre. O que quer que seja vai ficar entre nós. Deixe-me ajudar.

— Não posso te perder. — Minha voz está desolada, desesperada, e agarro-me ao meu último resquício de resistência. Cubro suas mãos com as minhas, pressionando para que ela sinta as batidas do meu coração contra sua pele. — Posso perder todo o resto, mas nunca sobreviveria se perdesse você.

— Se você não confia que vou ficar, então vai me perder de todo jeito. Entregue-se para mim... por inteiro.

— Você tem a mim.

Ela desliza as mãos das minhas e se afasta um pouco, levantando-se, antes de me estender o braço.

— Então prove, Cal. Mostre-me tudo. Deixe-me te dar isso. Deixe-me dar o que você precisa.

Aqueles olhos que brilham cheios de emoção perfuram os meus e o ar retorna para os meus pulmões logo que ela tira a decisão de mim. Quando a alcanço, ela entrelaça nossos dedos antes de se virar e me puxar gentilmente, guiando-me em direção às escadas para o segundo andar.

Meu coração bate descontroladamente, ansiedade se misturando com medo, encoberta pelo amor que tenho por essa mulher, que continua a me tirar da minha zona de conforto. A mulher que sempre foi capaz de me compreender, desde a primeira noite em que nos vimos até agora, quando mais preciso dela.

Lucia conseguiu me tirar dos meus próprios pensamentos e agora quer que eu me deite, completamente exposto. Quer a última parte de mim que luto por tanto tempo para manter enterrada.

É quando as palavras de Grant hoje mais cedo soam alto em meus ouvidos:

A droga da máscara te sufoca.

Ele está certo. É hora de rasgar a máscara e mostrar tudo para Lucia. Um sentimento pesado de presságio ameaça me oprimir, mas eu o afasto, seguindo aquela mulher até meu quarto.

Passo o braço por suas costelas e envolvo seu seio de forma grosseira, puxando seu corpo para o meu, meu peito nu nivelado contra suas costas escaldantes.

Pensamentos tortuosos correm por mim, um contraste gritante do que normalmente permito. Então vejo algo mais refletido nos olhos de Lucia. Algo brilhando por baixo da superfície que me chama, acendendo meus instintos mais básicos.

Travo os olhos aos dela através do espelho gigante à nossa frente, meu olhar deslizando desde o chão para fazer uma leitura lenta e ávida em seu corpo. Cada momento que passo com essa mulher me afeta mais, me envolve mais em sua teia de luxúria, meu subconsciente se oferecendo como uma presa a cada oportunidade. Somos polos opostos de várias formas – sombra e luz, sujeira e limpeza, calma e selvageria e, mais pungente, pecador e santa.

Porém, mais uma vez, vejo um brilho selvagem em seus olhos, uma centelha de fogo que é tão clara que quero me banhar em sua grandeza.

É ela, o acordo único que tenho que fazer. Meu Deus, não consigo imaginar voltar para uma vida sem ela. Aquele único pensamento e tudo que o envolve me aterroriza.

Encarando-me, sem me permitir ficar livre do seu olhar, ela inclina a cabeça para o lado e umedece os lábios com a língua. *É uma oferta tentadora do que virá, uma que até mesmo o homem mais forte e inabalável seria incapaz de recusar.*

Descendo a boca para a ponta do seu ombro, deixo um beijo suave e de boca aberta contra a pele macia antes de traçar seu pescoço com a língua. Um gemido baixo e gutural escapa por seus lábios e fala comigo. Incapaz de me segurar, minha mão vai para o seu couro cabeludo, agarrando o cabelo dela e virando seu rosto para o meu, esmagando nossos lábios. Minha língua mergulha fundo em sua boca, provando e tomando sem pedir desculpas. Sua mão se arrasta e agarra minha mandíbula, os dedos pressionando minha pele enquanto o beijo se torna carnal, áspero, cru e completamente fora de controle.

Ela sabe que preciso disso – que preciso me perder nela, em nós, para evitar que eu pense sobre tudo o que me rodeia. Porque se eu pensar naquilo, vou me afundar ainda mais.

Algo estala dentro de mim, aquele último aperto de negação e resistência se dissipa ao deixar os instintos controlarem meu corpo.

Agarro seu cabelo com mais força, tomando sua boca com uma veracidade ignorada. Ela está comigo a cada passo do caminho, encontrando meus quadris com cada arquear responsivo de suas costas, a bunda nua roçando contra meu pau ereto a cada impulso.

— Pegue o que precisar, Cal. — Sua voz é um sussurro rouco, mas ouço cada emoção que ela exibe nas palavras. O rugido em meus ouvidos é ensurdecedor, meu sangue fervendo com o desejo por mais.

Precisando da distração, eu a solto e giro para me encarar, meus lábios pousando de volta aos dela com uma aspereza bem-vinda, de acordo com seus gemidos contra a minha boca.

Vou guiando seu corpo, de costas, até que a parte de trás de seus joelhos tocam a beirada da cama. Com um empurrão suave, ela cai contra o colchão, suas pernas se abrindo ainda mais em um apelo silencioso e os olhos conectados aos meus a cada passo do caminho. Suas mãos vão para os seios, indicadores e polegares apertando cada mamilo até um gemido alto preencher o quarto.

Fico paralisado, travando o corpo no lugar para assistir ao seu show solo.

— Dê o que *eu* preciso, Cal.

Todo meu ser vibra com o desejo inexperiente, um desejo tão forte, tão desesperado neste momento que não confio em mim mesmo aqui no momento – para reter o controle que tal ato exige.

Quando os gemidos de Lucia se tornam mais altos, e ela arrasta a mão para baixo pelo corpo para acariciar-se entre as pernas, desisto de me segurar e pego o que quero – o que preciso.

Caindo de joelhos aos pés da cama, afasto suas coxas e empurro os ombros entre seus joelhos, abaixando-me para engoli-la, meus lábios envolvendo seu clitóris e chupando com força enquanto primeiro um, depois dois dedos mergulham dentro dela.

Não estou mais no piloto automático; estou feroz com a necessidade e desespero de enterrar o pau dentro dela, guiando-a forte e rápido, levando nós dois ao precipício antes de saltar da beira de um abismo.

— Porra, Luce. Porraaaa — gemo contra ela.

Seus gritos ficam mais altos e frenéticos. Eu me movo para cima, empurrando de forma rude o pau dentro dela, dando o que nós dois queremos. Suas unhas agarram meus ombros, mordendo a pele e enviando ondas de choque em meu cérebro que falham em envolver qualquer senso ou razão.

Meu corpo assume, meus quadris empurrando com força, rápidos, selvagem e livre. Cedendo ao ritmo dado pelo instinto, abaixo a cabeça para chupar seu mamilo, meus dentes roçando o botão sensível, arrancando um grito de prazer dela. Sem parar, minha boca sobe do seu peito para o seu pescoço, sua mandíbula, encontrando apoio em seus lábios abertos e inchados, e alcançando sua língua mais uma vez. Todo meu corpo está inflamado com uma necessidade tão grande, como se eu estivesse em queda livre sem fim à vista.

Não quero que acabe. O prazer e a promessa do orgasmo são bons demais, muito aterrorizantes, totalmente inexplicáveis.

Apoio a mão na cama e observo-a, nossos olhos travados mais uma vez, os seus suaves e perspicazes e cheios de amor por mim e pelo que estamos fazendo.

Minha mão direita desliza pelo seu abdômen e pelo seu seio, passando por sua pele suada e movendo-se pelo decote para o pescoço, parando momentaneamente antes de segurar seu queixo. Os olhos verdes brilham com calor enquanto seus dedos me agarram pela nuca e me puxam para baixo, unindo nossos lábios.

— Vamos, Cal — sussurra contra a minha boca, arrastando seus dentes pelo meu lábio inferior. — Mostre para mim.

DESEJO

Meu ímpeto vacila quando imagens depravadas ameaçam me distrair. Em seguida, a mão de Lucia se envolve na minha e ela gentilmente as posiciona sobre a pele delicada de sua garganta.

Flexiono os dedos antes de o meu corpo inteiro congelar no meio do impulso, forçando-me a parar.

— Eu confio em você. Amo você. Pegue o que precisa, Cal.

O rugido começa a ser superado por um zumbido, meu corpo inteiro é eletrificado. Nunca senti tamanho desespero e desejo por mais, para saciar a vontade sem fim à qual resisti por toda a minha vida adulta. Mas agora, nesse momento, com essa mulher, seu consentimento silencioso me empurra em direção ao desconhecido, que é assustador, e torno-me incapaz de resistir por mais tempo.

Seus olhos brilham e os dedos pressionam os meu contra sua garganta. Meus quadris ondulam, para frente e para trás, e retorno às investidas punitivas do meu pau entre suas pernas. Ela agarra meus ombros e pressiona as unhas na minha pele, tirando-me do estado de celebração e me trazendo de volta para a mão apertada ao redor de sua garganta.

Os olhos verdes ficam vidrados e sua respiração começa a diminuir. Estou beirando uma linha tênue entre o controle e o sentimento intenso que me consome. As batidas aceleradas da minha pulsação estão fortes contra minha mão, entregando o quanto ela está lutando para conter o pânico que ameaça dominá-la. Aumentando as investidas contra ela, uma onda de calor varre o meu corpo. Subitamente, sinto-me separado por inteiro do mundo ao meu redor. Pressiono os dedos. Seus músculos tensionam e ela vai de cabeça para o *clímax* mais intenso que já testemunhei. O corpo arqueia contra o meu e continuo a forçar os quadris contra os delas, apertando ainda mais sua garganta enquanto meu próprio orgasmo me atinge com tanta força que sou forçado a enterrar o rosto no lençol acima de sua cabeça com as ondas de prazer passando por mim. Afrouxo o controle sobre ela.

— Você está bem? — indago, rolando por cima e me jogando de costas quando retorno da vontade que por tanto tempo esperei e fantasiei. Quase me sinto invencível naquele resplendor.

Poucos minutos se passam e a realidade começa a me tomar. O quarto está mortalmente quieto.

— Luce?

CAPÍTULO 18

Cada vez que fecho os olhos, sou confrontado com *flashes* da noite de hoje. *Flashes* dela.

Posso ver seu corpo pálido e úmido debaixo do meu. Minhas mãos trêmulas pressionando seu peito, enquanto luto para me recompor o suficiente para ajudá-la.

Suas respirações rápidas, seu rosto calmo e inexpressivo, tão diferente do sorriso normalmente amplo e animado de Lucia.

A voz monótona e desaprovadora da atendente em meu ouvido, dizendo-me para ter certeza de que ela estava respirando e para mudá-la para a posição lateral por segurança.

O olhar de raiva dos paramédicos ao entrarem no quarto e pedirem para me afastar do corpo praticamente nu de Lucia.

Odiei que eles a tocassem, que a vissem daquela forma. Ela não teve escolha naquele momento. Era culpa minha. Toda minha.

Estou quebrado. Rasgado em carne viva, minhas feridas abertas para o mundo ver.

Ela foi guiada em uma maca, deixando-me com nada para fazer, exceto sentar-me e observar, congelado no lugar.

A polícia tentou falar comigo sobre o que aconteceu, avisando que precisava de um depoimento meu como medida de precaução, dizendo-me que era improvável que eu enfrentasse alguma acusação, porque foi um ato consensual entre dois adultos – algo que confirmariam com Lucia quando

DESEJO

ela se recuperasse. Prometeram discrição e privacidade, mas não consegui escapar do seu julgamento, os olhos cheios de curiosidade e perplexidade. Só consegui acenar distraidamente, meus pensamentos presos na pele pálida e doentia de Lucia, todo calor e brilho que desapareceram. Sua inconsciência. Seus olhos, que não se abriam de jeito nenhum, enquanto eu esperava os paramédicos chegarem.

Não consigo nem lembrar as últimas palavras que disse a ela.

— *Eu confio em você. Amo você. Pegue o que precisa, Cal.*

Parecia haver um peso de chumbo pressionado contra o meu peito, um punho fechado em torno no meu coração, contraindo continuamente conforme os minutos passavam.

Como está a Lucia agora? Está respirando? Acordada? Viva?

Nunca conseguirei viver comigo mesmo se ela não se recuperar.

Meu momento de fraqueza foi um instante definitivo de egoísmo. Nunca deveria ter colocado minha própria necessidade de liberação à frente de todo o resto. Perdi-me no momento e a feri, um destino pior do que a morte para mim.

Sou o pecador final. Um homem conceituado que aceitou o que lhe foi oferecido sem ter premeditado nada, dado o risco ou os efeitos de longo alcance do ato por si só.

Sou o homem que lutou com vontade para nunca ser, mas estava fraco demais para impedir a si mesmo de se tornar.

Sentia como se estivesse em uma experiência extracorpórea. Sei que há quatro oficiais andando em volta da minha casa. Sei que há um sentado na minha frente, tentando falar comigo, mas o zumbido abafado da sua voz saltando pelos meus ouvidos enquanto encaro o grande relógio de pêndulo de madeira. O tempo passa tão devagar que quase consigo imaginar que isso é um sonho; um pesadelo terrível do qual eu queria acordar.

O detetive começou a me questionar assim que a ambulância levou Luce ao hospital. Eles disseram que não iriam me prender, apesar de eu ter argumentado para que fizessem exatamente aquilo.

Mereço ser preso pelo que fiz. Virando a cabeça, observo uma policial loira olhando minha sala de estar antes de ir para a varanda e congelar ao contemplar minha visão da baía.

Considero implorar para ela novamente, pedindo que me algemem e me levem embora. Tranquem-me como um criminoso, com outros monstros como eu.

160

— Vamos sair agora, senhor Alexander. Existe alguém para quem possa ligar? Alguém que possa ficar aqui? — o detetive pergunta, sua expressão cheia de preocupação. — Você está em choque e só estamos saindo por sua própria solicitação de o deixarmos sozinho. Prefiro ficar até que alguém possa vir ficar aqui.

— Sim — respondo, sem conseguir ver nada além de preto e branco. Bom e ruim. Lucia, a santa, e eu, o pecador indigno que merece reviver esta dolorosa memória sozinho.

— Nós mesmos encontraremos a saída, senhor Alexander — o detetive anuncia e se junta aos outros policiais, enquanto caminham para a porta da frente, fechando-a em seguida.

Só há uma pessoa para quem posso ligar.

Fico de pé e vou até a cozinha, pegando o telefone e passando o dedo na tela.

— Grant? — Minha voz vacila ao dizer seu nome.

— Cal? O que aconteceu?

— Eu a machuquei — grito, enquanto perco o controle das emoções que me sobrecarregam e que eu estava enterrando na última hora.

— O quê?

— Pode vir até minha casa? — questiono, rouco, minha voz tensa com a emoção que não libero.

— Estarei aí. Quinze minutos e estarei aí, Cal. Apenas sente-se que eu estarei aí, *okay*? — Sua voz está cheia de preocupação. Não dá para dizer se é comigo ou com ela. — Onde ela está, Cal?

— Não sei. Os paramédicos a levaram.

— Tudo bem. Vamos descobrir e ir vê-la.

— Não — afirmo, determinado. — Ela está melhor sem mim.

— Cal, você...

— Não! — grito, e minha voz grossa ecoa por toda a casa. — Só venha para cá, Grant. Por favor.

Ele suspira e concorda, resignado.

— *Okay*, estou a caminho. Vou entrar direto.

Encerro a ligação. Não há nada mais a dizer.

Não consigo mais me esconder por trás da ignorância. Sou o monstro que envolveu os dedos na garganta de uma mulher, abusando de sua confiança e experimentando o *clímax* mais intenso e satisfatório que já tive enquanto sufocava a vida dela.

DESEJO

Vou até o carrinho de bebidas pegar uma dose para mim. Minhas mãos tremem ao inclinar a garrafa em direção ao copo. Todo o álcool do mundo não fará voltar as últimas doze horas. Eu daria qualquer coisa... *qualquer coisa* para voltar, para acabar com a dor e o sofrimento que Lucia viveu em minhas mãos.

Caminhando para fora, sento-me na minha poltrona, meu corpo anestesiado e sem resposta. O cheiro do perfume dela permanece levemente na minha pele, enfiando a faca mais fundo em meu estômago. Levando o copo à boca, tomo metade do drinque em dois goles, agradecendo a queimadura ácida do álcool descendo pela garganta.

A euforia se esvai quando o horror do que acabei de fazer se afunda em mim, envolvendo meu corpo com sua tortura. Em um ato egoísta de necessidade desregrada, perdi toda a aparente dignidade e controle às custas da mulher que confiou em mim. Ela me deu um presente, que devolvi negligenciando a ela a atenção que merecia mais do que qualquer coisa naquele momento.

Como eu poderia voltar atrás disso? Como Lucia conseguiria ficar perto de mim, sequer me olhar com aqueles mesmos olhos verdes arregalados que estavam sem vida hoje?

O que foi que eu fiz? Por que fiz aquilo? Por que não prestei atenção a ela mais de perto?

Minha mente corre enquanto dúvidas sem fim vêm para mim em um *looping* interminável que provavelmente nunca terão respostas. Se eu as tivesse, não estaria onde estou e Lucia ainda estaria perto o suficiente para que eu a tocasse. Dor continua a passar por mim, mas agora está pontuada por um arrependimento esmagador, por conta das ações descuidadas que tiveram o poder que estragar as coisas mais importantes da minha vida.

A própria vida que construí para mim mesmo... tudo que fiz agora aguarda em uma espécie de purgatório, tudo causado por falta de foco em um momento que minha total atenção e concentração eram necessárias. Se eu a perdesse por conta disso, não seria nada menos do que mereci.

Preciso que ela esteja respirando. Preciso que ela esteja viva.

Sem ela, não tenho nada. Sem ela, não *sou* nada.

Por que não consegui resistir à tentação que ela voluntariamente ofereceu a mim?

O desejo, a necessidade de seguir meus instintos me levou a envolver meus dedos fortes ao redor de sua garganta frágil, tirando-lhe a vida enquanto era jogado de cabeça no mais básico chamado a me liberar dentro dela. Nunca deveria ter tocado nela com minhas emoções, pensamentos, tudo de maneira tão desenfreada e incontrolável.

Como foi que eu me perdi?

Como caí tão longe a ponto de ferir a mulher que eu amo?

Grant chega vinte minutos depois e, quando entra na varanda, levanto a cabeça e vejo o estresse e a preocupação em sua compostura normalmente calma e controlada.

— Diga o que aconteceu.

— Eu a machuquei — falo, minha voz devastada ao verbalizar meu pior medo, que agora é uma horrível realidade.

— Como, Cal? Você nunca machucaria Lucia. Esse não é você.

Uma risada vazia e sem sentido escapa de mim.

— Aparentemente esse sou eu, quando estou sendo perseguido, exposto, assediado e possivelmente sendo o responsável pela morte de dois homens inocentes. Parece que eu *posso* machucar fisicamente alguém que eu amo.

— Ela estava...?

Levanto-me e corro até ele, empurrando as palmas das mãos em seu peito, bravo.

— Eu não *sei*. — Meus olhos se alargam com choque ao perceber o que fiz. — Merda! Eu...

Ele não desiste e continua a insistir em uma resposta.

— Você... quis machucá-la?

— Não, porra — cuspo. — Perdi o controle. Não tomei cuidado, *nós* não tomamos cuidado. As coisas saíram do controle e eu a machuquei. É isso. Fim. — Ando para trás e me jogo na cadeira, segurando a cabeça nas mãos, os ombros cedendo em derrota. — Eu nunca quis fazer isso. Nunca. Sabia que isso aconteceria. Eu desisti. Tudo que conseguia focar era em conseguir alívio, algo, qualquer coisa para aliviar a tensão.

— Porra — responde, baixinho, e se move para a cadeira ao meu lado.

— Você...

— Sim.

— Como? Você disse que nunca faria. Nunca.

— Eu precisava. Lucia sentiu; ela sabia que eu estava me segurando, provavelmente já estava ciente há um tempo. Eu não precisava de nada além dela. Convenci a mim mesmo que qualquer coisa com ela era tudo de que eu precisava.

Silêncio se estende entre nós, não de forma estranha nem afetada, apenas uma compreensão mútua de que eu precisava de tempo para me recompor antes de continuar com um sussurro rouco:

— Ela colocou minha mão na garganta dela. Eu estava longe demais para dar o cuidado de que ela precisava. Perdido demais na minha fantasia mais sombria se concretizando para observá-la. — Respiro fundo e lentamente solto, antes de relatar o pior: — Ela deve ter perdido a consciência e, quando percebi, era tarde demais. Liguei para a emergência e os paramédicos chegaram aqui em dez minutos. Àquela altura, sua respiração estava superficial e sua pele estava pálida... pálida pra caralho...

— Cal? — Grant chama, e balanço a cabeça em uma tentativa ineficaz de limpar a mente do rosto da Lucia, vazio de qualquer expressão e sinais de vida. Meu coração dispara no peito quando revivo o terror que senti naquele momento, tudo de novo. — A polícia queria te acusar?

Levanto a cabeça para encontrar seus olhos.

— Não. Eles não quiseram. — Respiro, mas minha garganta fica impossivelmente apertada. — Não conseguiria viver comigo mesmo se ela...

Ele tensiona a mandíbula e me lança um olhar sério.

— Vá se limpar, porque você está uma bagunça. Depois vamos ao hospital — dispara. Abro a boca para protestar, mas ele me interrompe antes que eu diga uma palavra: — Para onde a levaram? — indaga.

— Não sei. — Passo os dedos pelo cabelo, o nó na minha garganta aumentando de novo. Meus olhos ficam embaçados. — Não sei nada além e isso me deixa apavorado. Só de pensar em perdê-la fico ainda mais em pânico.

— Então vamos conseguir algumas respostas.

CAPÍTULO 19

Depois de tomar banho e me vestir, Grant está me esperando na cozinha.

— Fiz algumas ligações. Ela está no Centro Médico UCSF — diz.

— Olha, não é uma boa ideia...

— Alexander. Entra na droga do carro. Nós vamos vê-la — ordena, seus olhos estreitados, dando-me opção apenas de fazer o que ele disse.

Uma vez que chegamos ao hospital, Grant conseguiu descobrir que ela não estava mais na emergência, mas em um quarto no andar de cima. Ao caminharmos pelo corredor para o seu quarto, somos confrontados por um Gino de rosto impassível.

— Diga que não está aqui para ver a minha irmã, aquela que *você* colocou em uma cama de hospital — o homem grita assim que nos vê.

Agora que estou a apenas vinte passos e uma parede de distância dela, meu estômago se revira em uma culpa que me sobrecarrega e ameaça me puxar para baixo desde que aconteceu. Vergonha me consome mais uma vez, quando encaro seu irmão mais do que protetor e compreensivelmente irritado. O peso do que fiz para ela bate fundo em mim, o pedido de desculpas que eu deveria dizer – que preciso dizer – travando minha garganta com a visão dos seus olhos em chamas.

— Sim, ela me contou o que aconteceu. E você me dá nojo. Como pode se considerar um homem? — cospe, antes de Grant intervir:

— Gino — chama, compreendendo a situação e se adiantando para desfazer qualquer coisa antes mesmo de começar. — Como ela está? — questiona, em uma voz firme e tipicamente calma.

Grant sempre foi, entre nós dois, aquele à prova de falhas. Enquanto eu penso e, em seguida, ajo, mas normalmente não dou nenhuma indicação se estou afetado ou não, ele é o mediador, o apaziguador, aquele que estabiliza o navio até que eu tenha tempo para decidir que curso de ação tomar.

O problema é que não tenho mais força para lutar por nada. Muito da fortaleza que tenho mostrado ultimamente é graças à Lucia. Há muito a ser dito sobre ser tão forte quanto a mulher ao seu lado. Ela é o vergalhão que sustenta meu alicerce em um momento em que as bases onde estamos sentados continuam mudando.

— Está viva, mas não graças a você! — Gino me lança um olhar mortal, seu corpo retesado com a fúria descontrolada, direcionada firmemente a mim.

— Gino, eu...

— Não, eu não quero ouvir nenhuma das suas desculpas de merda sobre como você sentiu que tinha o direito de colocar a merda das mãos em volta da garganta da minha irmã e quase matá-la. — Ele avança para mim e preparo-me para o que quer que venha em minha direção. — Acha que só porque tem dinheiro, porque é esse playboy fodão, pode fazer qualquer caralho de joguinho pervertido que você gosta e é invencível? — Mais dois passos à frente o trazem para um metro e meio de mim

Grant se mantém firme ao meu lado, mas não desvio o olhar de Gino nem por um momento. Minhas mãos estão cerradas em punhos ao meu lado, o ar que respiro, denso com a tensão. Mas, ainda assim, permaneço forte.

— Acha que pode usar e abusar da minha irmã e ainda andar de cabeça erguida? — Agora Gino está a sessenta centímetros, seu peito pesado, os olhos arregalados e selvagens. Suas narinas dilatam enquanto ele cospe cada palavra estrondosa. O barulho da enfermaria do hospital diminui em comparação à cena rolando no corredor. Não perco os sussurros altos perguntando se sou eu mesmo ou outra mulher dizendo a alguém para pegar o telefone, "vai que...".

— Temos uma plateia, cavalheiros — Grant murmura, baixinho.

— Nós só... Só quero ver por mim mesmo que ela está bem. Não vou ficar muito tempo; só queria dizer...

Não termino a frase, porque sou pego de surpresa pelo punho do Gino acertando minha mandíbula, um golpe brutal que segue com um soco de esquerda em meu estômago. Mais um murro atinge minha bochecha direita debaixo dos olhos antes de Grant reagir e ficar entre nós, empurrando Gino pelos ombros com as duas mãos para nos manter afastados.

— Chame a segurança! — uma mulher por trás de mim grita.

Dobrado de dor, levanto o polegar como sinal, esperando evitar que tudo isso aumente. Lucia merece a oportunidade de se recuperar em paz. Devo a ela pelo menos essa decência.

— Cal? — Grant chama e olho para cima, vendo que ele ainda está segurando Gino, mas está franzindo o cenho por cima dos ombros para mim.

— Estou bem — respondo, em um sussurro rouco, a dor pulsante em meu estômago diminuindo aos poucos. Quanto ao meu rosto? Isso é outra história.

— Precisamos dar uma olhada em você. Ter certeza de que não quebrou nada.

— Não importa, Grant. — Inclino-me contra a parede e encosto a cabeça em derrota inegável. Sabia que não deveria ter tentado vê-la. Terei sorte se ela algum dia me der a oportunidade de me desculpar pelo meu comportamento imperdoável e nojento.

O som alto dos passos no chão de vinil chama minha atenção e viro para ver dois seguranças correndo para nós.

— Algum problema por aqui? — um homem alto, corpulento e uniformizado nos pergunta, ficando entre nós.

— Quero que esses homens sejam removidos do hospital. Ele — Gino diz, apontando para mim — foi quem colocou minha irmã em um leito de hospital. Quero que ele seja banido de chegar em qualquer lugar próximo a ela.

O guarda olha para mim, depois volta para onde Gino e Grant estão de pé, avaliando a situação em silêncio.

— Soa como um problema da polícia, senhor. Mas, por agora, terei que respeitar o desejo deste homem e pedir que os cavalheiros se retirem.

Assinto, concordando. Vejo Grant falar baixinho com Gino antes de bater em seu ombro e vir até mim.

— Está tudo bem. Vamos sair — Grant diz para o segurança, que apenas resmunga em concordância e se afasta. — Vamos nessa, Cal. Veremos Lucia quando ela tiver alta.

Ao ouvi-lo dizer aquelas palavras, involuntariamente me deixando saber que ela vai ficar bem, meus joelhos cedem e deslizo para o chão. Apoiando as mãos na testa, meus braços nos joelhos dobrados, eu fecho

DESEJO

167

os olhos e deixo tudo ser lavado de mim, onda atrás de onda, pensamento atrás de pensamento. Lágrimas ardem em meus olhos quando o último fio que me mantém preso se solta.

Quem é esse monstro no qual me tornei? Como posso dizer que sou um homem quando, no meu momento mais frágil, falhei em proteger a Lucia de mim mesmo, a única pessoa de quem ela nunca deveria experimentar o perigo?

Grant se abaixa ao meu lado.

— Cal... aqui não. Você não quer fazer isso aqui. Vou te levar para casa e você pode soltar tudo lá — sussurra.

— Foda-se — cuspo, batendo o sapato contra o chão. — Acabou. Acabou para mim, porra. — Mas continuo sentado ali, encostado na parede do corredor do hospital, protegendo a mim mesmo de mostrar cada emoção que está me rasgando.

Grant se senta ao meu lado, mas não diz mais nada. Como se soubesse que sou incapaz de fazer qualquer coisa no momento. Só o que minha mente me permite fazer, é me enfiar na droga do fundo do poço e ficar lá até ter forças de me erguer novamente.

Se eu acreditasse que isso é uma possibilidade.

— Cal? — Ouço ao meu lado em um sussurro baixo e rouco. A voz é tão fraca e suave, que, se não fosse pelo timbre inconfundível de sua voz, duvido que tivesse sequer registrado.

Pelo que pareceram horas, fiquei sentado no mesmo lugar, minhas costas coladas no lugar, incapaz e sem vontade de me mover.

Grant foi pegar um café para nós, dizendo que não demoraria. Não deve fazer muito tempo, mas sei que ele ainda não retornou.

Sua mão toca meu antebraço e absorvo o calor do seu corpo que agora está gentilmente inclinado para o meu. Saltando de surpresa, minha cabeça levanta e lá está ela. Seu cabelo escuro está solto, as ondas rebeldes em seus ombros. Os olhos estão vermelhos e inchados, apesar de suaves e cheios de preocupação, e me prendem no lugar. Fiquei me perguntando se um dia iria encará-los novamente, se um dia sentiria o seu calor junto ao meu.

— Meu Deus, Luce. Sinto tanto, tanto — resmungo, antes de enterrar a cabeça na curva do seu pescoço e finalmente deixar as lágrimas que estou lutando muito para guardar.

Ela fica de joelhos e envolve os braços ao meu redor, puxando-me contra si.

— Estava esperando você vir me ver. — Sua mão se move para cobrir a minha, os dedos apertando os meus ao puxá-los para o seu colo.

— O Gino… — começo, antes que ela me interrompa.

— Meu irmão não tinha direito de pedir que você fosse embora e, definitivamente, não tinha direito de atacá-lo. Eu o mandei para casa assim que me disse o que tinha feito.

— Ele só está fazendo o que falhei em fazer — explico.

— O quê? Me irritar? — responde, com um sorriso débil e vazio.

Afastando-me para encará-la, sou preenchido com uma necessidade convincente de me desculpar e pedir o perdão impossível que não mereço.

— Luce, não consigo acreditar que perdi o controle daquele jeito. Eu sinto tant…

Paro no instante em que meus olhos pousam em sua garganta. Sua pele bonita, sem defeitos, marcada por fileiras e mais fileiras de manchas vermelhas e roxas. Levanto a mão para tocar de leve, como se fosse aplacar aquilo com ternura e apagar a dor, mas sua respiração trava e ela recua de leve, mas eu percebo –, então afasto-me na mesma hora. Qualquer acolhimento que senti desaparece, deixando-me com o mesmo frio que estava emanando de dentro de mim desde o momento em que percebi que fui longe demais.

— Cal, parece pior do que é. Eu vou ficar bem. — Ela se aproxima.

— Os médicos disseram que não haverá efeitos duradouros. Meu corpo entrou em modo de autopreservação. Nunca vou culpá-lo, entende? *Nunca.*

O sentimento por trás de suas palavras não consegue penetrar a concha dura de autodesprezo que ergui ao meu redor.

Precisando de distância, fico de pé rapidamente. Ela me segue e tenta se aproximar de novo, mas eu me afasto, levantando o braço para impedi-la, precisando de toda distância possível entre nós.

— Lucia, você precisa me esquecer, se esquecer de nós. Não mereço você. Nunca mereci e nunca merecerei. Você sempre vai se lembrar de mim fazendo isso com você; perdendo controle e te machucando. Eu não

DESEJO

169

queria fazer isso e fiz um voto a mim mesmo de que nunca iria expor esse lado meu a você. Eu perdi o controle. Acabei te machucando e isso é algo pelo qual nunca serei capaz de me perdoar.

Lágrimas deslizam por suas bochechas e minha mão coça para levantar, secá-las, confortar essa mulher e apagar tudo que fiz. Meu corpo precisa se mover para mais perto, segurar suas bochechas e limpar suas lágrimas com um beijo suave, gentil e cheio de sentimentos.

Mas nunca me permitiria fazer isso outra vez. Não posso confiar em mim com ela e não mereço nem nunca serei digno de Lucia Harding de novo.

— Eu amo você, Cal. Você precisa...

— Não posso. — Nego com a cabeça, em parte com desgosto por mim mesmo, mas principalmente como um aviso de que nós dois nunca vamos dar certo outra vez. Minha falha como homem, em proteger a mulher ao meu lado, está bem óbvia para mim com apenas uma olhada.

Mas mesmo sabendo disso, minha mente e meu corpo estão em guerra.

O cabo de guerra entre os dois me deixou uma confusão. Quero confortá-la, sabendo que sou a causa de sua dor, ser capaz de tomá-la nos braços e fazer tudo e todos desaparecerem quando sei que ela ficaria mais segura sem mim.

A contradição mais dolorosa causando as cicatrizes mais profundas.

Perder Lucia é minha punição – minha pena – por cometer um pecado imperdoável.

Dou um último olhar a ela, sabendo que tudo que estou sentindo está em plena exibição – sem pretensão, sem esconder tudo que sou. Em seguida, viro e afasto-me da única mulher que viu por trás da máscara.

CAPÍTULO 20

Vinte e quatro horas. Esse foi o tempo que levou para o meu colapso em público chegar aos jornais. Eu sabia que aconteceria, mas ver aquele momento em que meu coração despedaçado deu sua última batida em minhas próprias mãos *me afetou*. Assim como a manchete escandalosa – mesmo que não fosse, infelizmente, imprecisa. *Atitude desprezível do arquiteto obsceno*. Chamou atenção para o artigo os hematomas misteriosos no pescoço de Lucia, a briga acalorada no corredor do hospital entre mim e Gino, minha vigília subsequente no chão do lado de fora do quarto dela, e a cena de partir o coração entre nós dois que terminou comigo me afastando. Houve especulação, pesquisas "anônimas" e cobertura do acidente recente do museu que pode ter me levado a "perder a cabeça".

Não havia nada de concreto. Nada do que Carmen Dallas divulgou – sem dúvida com grande prazer – era calunioso, mas era tudo boato. As fotos que ela incluiu foram tiradas pelo celular de um espectador e, sem dúvidas, eram as "fontes" que lhe deram as dicas.

Isso não quer dizer que estou confortável com a sugestão feita no artigo sobre a possibilidade de, em um acesso de raiva, eu ter perdido o controle e descontado na minha namorada. A suposição de que jogos sexuais pervertidos deram errado, entretanto, não era algo que eu queria que meus pais ou outros membros da família lessem.

Embora hoje não seja dia de ficar sentado em casa, chafurdando no desespero com o estado atual dos meus relacionamentos em minha vida.

Grant se ofereceu para lidar com o Departamento de Segurança do Trabalho e Saúde (OHSA) da Califórnia e o conselho do museu no meu lugar, mas uma parceria é exatamente isso. Não é algo para ser colocado de lado quando a vida está difícil. Expliquei para meu companheiro preocupado, e de certa forma estressado, que me enterrar no trabalho e participar totalmente das investigações do acidente seria uma boa distração do tumulto pessoal em que me coloquei.

Houve uma mudança da última vez que Grant me viu na varanda: minha máscara estava firme – e, mais importante, permanente – no lugar. Em público, em particular, sozinho ou acompanhado, eu decidi no segundo em que deixei Lucia no hospital que seria mais seguro para todos os envolvidos não correr mais riscos.

Primeiro passo disso é focar no trabalho, na investigação e nos nossos próximos projetos, passando o máximo de tempo possível longe da minha casa, da minha cama e de qualquer lugar que me lembrasse do que tive, do que perdi, do que fiz.

Segundo passo foi uma anotação no passo um, para que eu não desse para Carmen Dallas – ou qualquer membro da empresa – mais material para divulgar.

Por último, o terceiro passo é afastar os pensamentos sobre Lucia da minha cabeça, porque a vejo em meus sonhos toda noite quando finalmente consigo encontrar o sono. Pensar nela em qualquer outro momento me machuca, uma dor inevitável ameaçando me deixar para baixo.

É um plano que tenho para me ajudar a lidar com a culpa que segue me corroendo, mas tenho sido incapaz de afastar as memórias de seu rosto pálido e sem forças que me confrontou depois de um dos *clímax* mais transformadores que já tive na vida. Até pensar no que fiz revira o meu estômago e uma nuvem sombria familiar ameaça nublar ainda mais o meu mundo.

Chegando ao escritório na manhã de segunda-feira, encontro Grant na área da recepção, o cenho fechado em sua expressão normalmente jovial.

— O que há de errado?

— Um monte de coisas que você não precisa ter no seu colo agora, mas o conselho e os investigadores estão na sala de reunião esperando por nós…

— O que mais?

— Nossa assistente está se esquivando de ligações da mídia enquanto também acalma clientes que estão *preocupados*.

Cerro os dentes e passo por ele, deixando a bolsa do meu computador na minha mesa e girando para vê-lo entrar no escritório e bater a porta atrás de si.

— Eu disse que isso aconteceria. Você precisa dar um passo à frente e assumir para mim, Grant. Não posso ser o rosto da empresa até que seja lá o que é isso se acalme e os abutres da imprensa agarrem seu próximo escândalo.

Ele nega com a cabeça, os olhos cheios de preocupação, mas também uma centelha de aborrecimento.

— Não vou deixar você colocar esses muros autodepreciativos de volta, Cal. Você se fodeu, cometeu um erro. E foi isso. Não me sinto diferente em relação a você. Luce, com toda certeza, caralho, não o culpa...

Isso me faz parar, meu coração apreensivo ao som do seu nome.

— Você falou com ela?

— Gino me deu a palavra dele de que me manteria atualizado sobre seu progresso. Ela teve alta do hospital ontem e está tirando alguns dias de folga no trabalho... — ele pausa momentaneamente, virando a cabeça para me observar, como se para determinar o que mais dizer. — Ela está tirando alguns dias de folga para que a atenção diminua e os hematomas desapareçam. Ela não quer trazer nenhum problema para o nosso trabalho ou o dela, e parece que é melhor ficar quieta até tudo se acalmar.

— Como ela está? — pergunto, suavemente.

— Ela está maltratada e ferida, mas não fisicamente. Sente que a culpa é dela...

— O quê? — cuspo, incrédulo.

— Eu disse a ela, e agora estou dizendo a você, que os dois precisam conversar sobre o assunto.

— Ela está melhor sem mim. Você sabe o que eu fiz. Ela estremeceu, porra... *estremeceu* quando a toquei. Como ela poderá me olhar nos olhos de novo sem se lembrar daquela noite? — Aquele nó familiar agora ameaça fazer um retorno indesejado, mas eu o afasto, minha armadura felizmente aguentando firme ao encarar seu inimigo mais poderoso: eu mesmo.

— Cal, não temos tempo de discutir sobre como tudo o que acabou de sair da sua boca está errado, de todas as maneiras, mas vou te deixar com essa: aquela mulher é a melhor coisa que já te aconteceu. Você precisa se agarrar a isso e nunca mais deixá-la partir. Qualquer homem de valor reconheceria que a mulher ao seu lado é um reflexo verdadeiro de seu caráter. Vocês dois juntos são intocáveis; você dá a ela as complexidades que são intrínsecas a você e, como retorno, ela te dá tudo.

DESEJO

Silenciado por suas palavras, só consigo ficar parado e encarar. Ele está certo, mas também está muito errado, porque um homem digno *nunca* machucaria fisicamente a mulher que ama. Isso é indesculpável, imperdoável.

— Agora, vamos para a reunião descobrir exatamente o que está acontecendo — diz, quebrando o clima.

— Deixe-me pegar o *tablet* e nós vamos — respondo.

— Encontro você lá fora. Preciso verificar algo com a Annie. — Ele abre a porta e vira no corredor para a recepção.

Tirando o *tablet* da bolsa, paro quando vejo um envelope branco na frente do meu computador. Pegando-o, observo a caligrafia, a letra cursiva indiscernível de propósito. Abrindo, tiro o cartão creme e pisco ao ver as letras.

> *Como caíram os poderosos! O garoto de ouro não brilha mais tanto assim. Você foi tão fácil de manchar. Você facilitou para mim até agora. Está fazendo um bom trabalho de destruir a si mesmo sem minha ajuda. Em breve será a hora de a coroa cair, o castelo desmoronar e uma nova realeza se erguer.*

— Cal? Precisamos ir — Grant me chama, despertando-me depois de ter congelado. Coloco a carta de volta na mesa, perguntando-me como chegou ao meu escritório e quem continua enviando-as para mim. É a terceira em vários meses, cada uma delas sarcástica e com ameaças veladas.

— Há outra carta na minha mesa — aviso para Grant, enquanto caminhamos em direção à reunião.

— Carta?

— Outro bilhete. Similar àquele último — explico.

Sua cabeça se vira para me encarar.

— Cal, você precisa levar isso para a polícia.

— Não são ameaças. Tenho certeza de que não é nada.

— Você espera que não seja nada — comenta, seco.

— Definitivamente não preciso que mais nada dê errado agora.

— Vamos terminar essa reunião e resolver o resto.

— Cavalheiros, obrigado por encontrarem tempo para se reunir conosco. Tenho certeza de que querem saber o que aconteceu tanto quanto nós.

— O investigador é um homem alto e franzino que está ficando calvo, com alguns fios de cabelo cinza e olhos astutos. Ele se apresentou como Kevin Hale quando chegamos. Junto de seu assistente, Jerry, a reunião também inclui o presidente do conselho, Richard James, e mais três integrantes.

Não deixo de notar os olhares mordazes que recebo de algumas pessoas ao entrar na sala de reunião, mas passo por eles imediatamente e assumo meu lugar na cabeceira da mesa ao lado de Grant, minha máscara recentemente posta me servindo bem.

— O colapso parece ter sido causado por um distúrbio no subsolo do edifício. Trouxemos um número de engenheiros geotécnicos para inspecionar os alicerces e tentamos trazer alguma luz sobre o que aconteceu exatamente. Vocês devem entender que, por terem ocorrido duas mortes, o local continuará fechado por algum tempo.

Assinto, em concordância.

— Nossos próprios engenheiros estarão disponíveis para vocês também, se isso for útil — adiciono, fazendo uma nota mental para entrar em contato com eles e garantir que irão cooperar completamente com a investigação.

— Nós agradeceríamos muito, senhor Alexander.

— Sabemos o que causou o distúrbio? — Grant pergunta.

Kevin ergue as mãos e, desajeitadamente, ajusta a gravata, seu rosto se fechando como se estivesse em guerra consigo mesmo.

—Nós… humm… nossas primeiras descobertas mostram que houve uma explosão de algum tipo, próxima a um dos alicerces, o que levou ao colapso.

— Uma explosão? — pergunto, meus olhos se arregalando.

— Que tipo de explosão? — Richard também pergunta.

— Vocês devem compreender que isso também é um assunto da polícia, assim como da segurança do trabalho, então precisamos ser cuidadosos com o que dizer e para quem dizer. Devo avisar que tudo indica que isso foi um ato de sabotagem. Os detetives encarregados do caso irão querer falar com todos vocês também.

Nego com a cabeça e olho para o investigador.

— Uma bomba? — Minha voz fica rouca, cheia de raiva e choque.

— Infelizmente, isso parece ser bem provável.

— Que porra é essa? — Grant pragueja, fazendo toda a sala ficar em silêncio. — Desculpem, mas vocês precisam admitir que são circunstâncias

DESEJO

175

extraordinárias. Acabaram de nos dizer que uma bomba pode ter sido colocada no canteiro de obras de um dos marcos mais esperados da cidade e foi um ato de sabotagem, por razões desconhecidas. Entendi isso direito?

Kevin olha entre mim e Grant, depois segue encarando os outros na mesa antes de assentir.

— Jesus... — Richard murmura.

— Há alguma coisa mais que você precise de nós?

— Uma cópia das plantas originais seria bom, se estiverem disponíveis — Kevin explica.

— Sem problemas. Elas estão no meu escritório, então podemos ir até lá ao sairmos e entrego a você — ofereço.

— Agradeço, senhor Alexander. Isso é o que eu queria dividir com vocês hoje. Como podem imaginar, há muito interesse nessa investigação e no que vamos descobrir. Se puderem manter tudo o que discutimos aqui hoje em sigilo seria ótimo. A imprensa está fazendo reportagens no local, mesmo sem esse novo desdobramento ser vazado.

— Concordo. Obrigado, senhor Hale. — Fico de pé e aperto a mão do homem antes de dar um passo para o lado, para que Grant siga o exemplo.

— Callum e Grant, vocês teriam um momento, se possível? — Richard pergunta, enquanto o investigador se afasta e espera por mim.

— Claro — respondo.

Richard olha para a porta e acena para Helen McDonald, enquanto ela se levanta para sair.

— Senhores, dado o escrutínio da mídia sob o qual esse projeto se encontra e à luz da recente... *atenção*... que a imprensa deu a você, Callum, o conselho e eu acreditamos que seja melhor que Grant esteja à frente, como contato do projeto.

Meu amigo começa a protestar, mas eu o interrompo:

— Concordo. Grant será o contato da Alexander Richardson pelo resto do projeto.

Richard acena para mim, seus olhos entrecerrados com algo que não consigo interpretar, mas seus lábios franzidos me dão impressão de que está me julgando pelo que quer que tenha lido nos jornais.

Mantenho-me no modo de negócios, estendo a mão para apertar a sua, um gesto que ele retribui com hesitação.

— É melhor que eu vá com o senhor Hale para pegar as plantas, mas desejo o melhor com esse projeto, Richard. Vocês estão em excelentes mãos com meu parceiro aqui. — Bato no ombro de Grant e ignoro o olhar frustrado em seu rosto.

— Cal — ele me chama, enquanto me encaminho para a porta.

— Vamos nos encontrar mais tarde, Grant — respondo, antes de sair para o corredor onde o investigador espera pacientemente.

Infelizmente, coisas ruins não acontecem apenas em trio. Elas vêm em quartetos, quintetos e sextetos.

Quando Kevin e eu chegamos ao meu escritório, as plantas sumiram. Depois de explicar a ele que não é incomum que as plantas sejam solicitadas por outros departamentos e prometer enviar para o seu escritório assim que as localizar, o senhor Hale me deixa com a minha busca infrutífera. Peço para Annie pedir aos estagiários para procurarem nos outros escritórios e envio um e-mail para toda a empresa solicitando que devolvam o material, enfatizando a importância de encontrá-los.

No fim do dia, sem conseguir encontrar as plantas arquitetônicas e com Grant se mantendo à distância, sem dúvida irritado por eu tê-lo deixado sozinho na reunião com Richard, pego o telefone e instintivamente procuro o número da Lucia.

Então congelo, percebendo o que estava prestes a fazer.

Batendo o telefone na mesa, coloco a cabeça entre as mãos e tento respirar com a dor paralisante que me atravessa.

As palavras de Grant nesta manhã ecoam na minha mente.

Qualquer homem de valor reconheceria que a mulher ao seu lado é um reflexo verdadeiro de seu caráter.

É o mesmo conselho que meu pai me daria. Mas a vergonha que trouxe para mim mesmo, para Lucia, nossas famílias, nossa empresa, empregados, clientes... tudo isso pesa na minha mente. Com a história que saiu hoje de manhã e meu nível de intoxicação pelos últimos dois dias estar como está, não liguei para os meus pais para dizer o que aconteceu.

Como explicar algo tão obscuro e desprezível como envolver suas mãos na garganta de uma mulher e gozar tanto que você perde a consciência da situação se desenrolando debaixo de você?

Lucia pode ter me mostrado que desejos e fantasias são saudáveis e normais, mas o que fiz vai além disso. Minhas necessidades egoístas estiveram acima da sua segurança, quando tudo o que ela merecia era meu total foco e atenção.

O desejo não está mais lá. A fantasia agora está marcada pela imagem de Lucia sem vida e seu corpo desfalecido ao meu lado na cama – uma cama na qual não fui capaz de dormir desde então.

Pego o telefone de novo e teclo o número dos meus pais. Se houve um momento em que precisei da minha família, esse momento é o agora.

CAPÍTULO 21

Mal tenho tempo de terminar minha comida tailandesa com meu pai quando ele se inclina contra a cadeira e me lança seu olhar sagaz, aquele que me avisa que é hora de ir direto para os negócios.

— Melhor irmos para a sala? — pergunto, tentando ganhar tempo. Mesmo aos trinta e quatro anos, meu pai ainda tem o mesmo efeito em mim, como se eu fosse um adolescente perdido; algo que, felizmente, nunca fui.

— Não, filho. Você está tão ferido que posso ver que mal consegue se segurar. Você me chamou aqui. Que tal me contar o que aconteceu com suas próprias palavras, porque sei que não pode ser nada do que foi noticiado.

A queimação de repulsa que vinha fervendo dentro de mim desde aquela noite se acende. Como você diz ao seu pai – alguém que você tem em alta consideração – que fez algo tão horroroso e devastador que tem medo do olhar de decepção em seus olhos quando descobrir?

— Você andou quieto por semanas, Cal. Sua mãe e eu estivemos preocupados. Jeremy nos contou que você não parecia consigo mesmo no jantar. Se a pressão estiver demais em você, talvez deva dar um passo para trás por um tempo. Desenhe os prédios, faça as coisas que você ama e deixe Grant lidar com a imprensa e o público.

— Fiz isso hoje. O presidente do conselho pediu que eu me afastasse. Fiz de bom grado.

DESEJO

Ele me observa com atenção, procurando por um sinal de que estou me segurando. Assentindo levemente, ele toma um gole da cerveja.

— Isso é bom, Cal. Acho que você precisa se dar um tempo. Anda tão dedicado ao trabalho, à empresa e a todo mundo ao seu redor, que se esquece de si mesmo com frequência.

— Provavelmente você está certo — admito. — Mas é mais que isso. É pior que isso.

— Diga o que aconteceu — pede, tranquilo.

Olho para minhas mãos, segurando com força a garrafa da cerveja, meus dedos tensos com a pressão com que eu subconscientemente aperto o vidro. Soltando um pouco, olho bem nos olhos do meu pai, respiro lenta e profundamente, e conto tudo a ele. A atenção da mídia, os bilhetes, o projeto do museu, o colapso, os *exposed* no jornal e finalmente, o que aconteceu com Lucia.

— Cal, antes de Lucia poder te perdoar, você mesmo precisa fazer isso.

— O que eu fiz foi horrível. Eu a machuquei, pai. Nunca vou me esquecer da visão dela. Não havia luz nem brilho em seus olhos. Ela estava lá, mas mal conseguia se segurar. Tudo por causa das minhas necessidades deploráveis. Quem faz isso? Que tipo de pessoa quer esse tipo de coisa?

— Assim como qualquer outro homem que tem sangue vermelho correndo nas veias e que possui fantasias — meu pai devolve, sem hesitação.

Minha cabeça, que estava caída de vergonha, se levanta para encarar meu pai, que acabou de me chocar completamente.

— O quê? — pergunto, com a voz rouca.

— Pare de se martirizar com isso, Cal. Cometeu um erro em circunstâncias extremas. Sim, você a machucou, mas não houve intenção. Você perdeu a cabeça. — Ele me observa, os olhos cheios de preocupação. — Você a ama?

— Mais do que qualquer coisa que já tive na vida.

— Então por que você está conversando com seu pai em vez de lutar por sua garota?

— Porque estou uma bagunça por pensar que a perdi. Se ela me mandar embora, seria…

— Se ela o mandar embora, você volta para casa, se reorganiza e tenta de novo. E de novo, até que ela veja o que todo mundo vê.

— Ela me conhece melhor do que qualquer um.

— Meu bom Deus, finalmente. — Ele abre um sorriso largo para mim e não consigo segurar a risada que escapa da minha boca ao vê-lo usar o nome de Deus em vão. Minha mãe cairia com tudo em cima dele se tivesse ouvido.

Ele fica de pé e eu o sigo, observando-o colocar a caneca no balcão da cozinha antes de voltar para mim.

— Filho, não passou despercebido para sua mãe e para mim que você tem muito nos ombros, tanto seu quanto dos outros. Você sempre foi protegido — começa. Nego com a cabeça, minha mandíbula tensa enquanto ele continua. Nivela nossos olhares com sua melhor postura de pai. — Esse é o seu jeito. Você é intenso, extremamente focado e apaixonado por seus *designs*, sua empresa e tudo que há conectado. Dito isso, você precisa ser capaz de descarregar um pouco desse peso com uma parceira, uma mulher para quem você volta para casa e pode ser você mesmo sem se preocupar. — Estica-se sobre a mesa e segura meu antebraço. — Uma olhada e conseguimos dizer que Lucia é a mulher que sempre quisemos que você conhecesse. A mulher que qualquer pai iria querer para o seu filho. Ela é forte, dedicada e focada em você e no que acontece com você. Aguentou o tranco de tudo que veio da imprensa, no jantar; tudo que está relacionado a você não a intimidou.

— Ela é a mulher mais forte que eu conheço.

— E você precisa disso, Callum. Um homem como você, na sua posição, com a visibilidade que tem, precisa de uma mulher forte ao lado.

— Você fala igualzinho ao Grant.

— Ele é um homem esperto — meu pai responde, com um sorriso irônico.

— Assim como você.

— E você. — Suas palavras são fortes, inabaláveis, e me deixa sem dúvidas de que ele realmente pensa isso.

Apoio os cotovelos na mesa e seguro minhas mãos unidas.

— Como posso me olhar no espelho sabendo o que fiz? Sinto repulsa por até mesmo ter pensado em fazer isso.

— Todo mundo tem fantasias, Cal. Desejos que são próprios, por suas próprias razões.

— Pai, eu...

— Callum — ele fala alto, definitivo. — Você precisa pensar no que quer para sua vida e em quem quer nela. Você a ama, a quer, mas a está afastando em um momento em que ela mais precisa de você e quando você

DESEJO

precisa dela mais do que nunca.

Solto a respiração que estava segurando e meus ombros cedem em derrota.

— Eu não deveria ser tão fraco. Deveria ser capaz de me conter.

— Você não é fraco. É um homem que cometeu um erro e que precisa encará-lo e seguir em frente. Precisa parar de se castigar e se redimir. Só assim vai entrar no caminho para se perdoar.

— Não sei se consigo, pai.

Ele se levanta e dá a volta na mesa, colocando a mão no meu ombro.

— Eu acredito em você, sua mãe acredita em você e há várias pessoas na sua vida que te amam e querem estar aqui por você. Só precisa se abrir e deixar que elas entrem. Sem máscaras, sem se segurar. Você as deixa entrar e nunca mais estará em posição de se sentir fraco e sozinho outra vez.

Algumas horas depois, sozinho no meu quarto, tendo me forçado a dormir na cama onde fiz o meu pior, repasso tudo que meu pai me disse. *Cada palavra.*

Então pego o celular da mesa ao lado da cama e digito uma mensagem. As mesmas duas palavras que continuam a passar pela minha mente a cada hora, desde a última vez em que a vi.

> Sinto muito.

— Gregory, como você está? — digo, entrando no elevador na segunda de manhã.

Não houve resposta de Lucia. Eu nem esperava uma. A traição que ela deve ter sentido não apenas pelo que aconteceu, mas também por eu não ter estado lá quando ela precisou de mim – tanto no hospital quanto depois – afetaria até o mais forte dos sentimentos.

Graves pisca duas vezes antes de olhar para mim, olhos arregalados.

— Estou bem, senhor Alexander. E você?

— A semana está apenas começando. Pergunte-me em alguns dias — respondo, a máscara deslizando no lugar por mais que eu tente lutar.

— Eu quero... Quero me desculpar de novo por Jodi ter feito uma cena no saguão.

— Como se conheceram? — questiono, interrompendo-o.

— Em um bar, há alguns meses. Não achei que teria chances com uma mulher como ela, mas quando conversamos e expliquei que era um estudante de arquitetura, ela mudou. Sei que você esteve... *envolvido*... com ela. Li nos jornais. Agora eu sei que ela estava me usando para chegar a você. — Sua voz está amarga com uma raiva velada por baixo.

— Sinto muito por não ter dado certo, Gregory — devolvo. A mudança na conversa me faz sentir desconfortável. Sua suposição de que Jodi é um tópico apropriado para o ambiente de trabalho, ainda mais um assunto para discutir comigo. Ele é um empregado, um subordinado, e agora de alguma forma temos uma mulher em comum.

— Vivendo e aprendendo, né?

Ofereço um sorriso educado, assentindo em concordância.

— De fato. — Precisando seguir com a conversa, mudo de assunto para algo mais relacionado ao trabalho, esperando que ele prossiga. — Você ainda tem aquele projeto que queria me mostrar? Sei que já faz um tempo, mas podemos dar uma olhada nele mais tarde se você quiser.

Sua cabeça se levanta e eu observo enquanto algo trabalha por trás dos seus olhos antes de ele encobrir.

— Isso seria fantástico. Sei que você é um homem ocupado.

— Tenho a agenda livre à tarde. Apareça depois do almoço e vou ver com você.

Um sorriso largo cobre seu rosto.

— Isso seria maravilhoso. Obrigado.

— Não podemos dizer que somos mentores, a menos que realmente ajudemos nossos estagiários, não é? — brinco.

Ele assente, compreendendo.

— Realmente agradeço por fazer isso, senhor Alexander.

O elevador soa e as portas se abrem no andar de cima do prédio.

Grant está falando com Annie e ergue a sobrancelha quando vê que Graves oferece um pequeno aceno antes de passar pelo corredor para onde os cubículos dos estagiários ficam.

— O que foi aquilo? — pergunta, quando chego até ele.

— Apenas acompanhando e observando seus *designs*, só isso.

— Estimulando a adoração ao herói um pouco mais? — brinca.

DESEJO

— Adoração ao herói? — questiono, confuso.

Começamos a caminhar para o meu escritório.

— Ele é um membro pleno do fã-clube do Callum Alexander.

— Você é um grande mentiroso, Richardson — respondo.

— Acredite no que quiser. Só sei que ele nunca *me* pediu para olhar seus projetos — afirma, jocosamente.

— Sinta-se livre para olhar as plantas dele quando quiser.

— Devo fazer isso.

Balançando a cabeça em falso desgosto, sigo em frente.

— Já localizamos as plantas da orla?

— Ah, sim, estavam nos arquivos por alguma razão. Nós os retiramos e mandamos para o OHSA. — Ele olha para o relógio e franze o rosto antes de me encarar de novo. — Quer pegar um café no fim da rua?

— O que há de errado? — indago, apontando seu relógio.

— Nada. Tenho um tempo livre e conferi com a Annie, você não tem compromissos por uma hora ou duas. Acabei de perceber que posso te atualizar sobre o status de alguns outros projetos.

Ainda perplexo com sua súbita necessidade de deixar o escritório para conversar, aceno em concordância.

— *Okay*. Podemos revisar os novos aspectos daquele trabalho de Iowa.

Ele sorri e parece relaxar. Viro-me para a mesa da recepção.

— Annie, anote os recados. Voltaremos daqui a pouco.

— Pode deixar, senhor Alexander. — Ela lança um sorriso sábio, esperando completamente o que vem em seguida.

— Callum, Annie.

— Sim, senhor Alexander — responde, de um jeito excessivamente doce.

— E quanto a mim, Annie? — Grant para ao meu lado.

— Sim, senhor Richardson. — E, com isso, ela perde a compostura e dá uma risadinha enquanto Grant e eu nos viramos para o elevador. — Antes de ir, senhor Alexander, a senhorita Malestrom ligou nesta manhã. Ela disse que precisava falar com você urgentemente.

— Isso já está além de ser uma brincadeira — resmungo. Aceno para Annie assim que Grant e eu nos encaminhamos para o elevador, em direção ao térreo.

Saímos pela porta e ignoramos os fotógrafos estacionados lá fora – esperando por uma foto valiosa minha, sem dúvida –, e vamos para o café na esquina do quarteirão.

— Você com certeza sabe como escolher, Cal.

— Não há nada a dizer para aquela mulher, mas estou começando a achar que preciso falar com ela cara a cara. Ela não entende o conceito de discrição ou decoro. Vendeu a alma para uma diaba de batom vermelho e publicou detalhes da minha vida particular — reclamo. Grant faz um som gutural com a garganta, como se tivesse se engasgando, fazendo-me olhar para ele. — O que há de errado com você?

Ele nega, vigorosamente.

— Nada. Apenas… nada.

— Carmen não precisa de ninguém mais ajudando a manchar meu nome e reputação. Eu pareço estar fazendo um trabalho enorme que é suficiente por conta própria.

— Seu pai não falou com você sobre isso? — questiona.

— Até falou. Não apaga o que eu fiz.

— Sério, Cal. Você precisa parar de bater em si mesmo por isso. E se você conversasse com a Luce, saberia que ela também não o culpa.

Meu corpo fica tenso, então decido que é hora de mudar de assunto.

— Alguma pista sobre o acidente?

—Sim. Kevin me ligou hoje cedo. Ele entregou a informação para a polícia. Disseram que não era um trabalho profissional. O dispositivo utilizado era quase caseiro, bem amador, aparentemente. Mas, felizmente, não houve mais dano. Infelizmente, não havia digitais deixadas ou algo do tipo. Bem, isso não é verdade. Havia gente demais entrando e saindo no local para deduzir pelas digitais.

— Então nenhuma pista? Isso é preocupante.

— Eu que o diga. Já que você me jogou aos leões, estou recebendo ligações de jornalistas, clientes, todo mundo. Se não estão perguntando sobre o futuro do museu à beira-mar, estão querendo saber sobre você. Clientes querem garantias de que vamos honrar os contratos. Estão preocupados que a pressão recente da mídia possa ter um efeito prejudicial em nossa produtividade.

— Richard pediu que eu me afastasse, lembra? Pedi a você para assumir e você recusou. Fiz o que tinha que ser feito.

— Pelo menos eu não recebi o título de "arquiteto obsceno". Aquela manchete é tão ridícula que chega a ser engraçada.

— Estou com dificuldade de ver o humor nisso.

—É porque você está no meio de tudo. Assim que a poeira baixar e a tempestade de merda acabar, você voltará a ser o solteirão queridinho da região.

DESEJO

— Fique à vontade para assumir esse título também.

— Se isso me ajudar a encontrar candidatas para serem a próxima senhora Richardson, terei que dizer não.

Não consigo evitar rir agora. Uma risada verdadeira, genuína, algo que não fiz há uma eternidade.

— Que os céus ajudem as mulheres solteiras de São Francisco.

— Que seja feita a vontade de Deus e tudo mais — comenta.

— Você é terrível, sabia?

Ele me dá um sorriso pretensioso.

— Você me ama. A empresa vai ficar bem, você vai ficar bem, tudo vai *ficar bem* — reitera. — Não perderemos prestígio porque algumas notícias reportavam suas tendências aparentemente depravadas e abusivas. Agora, sobre aquela proposta de Iowa...

Passamos pelas portas do café e caminhamos até o balcão, pedindo dois americanos, ficando de lado para esperar por nossas bebidas.

O telefone do Grant soa em seu bolso. Retirando, ele olha para a tela e sorri antes de voltar para mim, pegando seu copo para viagem assim que o barista coloca no balcão.

— Olha, acabei de lembrar que tenho um compromisso que não posso desmarcar. Mas fique aqui e aproveite seu café. — Ele olha por cima do meu ombro, depois volta para mim. — E pode ser que valha a pena olhar ao redor enquanto está aqui. — Ele coloca a mão no meu ombro e aperta, antes de passar por mim em direção à porta.

Ainda processando suas palavras, pego o copo e lentamente me viro antes de uma parada brusca. Porque sentada em uma mesa na parede mais afastada, e olhando diretamente para mim, está Lucia.

CAPÍTULO 22

Lentamente caminho para sua mesa e meu coração para quando ela me dá um sorriso radiante.

— Você veio — diz, suavemente.

— Grant...

— Eu não sabia se você viria. — Ela acena para o lado. — Sente-se, Cal. Você meio que chama mais atenção se estiver de pé.

— Bom ponto — respondo, sentando-me. Ficamos ali em silêncio, algo mais estranho do que confortável. Minha mente corre com todas as coisas que andei querendo dizer para ela em dias. — Como você está?

— Bem. Tenho um *check-up* em algumas semanas e fui aconselhada a... reduzir... esse tipo de atividade no futuro, mas estou me sentindo normal. — Ela parece cautelosa, muito diferente da mulher confiante e frequentemente descarada que eu amo.

Nos últimos dias, andei ganhando tempo, criando coragem para dar o primeiro passo. As palavras do meu pai têm sido tudo em que sou capaz de pensar durante a semana. Como Luce é forte, quão comprometida estava, aceitando tudo que vinha de mãos dadas comigo sem questionar. Nenhuma vez ela duvidou do que tivemos por conta disso.

Pelo contrário, fui eu que continuamente duvidei de tudo, sem confiar que o que tivemos era o suficiente para mostrar a ela a parte final de mim. Agora, se vou lutar por ela, preciso ser muito honesto, colocar tudo para fora e esperar que ela possa me perdoar.

DESEJO

Ela não merece nada mesmo do que tudo que posso dar a ela.

— Cal? — pergunta, arrastando-me dos meus pensamentos. Não consigo afastar o olhar do cachecol de lã preta que cobre seu pescoço.

Estico-me e toco seu antebraço, gentilmente deslizando os dedos por sua pele e entrelaçando-os com os dela. Ela não se afasta; de fato, ela parece receber de bom grado.

— Tenho tanto que quero dizer…

— Só não peça desculpas novamente. Não aguentaria. — Seus olhos marejam com lágrimas não derramadas enquanto me prendem em seu apelo silencioso. — Não te culpo, mas você me afastou. Preciso que você não me afaste de novo, porque chegamos longe demais e passamos por muita coisa para voltar atrás.

Minha garganta se aperta e flexiono os dedos nos dela, as palavras que preciso dizer desesperadamente ficando presas.

— Podemos ir para algum lugar particular? — pergunto, assim que enxergo uma câmera na minha visão periférica. Virando a cabeça, vejo a mulher que está sentada a algumas mesas de distância com seu telefone apontado para nós. Olho de volta para Lucia.

— Peça um carro, Cal. Vamos para a sua casa. Prefiro não dar ao público o show que eles parecem querer. — Sua voz está forte, firme e desafiadora. Há uma determinação em seu tom que é apoiada pela inclinação de seus ombros, e isso me anima. *Essa* é a Lucia por quem me apaixonei. *Essa* Lucia é a mulher que é meu alicerce.

Tirando o telefone do meu bolso, ligo e peço um carro para nos buscar. Também envio uma mensagem a Annie, pedindo a ela para esvaziar minha agenda para o dia, deixando um recado para que ela adie minha reunião com Graves para amanhã.

— Tudo pronto — aviso a ela, levando o copo à boca e tomando o tardio primeiro gole do meu café.

— Como você tem passado? — questiona, seu polegar acariciando minha mão em um gesto tranquilizador que, surpreendentemente, tem efeito. Sinto a tensão causada por esse encontro surpresa se acalmar e um calor familiar, e não indesejado, se espalha por mim.

— Já estive melhor.

— Eu também — responde.

Não consigo evitar que meus olhos viajem para seu pescoço de novo.

— Não deixe sua mente ir por aí, Cal — pede, inclinando-se para mim. Ela ergue outra mão à minha bochecha, segurando meu queixo e gentilmente acariciando minha pele com os dedos. Seus olhos estão suaves, cheios de sentimento, e meu coração se eleva, na esperança de que ainda haja chance para nós. — Hoje não existem máscaras. Quero que me prometa que o que acontecer a partir daqui, você *não* vai deixar sua mente voltar para aquele lugar. Se vamos seguir em frente, não podemos olhar para trás.

Quando ela se recosta à cadeira de novo, olho por cima do seu ombro e vejo um carro preto estacionando no meio-fio.

— O carro chegou. Pronta? — indago. O sorriso de resposta e o aperto suave de sua mão sobre a minha dizem que ela não perdeu o duplo significado.

— Vamos lá — fala, ficando de pé na mesa. Mantendo nossas mãos unidas, caminhando para fora em direção ao carro que esperava para nos levar para casa.

Casa.

Assim que nos afastamos da calçada, Lucia se estica e desliza os dedos entre os meus, como se sentisse minha necessidade de que ela fosse minha âncora. O caminho é quieto, porém, o ar se enche de contemplação e antecipação enquanto a ansiedade me domina, e pergunto-me o que vai acontecer quando finalmente estivermos sozinhos de novo.

Passo aquele tempo enviando mensagens para Annie, enquanto ela reorganiza minha agenda, só olhando para cima quando o motorista desacelera na entrada dos portões que levam para a minha casa.

Com a minha mão descansando na base das suas costas, guio Lucia para cima, na sala.

E então minha mente fica em branco.

Há momentos na vida de um homem em que ele duvida de si. Até mesmo o cara mais confiante e seguro de si pode ser forçado a fazer um balanço da sua vida e encarar o que e quem realmente quer.

Pela primeira vez nos meus trinta e quatro anos, estou no precipício de algo maior que eu. A importância desse momento é tão monumental que o medo do desconhecido é quase paralisante. Fecho os olhos e respiro fundo para me acalmar.

Em seguida, sinto o calor do seu corpo diante do meu, abrindo os olhos para encontrar os dela quando seus dedos se curvam ao redor dos meus bíceps.

— Cal, você precisa relaxar. Ainda sou eu, Lucia, e você ainda é o Callum. Ainda amo você e você ainda me ama. Tudo mais é apenas detalhes que precisamos esclarecer.

Engasgo nas palavras:

— Esclarecer?

— Vamos nos sentar.

Ela segura minha mão e aperta gentilmente, caminhando em direção ao meu sofá cinza-escuro e espero até que ela esteja sentada antes de soltar sua mão e caminhar até a janela que leva à varanda.

De novo, o silêncio é ensurdecedor enquanto tento reunir meus pensamentos e sentimentos. Essa é a minha chance de "lutar por ela".

Viro-me e, como em todas as outras vezes em que a vi, sua beleza me atinge e eu sei – eu só sei – que faria qualquer coisa para trazer essa mulher de volta para a minha vida. Desistiria de tudo pelo que lutei, conquistei e qualquer coisa que possa fazer no futuro, por ela. Nada tem sentido, a menos que ela esteja lá comigo.

— Cal?

Compelido pela necessidade de ficar perto dela enquanto conversamos, caminho para o seu lado, ajoelhando-me entre suas pernas.

— Eu amo você. Não me lembro do que era minha vida antes de me apaixonar e nem quero. Eu a machuquei e me rasga em pedaços ver que você está ferida, sabendo que foi em minhas mãos.

— Mas não foi só você — insiste.

— Eu não estava em plenas capacidades mentais para sequer considerar fazer isso e perdi a mão no calor do momento. Vou me arrepender eternamente de fazer isso com você e mereço perdê-la.

— Cal, você é um dos homens mais fortes que eu conheço. Você poderia permitir que o peso do mundo o derrubasse, que esmagasse o seu espírito, mas não fez isso. Você confiou em mim e, embora tenhamos agido da forma errada na hora errada, nunca se desculpe por estender a mão e pedir ajuda. Você fechou a porta para um monte de gente que te ama por tempo demais para desistir agora.

Encaramos um ao outro, Lucia respirando pesado com os olhos cheios de emoção.

Passo as mãos pelo rosto, os dedos pelo cabelo. Engulo com força, minha voz saindo mais rouca quando finalmente consigo falar:

— Sei que é egoísta, mas, Luce, preciso de você. — Suspiro fundo. — Você é mais importante do que qualquer coisa que me acompanha. Desistiria de tudo se você considerasse me perdoar.

Ela fica de pé e vem como uma tempestade na minha direção, os olhos cheios de raiva.

— Você não precisa retirar o que me deu, Callum. Pedi que se desse por inteiro, porque teria ficado entre nós e agora... Agora você está dizendo que quer apagar tudo isso porque se sente mal?

Minha cabeça se vira com suas palavras e a força por trás delas.

— Só queria pegar de volta a dor que te causei, o dano irrevogável que fiz a você... a nós. Tudo continua voltando para mim. Fecho meus olhos à noite e vejo seu rosto sem vida, seu corpo desfalecido. Não fui capaz de dormir na minha cama porque apenas o seu cheiro nos lençóis me leva de volta para aquela noite. E saber o que te fiz... — Respiro fundo, tentando conter a queimadura que ameaça me encobrir. — Tem sido difícil pra caralho respirar, ainda mais continuar com os meus dias sabendo que não posso te ter.

Seus olhos suavizam e ela imediatamente cai de joelhos ao meu lado, envolvendo meu rosto com as mãos.

— Foi você quem disse adeus. Você que se afastou. Não apenas pegou de volta a última parte sua, você levou embora todas as outras peças que tinha me dado. — Sua voz falha e sou atingido com força pelo dano que não foi causado naquela noite; foi causado nas horas após, quando eu não conseguia encará-la. Posso ter lutado contra as consequências das minhas ações, mas a maneira como lidei machucou Luce mais do que minhas mãos sequer poderiam ter feito. — Amo você, Callum. Mas não dá para tirar de mim tudo que você é, porque não vou deixar. Vou segurar firme e nunca soltar.

Estico-me e envolvo os braços em sua cintura, enterrando o rosto em seu pescoço, enquanto meu corpo se sacode ao perceber que o perdão é automático com ela – Luce nem teve que pensar a respeito, porque, na sua mente, meu único erro foi não ficar ao seu lado.

Quando seus braços passam pelos meus ombros e me puxam para perto, sei no fundo da minha alma que farei tudo e qualquer coisa por essa mulher.

DESEJO

Depositando um beijo gentil em sua garganta, ergo a cabeça e beijo seu queixo, em seguida, a lateral da sua mandíbula e paro a boca abaixo de sua orelha.

— Vou viver todos os dias pelo resto da minha vida sabendo que nunca vou merecer você de novo, mas lutando até a morte para tê-la, de toda forma — juro, e não perco o soluço que escapa, enquanto seu corpo treme contra o meu.

Levanto um joelho e me ergo, levando-a comigo enquanto nos deitamos no sofá ao lado, meu corpo descansando junto ao seu, mas logo me movo para cima, de forma que todo meu peso está contra ela.

Luce arrasta o polegar pelo meu lábio inferior, seus olhos marejados colados na minha boca enquanto desliza para frente e para trás. Por instinto, esfrego os quadris contra os dela, o gemido satisfeito me tocando tão profundamente que tenho que cobrir sua boca como a minha, como se ela fosse o próprio ar de que preciso para respirar.

Com todo o tempo do mundo, é como se nós dois quiséssemos nos redescobrir. Passamos segundos, minutos, horas, de forma provisória no começo e lentamente ficando mais ousados, desesperados e febris. Dedico-me a adorá-la. Meu único foco é derramar todo meu remorso, arrependimento, amor e devoção sincera em cada toque, desculpando-me com o meu corpo uma e outra vez, esperando que ela sinta no fundo da sua alma que quis dizer cada palavra.

No momento em que baixei a guarda, ela me teve por inteiro e, todos os dias depois daquilo, cuidou daquele presente sabendo que era a única que o receberia.

Horas depois, com uma Lucia sonolenta em meus braços, minha mente revive toda a manhã. Descubro que o que mais me trouxe paz é saber que o desejo que uma vez deixei decidir minhas ações – a coisa que eu mais temia – não me controla mais.

Aquela minha máscara – a armadura sob medida que esteve comigo nos meus momentos mais altos e nos mais baixos — agora está despedaçada no chão da minha sala. Não estou mais preso ao mecanismo de autoproteção no qual confiei por tanto tempo.

A liberdade é estimulante, o alívio é libertador e, assim como seu perdão, esse é o presente mais altruísta que Lucia poderia me dar.

CAPÍTULO 23

— Você não me deu escolha — Grant diz, sem tentar esconder seu sorriso presunçoso. — E se considerar o sorriso raro, quase extinto, que está em seu rosto, eu diria que está tudo bem no mundinho Alexander-Harding.

— Dá para dizer que sim — murmuro, levando o café à boca.

— A propósito, soube algo do Graves? Ele saiu do escritório ontem no horário do almoço e não o vi desde então — comenta.

— Não. Eu deveria? — pergunto, confuso.

— Você tinha aquela reunião com ele ontem à tarde, lembra? A que você remarcou quando sua agenda ficou inesperadamente iluminada?

— Pedi que Annie falasse com ele. Já tive que cancelar algumas vezes e agora realmente quero dar uma olhada nas plantas.

— São boas. Ele é bastante talentoso. Ainda não está maduro, mas com o tempo e a mentoria correta, pode acabar sendo um verdadeiro trunfo para a empresa.

— E em termos de personalidade?

— Bem, ele parece ser leal e está disposto a trabalhar bastante quando preciso. De todos os estagiários desse ano, ele é o único que eu não me importaria de manter. Ele sabe muito a respeito dos seus *designs*, Cal, e é confiante o suficiente para fazer sugestões de melhorias, e trabalha duro. Acho que deveríamos contratá-lo antes que alguém o faça.

— Alguma preocupação?

DESEJO

— Além do fato de que ele prefere trabalhar com você do que comigo? — responde, com uma risada. — Exceto pelo mau gosto, acho que deveríamos oferecer a ele a chance de continuar trabalhando na empresa quando se formar.

Concordo com a cabeça.

— Terei que olhar suas plantas e poderemos fazer uma oferta formal para ele depois disso. Pode ser?

— Parece bom para mim — Grant diz, ficando de pé. — Agora eu tenho um almoço com uma loira gostosa. Pode ser que eu me atrase. — Ele pisca e sacode as sobrancelhas sugestivamente. Revirando os olhos, ergo a mão e aceno para que se mande dali.

— Algum de nós tem que trabalhar, Richardson. Talvez eu possa te zoar por esse sorriso de "acabei de transar".

— Só posso esperar que sim, Alexander.

Em seguida, ele se vai e volto a me atualizar com a papelada, passando pelas mensagens do dia anterior.

Agora que Lucia e eu voltamos, o peso que estava sobre mim parece mais leve e definitivamente mais maleável. Eu a deixei dormindo hoje de manhã, deitada na minha cama, usando apenas um sorriso satisfeito. Ela é uma visão que quero ter toda manhã ao acordar, uma que quero ter antes de dormir e a mulher que quero manter por perto pelo resto da minha vida.

Se ela puder me perdoar, me aceitar e ainda me amar, apesar de tudo que aconteceu entre nós, não há nada nem ninguém que vou querer além. Nunca vou parar de trabalhar pesado para provar que a mereço.

— Callum… — Olho para cima e vejo a porra da Carmen Dallas apoiada contra a porta do meu escritório com um sorriso meigo no rosto.

— Senhorita Dallas — digo, entredentes, ficando de pé e dando a volta na mesa para cumprimentá-la. — Pelo que devo o prazer da visita e como você passou pela minha recepcionista? — Estendo o braço e mostro a ela a cadeira em frente à minha mesa.

— Sua querida recepcionista já estava comprometida, então aproveitei a oportunidade enquanto as costas dela estavam viradas para mim e aqui estou — explica, sua voz preenchida com um tom calculista.

— Que sorte — murmuro baixinho, ao voltar para minha cadeira e encará-la.

— De fato. Você é um homem difícil de encontrar.

— Sou um homem ocupado, que tem outros assuntos mais urgentes para lidar do que uma repórter com interesses pessoais e fissurada em algo.

— Callum, assim você me magoa. — Ela finge estar ofendida ao cruzar as pernas e me encarar com um olhar de quem sabe das coisas.

— Pensei que você tinha entendido o recado quando não retornei nenhuma das suas... — passo as anotações em minha mesa — dez ligações?

— O público merece saber a verdade sobre seu filho favorito.

— Nunca pedi esse papel, senhorita Dallas. De fato, foi você quem me deu vários, senão todos, os meus títulos. Sou um arquiteto. Projeto prédios. Nunca fui ou sou o homem que se esforçou para ser o playboy solteirão aparecendo nas páginas de fofocas do *Tribune*.

— Você é um enigma, Callum. Meus leitores querem saber quem é o verdadeiro Callum Alexander. O lado bom, o lado ruim... — ela se inclina para frente e sussurra: — e o totalmente *indecente*. — Voltando para trás na cadeira, ela cruza as pernas e continua: — Sei que você tem segredos. Depois da semana passada e daquela cena *tocante* no hospital, todos sabemos que tem. Estou interessada em saber se você quer a oportunidade que estou prestes a oferecer: esclarecer quaisquer alegações falsas e colocar tudo em pratos limpos, por assim dizer — revela, terminando com um sorriso pretensioso.

— Senhorita Dallas, em algum momento eu dei qualquer indicação de que estou interessado em falar com você? Como qualquer um, tenho direito a ter uma vida pessoal, *Lucia* tem direito a uma vida pessoal, e de jeito nenhum iremos *um dia* falar sobre isso com a imprensa.

Sem o peso da máscara que usei por tantos anos, a liberdade que sinto ao dizer o que quero, para quem quero, sem a necessidade de suavizar as coisas, é estimulante. Aproveitando os olhos arregalados de Carmen, prossigo:

— Você perpetuou um mar de mentiras que envolvem minha vida, trabalho, empresa, família e alguém com quem me importo muito. Sua missão para destruir meu nome e reputação porque fui homem o suficiente para rejeitar seus avanços fala mais sobre o triste estado da sua própria vida do que da minha. — Fico de pé e caminho em sua direção, parando ansioso ao lado de sua cadeira. — Agora, se não há nada mais, sou um homem muito ocupado e tenho um compromisso que não posso perder. — Minha voz é firme, direta e certifico-me de que não há espaço para confusão.

Erguendo-se, Carmen me lança um olhar carrancudo antes de se virar em seus saltos e sair em um rompante do meu escritório, sem dizer mais nada.

— Porra, obrigada por isso.

DESEJO

Olho para cima e vejo Lucia de pé na entrada recém-desocupada por Carmen.

— Seu *timing* é impecável como sempre, senhorita Harding.

Ela dá um passo para dentro do escritório antes de dizer:

— E você, senhor Alexander, é um homem muito *sexy* quando está colocando repórteres sem noção no lugar deles. — Ela fecha a porta e vem na minha direção, enlaçando minha cintura e esticando-se para roçar os lábios aos meus. — *Muito sexy*.

Não consigo evitar um sorriso.

— Você ouviu?

Ela deu de ombros.

— A maior parte. Acho que o trecho que mais gostei foi sobre "o triste estado da sua própria vida".

— Definitivamente foi um ponto alto — adiciono. Com as mãos em seus quadris, ando para trás e inclino-me na mesa, trazendo Lucia para se aninhar entre minhas pernas e passando as mãos por suas costas. — Que surpresa. — Desço a boca até a dela e lentamente traço a abertura dos seus lábios com a língua antes de beijá-la com suavidade e me afastar. — Embora seja uma muito bem-vinda.

— Fico feliz — garante, com um largo sorriso. — Só queria passar aqui antes de ir para casa. Vou trabalhar essa noite, então não o verei até amanhã.

Meu sorriso vacila com tal pensamento.

— Você podia ir lá para casa essa noite… — Deixo o convite em aberto, estudando sua expressão por algum sinal de desconforto ou incerteza. Meus ombros tensionam enquanto aguardo sua resposta.

— Achei que nunca pediria.

A tensão desaparece na mesma hora e novamente sou preenchido pelo calor que apenas Lucia pode me dar. Ainda animado pelo meu confronto triunfante com Carmen, afasto-me.

— Você podia ir lá para casa todas as noites…

Lucia perde o fôlego e seus olhos brilham com surpresa.

— Você está…?

— Estamos praticamente morando juntos, de toda forma. Quero ficar com você. Quero que esteja na minha casa. Quero que ofereça jantares para meus familiares e amigos. Quero você na minha cozinha, na minha varanda, na minha cama. Quero que o meu santuário seja seu, porque você *é* meu santuário.

— Uau. E eu pensei que você não conseguiria superar nada do que me disse na noite passada — sussurra, baixinho.

— O olhar nos seus olhos, o sorriso em seu rosto... é isso que quero dar a você. Quero ser capaz de surpreendê-la o tempo todo. Quero dar a você uma vida feliz, segura e plena.

— Cal, se isso é sobre...

Pressiono os lábios aos seus para silenciá-la. Não quero que tenha nenhuma dúvida sobre as minhas intenções.

— Quero que viva comigo, Lucia Harding. Quero te amar para sempre. Não vou viver no passado; não vou me preocupar com o que as pessoas pensam, com que imagem tenho que manter ou o perfil no qual devo me encaixar. Se o que passei me ensinou algo é que a vida é curta, o amor é tudo e eu sou um homem mais forte com você ao meu lado. Isso é tudo no momento. O resto... — concluo com um sussurro contra seus lábios: — é com você.

De pé no meu escritório, na minha torre no céu, o mundo continua ao nosso redor, mas Lucia me puxa para perto e me beija por muito tempo, com vontade, dando-me sua resposta silenciosa – apesar de retumbantemente afirmativa.

— Vejo você depois do trabalho, então? — pergunta, a voz baixa e rouca.

— Estou ansioso por isso. Provavelmente vou trabalhar até tarde para me atualizar em tudo, então posso ligar para o restaurante mais tarde se quiser — respondo, sem pensar. Ela fica pálida com minhas palavras e aperto os dedos em seus quadris quando tenta se afastar. — Lucia, o que há de errado?

— Talvez isso não seja uma boa ideia, por um tempo. Gino não...

— Não é meu maior fã no momento.

— Bem, não. Sua ignorância não deixa espaço para uma mente aberta. Em sua visão...

— Em sua visão, eu a machuquei e coloquei em um hospital.

— Sim — responde, os olhos suaves.

— Ele vai me perdoar?

— Com o tempo, sim. Quando vir quão feliz você me faz, vai te perdoar.

— Mas não esquecer — declaro, com honestidade.

Colocando a mão no meu rosto, Lucia me beija mais uma vez.

— Não acho que nenhum de nós vai esquecer, Cal. Mas só nós dois sabemos o que existe entre nós e o que levou ao que aconteceu naquela noite.

DESEJO

— Nunca mais vai acontecer — digo, em definitivo.

— Não, eu acho que não. Mas não estou dizendo que as coisas não vão voltar a ser como eram.

— Embora haja uma enorme diferença, Luce.

— E qual é, senhor Alexander?

— O que você está vendo é o que você vai receber de mim agora. Disse-me que eu deveria seguir em frente sem olhar para trás. Quero fazer isso com você. — Adiciono um aperto gentil dos meus dedos para ajudar a reforçar meu argumento. — Você conhece o meu pior. Quero a chance de mostrar o meu melhor.

— Bom. Fico feliz de termos tirado isso do caminho. Embora haja *uma* coisa que você pode fazer por mim... — Um sorriso malicioso se arrasta em seus lábios.

— E o que é?

— Sempre quis dar uns amassos com você na sua mesa, usando seu terno perfeitamente talhado, com a porta fechada, mas não trancada... — Ela se inclina e lambe meus lábios de maneira sedutora, a voz caindo para um sussurro *sexy*: — Quer me deixar provar Callum Alexander em seu habitat natural?

Aperto mais sua cintura.

— E se em vez disso eu te mostrar?

CAPÍTULO 24

Não deixei o escritório até depois das nove da noite. Sabendo que Lucia não estaria em casa até bem depois das onze, usei o tempo para terminar a proposta de Iowa para nossa apresentação da próxima semana e para me atualizar no trabalho que perdi, dados os eventos recentes. Eu havia deixado meu carro estacionado na garagem na noite passada, então dirijo para casa e estou quase na entrada quando meu telefone começa a tocar nos alto-falantes do carro. Olhando para baixo, a última coisa que eu esperava ver é o nome piscando na tela.

Decidido a dizer a ela de uma vez por todas para me deixar em paz, aperto o botão no volante para atender a chamada.

— Jodi, você precisa parar.

— Callum — ela sussurra ao telefone. — Callum. — Soluça. — Não estou me sentindo muito bem. — Sua voz está estranha, as palavras arrastadas e lentas entre os soluços. Isso não se parece em nada com a Jodi normalmente alinhada e composta que conheço.

— Jodi, onde você está? — pergunto, apressado.

— Eu... Eu acho... minha bebida... alguma coisa nela.

— Jodi! — grito. — Onde. Você. Está? — Apenas silêncio. — Jodi? — grito novamente.

— Eu não queria ligar, eu... Callum, acho que estou com... problemas... preciso... de ajuda. — A cada palavra dita, ela soa mais incoerente.

Ela pode estar apenas bêbada, mas tenho um sentimento ruim súbito de que, o que quer que esteja acontecendo, não posso simplesmente ignorá-la.

— Jodi. Diga onde você está.

— Georgio's... Calluuum... Estou com medo.

— Tem alguém aí que possa ajudar?

— Estou do lado de fora. Precisava de ar fresco. Agora estou confusa. Quero... ir... para casa.

— Jodi, fique onde está. Estou no carro e vou até você. Fique sentada, mas não se deite.

— Tão cansada... Eu... Eu vou vomitar...

O som de engasgos e cuspidas ecoam pelos alto-falantes.

— Por favor, venha — pede.

— Estou a caminho. Fique aí, Jodi. — A ligação é encerrada.

Pressiono para ligar de volta, mas ela não atende. Ligo de novo, acelerando enquanto a ligação falha em completar outra vez.

Meu coração está acelerado. Isso pode ser uma armadilha para atrair minha atenção, mas algo em toda essa situação não parece certa para mim. Meus instintos me dizem que ela está em apuros e nunca seria capaz de me perdoar se a ignorasse e ela estivesse em perigo. Não consigo ter outra mulher em minha vida sendo ferida por conta das minhas atitudes.

Ligo para o número da Lucia e ela atende depois de dois toques.

— Ei, acabei de pensar em você. Não devo demorar muito mais.

— Luce, Jodi acabou de me ligar dizendo que estava com problemas. Ela estava arrastando as palavras e falando sobre não se sentir bem, e estou preocupado de que ela não esteja em um lugar seguro. Estava chorando, confusa e sentada do lado de fora de um bar chamado Georgio's. Conhece?

— Merda, Cal. Humm, sim. Fica a dois quarteirões do restaurante. Vou te mandar o endereço.

— Obrigado. E sinto muito.

— Por que razão você sente muito? Não é você que ficou bêbado e está ligando para o ex com quem teve um casinho, é?

— É mais que isso, Luce. Estou preocupado que algo aconteça com ela e não consigo...

— Cal... — Sua voz suaviza com a compreensão. — Ela não sou eu.

— Eu sei, mas não posso ignorar. Só espero chegar lá antes de qualquer coisa acontecer. Ela não parecia nada bem.

— Quer que eu vá te encontrar?

200

— Não posso pedir que faça isso.

— Você não pediu, eu que ofereci. Venha me buscar. Quão longe você está?

— Cinco minutos?

— Vou encontrar você do lado de fora.

— Não, espere aí dentro e fique de olho na minha chegada pela janela. Não preciso que você fique na rua tarde da noite.

— Cal...

— Luce, *por favor*. — Há um apelo em minha voz que ela não deixa passar.

— *Okay*, Cal. Vejo você em breve — garante, sem hesitar.

Cinco minutos depois, paro do lado do restaurante e Lucia corre, abrindo a porta e entrando apressada.

— Vire à direita no cruzamento, depois são dois quarteirões na direção da orla.

— Obrigado.

— Estarei sempre ao seu lado, Callum. O bônus é que se ela estiver fazendo joguinhos com você, eu *realmente* estarei ao seu lado, o que significa que poderei dizer bem na cara dela para se afastar.

Em qualquer outro momento eu teria rido, mas tentei ligar para Jodi mais duas vezes, sem sucesso, e meus nervos estavam em todo canto enquanto eu observava o caminho e virava, conforme Lucia foi indicando, dirigindo até ver a placa do Georgio's Bar.

Paro no beco ao lado e freio bruscamente quando vejo um par de pernas magras espreitando por trás de uma lixeira nos fundos.

— Luce, ligue para a ambulância agora.

— Cal! — grita, assim que pulo do carro e corro em direção à Jodi.

— Ajuda! — grito, esperando chamar a atenção de alguém.

Correndo o mais rápido possível, escorrego de joelhos quando vejo o corpo de Jodi tombado de lado, sua cabeça caída no chão, ao redor de uma poça de vômito.

— Jodi! — chamo, sacudindo seus ombros. Seus olhos se abrem levemente e ela olha de um lado para o outro, mas não consegue focar em mim.

— Algo está errado — murmura, suas mãos alcançando meus braços e apertando-os, sem forças.

Passos se aproximam e viro-me para ver Lucia se ajoelhando ao nosso lado.

— Você está bem?

DESEJO

— Não. Alguma coisa definitivamente não está certa. Ela está fraca, com dificuldades de respirar e vomitou algumas vezes, pelo que parece, além de estar confusa.

Lucia se estica e segura a mão de Jodi, apertando com força.

— Jodi? Jodi, preciso que você abra os olhos e olhe para mim. — Ela coloca dois dedos do lado interno do seu pulso e me encara, o rosto pálido quando sacode a cabeça. — O pulso está fraco. Lento demais.

— Cadê a ambulância? Porra! — cuspo, tentando acordá-la novamente. — Jodi, abra os olhos para mim. É o Callum. Por favor, abra os olhos.

Suas pálpebras tremem e se abrem, devagar, seu olhar injetado pousando em mim.

— Onde estou?

— Do lado de fora de um bar. Você me ligou, lembra?

— Preciso... ajuda — murmura, soando completamente diferente dela mesma.

— A ambulância está vindo, Jodi. Você só precisa ficar acordada até os paramédicos chegarem. Consegue fazer isso por mim? — Estendo a mão para segurar a dela, dando um aperto gentil.

— Você precisa tomar... cuidado. Ele vai... machucar... você... — Sua voz desvanece, conforme fecha os olhos outra vez.

— Jodi, fique acordada. Precisa esperar a ambulância.

— Jodi, meu nome é Lucia. Você precisa mesmo ficar acordada, querida.

— Lucia? Você está com o Cal... lum.

— Sim, estou. Pode nos dizer o que aconteceu?

Ela arfa, como se estivesse lutando para respirar, os dedos fracos tensionando nos meus.

— Jodi — chamo, apertando sua mão novamente, fazendo-a arregalar os olhos um pouco mais.

— Tão frio... Tão cansada...

— Jodi, querida, precisamos que nos diga o que aconteceu com você. Precisamos dizer aos paramédicos para que eles possam ajudar — Lucia explica.

— Cadê a *porra* da ambulância? — grito, frustrado. Um sentimento de estar se afogando se instala em meu estômago enquanto começo a me preocupar de que eles podem chegar aqui tarde demais.

— Ele... Gr... — Ela para de falar e seu corpo inteiro tensiona, começando a tremer violentamente. Suas pernas se agitam em uma convulsão e seus olhos reviram para trás.

— Merda! Coloque-a numa posição de recuperação, Cal. De lado. Preciso manter sua boca e via respiratória liberada. — Lucia segura a cabeça de Jodi, mantendo-a imóvel enquanto a convulsão continua a assolar seu corpo.

Um minuto depois, Jodi lentamente para de tremer, mas permanece inconsciente. Seus olhos não se abrem outra vez. Seu peito não sobe e desce mais.

— Luce, ela parou de respirar.

— Merda. Vamos ter que fazer massagem cardiorrespiratória.

— Eu não sei como...

— Eu sei — diz, com pressa. — Temos que colocá-la deitada de costas. Preciso que você comece as compressões no peito. Vou fazer a respiração. Ajoelhe-se perto dela e entrelace seus dedos, uma mão sobre a outra. Coloque a palma da sua mão no meio do peito, entre os seios e pressione para baixo em cinco centímetros. Precisamos tentar umas cem vezes por minuto, mas continue fazendo, não pare, *okay*?

— Merda. Luce, onde está a porra da ambulância? — questiono, girando Jodi e começando as compressões. Meus olhos alternam entre o rosto pálido e sem vida de Jodie e o cenho franzido de Lucia.

— Precisamos tentar, Cal. Continue. — Ela se inclina para baixo e limpa a boca de Jodi o máximo que pode antes de levar o ouvido até lá para ouvir a respiração.

É quando ouço as sirenes e meus ombros cedem, o peso ficando ligeiramente mais leve porque a ajuda está próxima. Minha única esperança é de que eles possam vir salvá-la – de que não seja tarde demais.

Continuo as compressões até um paramédico se aproximar de mim e dizer que vai assumir.

— Qual o nome dela?

— Jodi. Jodi Malestrom.

— Vocês estavam com ela hoje à noite?

— Não. Ela me ligou, parecendo bêbada, ou mais que isso. Nada que ela dizia fazia sentido. Falou que achava que estava com problemas e pediu que eu viesse. Ela não conseguia ficar acordada quando chegamos e passou mal. Depois teve uma convulsão e...

— Então você a conhece — interrompe.

— Sim. Eu costumava sair com ela.

— Um passo para o lado, senhor. Dê espaço para nós — o outro paramédico pediu, às minhas costas. Fico de pé rapidamente e me movo para trás, agarrando a mão de Lucia e puxando-a comigo.

DESEJO

— Ela vai ficar bem — digo, baixinho, enlaçando o corpo de Lucia e puxando-a contra o meu peito.

Coloco a outra mão gentilmente em sua nuca, trazendo-a para mim, apertando-a um pouco e tentando acalmar as batidas descontroladas do meu coração. Observamos os paramédicos trabalharem pelo que parece uma eternidade até que a polícia chega para controlar a multidão que se reuniu no beco. Mas depois de dez minutos de CPR, eles olham um para o outro e sacodem a cabeça.

Em seguida, param e começam a se levantar.

— Não! — grito. — Não parem! Não podemos simplesmente deixá-la!

— Cal — Luce diz, suavemente, sem se soltar do meu abraço.

— Ela não pode... Nós tentamos... Ela não pode estar morta.

Um dos paramédicos vira o rosto para nós.

— Você fez o melhor que podia, mas seja o que for que ela tenha bebido ou ingerido, foi demais. Palavras arrastadas, perda de consciência, vômito e parada cardíaca. Tudo aponta para algum tipo de overdose. Sinto muito — diz. — Vou ter que pedir que fiquem aqui. A polícia vai querer falar com vocês e preciso ligar para o legista.

Incapaz de falar qualquer coisa, só consigo assentir para ele, que se vira para retornar à ambulância.

— O que acabou de acontecer? — indago, chocado com o que presenciamos.

— Ela disse que você precisa ter cuidado, que alguém vai te machucar. O que isso significa? — Lucia questiona, sua voz falhando e o corpo tremendo contra o meu.

— Não faz sentido. Por que ela ligaria primeiro para mim? Eu não atendi nenhuma das ligações dela desde a entrevista. Só atendi dessa vez para dizer a ela que me deixasse em paz. — Eu pauso, então algo me atinge. — E se eu não tivesse atendido? Ela teria simplesmente morrido aqui no beco. Por que ninguém ajudou? Por que ela estava sozinha? — Estou falando com pressa, perguntas sem resposta saindo da minha boca enquanto fico lá, de pé, encarando o corpo sem vida de Jodi.

— Não sei, Cal. Espero que a polícia consiga descobrir o que aconteceu.

— Merda, Luce. — Enterro o rosto em seu pescoço, mas ainda não consigo desviar o olhar de Jodi.

Inquietação e pavor perpassam a minha pele. Suas palavras se repetem em um *looping* sem fim em minha cabeça. O que ela estava tentando me dizer? Todas as mensagens, a cena no saguão, as ligações telefônicas... Hoje à noite ela estava tentando me avisar sobre algo... ou sobre alguém.

Agora que sei disso, tenho total pretensão de descobrir tudo sobre o que ela estava falando, e respeito de quem.

Não saímos do lado um do outro desde que demos depoimentos separados para a polícia no beco. Uma vez que cobriram o corpo de Jodi e levaram para a ambulância, fomos escoltados para a delegacia para encontrar os detetives designados ao caso.

Uma hora depois, Lucia e eu estamos esperando para dar depoimentos formais.

— Você está bem? — pergunta, pelo que parece a décima vez desde que Jodi morreu.

Aperto sua mão, levantando-a para dar um beijo gentil antes de pousá-la em meu colo outra vez.

— Não consigo acreditar que ela está morta. Parece tão surreal.

— Não desejaria isso a ninguém. Estou feliz que estávamos lá com ela. Ninguém merece morrer sozinho, especialmente desse jeito — diz.

A porta do escritório onde estamos sentados se abre e fico surpreso de ver o detetive que veio até a minha casa na noite em que machuquei Lucia.

— Senhor Alexander, senhorita Harding — cumprimenta, acenando para nós enquanto dá a volta na mesa e se senta à nossa frente. — Sou o detetive Lawrence e fui designado para investigar a morte da senhorita Malestrom. Obrigado por sua paciência. Gostaria apenas de fazer algumas perguntas sobre o que aconteceu e os eventos que levaram à morte dela. — Abaixa a cabeça e passa os olhos pelos papéis que trouxe com ele. — Não os consideramos suspeitos. Infelizmente, acreditamos que a mídia vá se envolver, ainda mais por conta da sua conexão com isso, senhor Alexander. Mas qualquer coisa que nos disser permanecerá confidencial. Tem a minha palavra.

— Obrigado. Por favor, pode me chamar de Callum — respondo. — Mas estou mais preocupado em encontrar o responsável pela morte da Jodi e trazê-lo para a justiça.

DESEJO

205

— *Okay*, Callum. Só quero dar seguimento ao depoimento que você informou aos policiais na cena do crime. Tudo bem?

— Claro — respondo.

— Então, a senhorita Malestrom ligou para você hoje mais cedo. Isso está certo?

— Sim.

— E você pode me dizer por que ela teria te ligado? — questiona.

— Ela tem sido bem... insistente nas tentativas de me ligar desde que uma série de matérias jornalísticas saiu sobre mim há aproximadamente cinco semanas. Tenho evitado todo tipo de contato, mas hoje decidi atender para pedir que parasse de me ligar.

— E ela pediu que fosse até ela?

— Ela parecia estranha. Suas palavras soavam arrastadas e ela disse que achava que algo tinha sido colocado na bebida dela.

— Você poderia ter ligado para a polícia.

— Poderia, mas conheço a Jodi. Não fiquei confortável de desperdiçar o tempo da polícia com outra tentativa de conseguir minha atenção.

— Ainda foi honrado de sua parte ir verificá-la, Callum.

— Isso se chama agir como um ser humano, detetive Lawrence.

— Ela disse onde estava?

— Sim, ela disse que estava do lado de fora do bar — respondo, repetindo a mesma coisa que falei para os policiais no beco.

— Ela disse com quem estava se encontrando? — indaga.

— Não.

— Você perguntou? — continua.

— Não — repito.

— Por que não?

— Porque eu estava mais preocupado em chegar até Jodi e ajudá-la — rebato. Lucia aperta minha mão e murmura baixinho um "está tudo bem, Cal".

— Certo. E você parou para buscar a senhorita Harding no caminho?

— Liguei para Lucia para avisar para onde estava indo. Ela me disse para pegá-la no caminho — explico.

Ele volta sua atenção para Lucia.

— Senhorita Harding, por que você quis ir com Callum?

— Porque Jodi é imprevisível e pensei que fosse melhor que ele não estivesse sozinho.

Ele assente, parecendo aceitar sua resposta, depois olha para mim novamente.

— Diga o que aconteceu quando chegaram.

— Não havia onde estacionar, então nós paramos no beco e a vimos. Eu disse para Lucia ligar para a emergência e corri até onde Jodi estava.

— Ela estava consciente? — questiona.

— Não muito.

— Disse alguma coisa? — pressiona.

— Ela me disse para tomar cuidado porque alguém queria me machucar.

— E disse quem? — faz a pergunta óbvia.

— Ela começou a dizer algo, mas depois perdeu a consciência.

— Parecia um Gr... — Lucia adiciona, repetindo o que ouvimos.

— Você sabe sobre o que ela poderia estar falando? — questiona, escrevendo algo em seu bloco de notas.

— Poderia ser qualquer coisa — digo.

— Sim, mas ela estava tentando te dizer algo. Isso pode ser importante, Callum. Pode ser algo que apenas você e a senhorita Malestrom saberiam? Alguém que os dois conhecem? — sugere. — Há alguém cujo nome soe similar?

Lucia e eu viemos todo o caminho nos perguntando a mesma coisa.

— Gregory Graves, que é um estagiário da minha empresa, e meu parceiro de negócios, Grant Richardson.

— Agora estamos chegando a algum lugar. A senhorita Malestrom disse mais alguma coisa?

— Não. Ela começou a ter uma convulsão e fizemos a massagem cardíaca.

— *Okay*. Você tem alguma razão para acreditar que tanto o senhor Graves quanto o senhor Richardson teriam motivo para encontrar a senhorita Malestrom no bar naquela noite?

— Gregory costumava sair com Jodi até poucas semanas atrás, creio eu. E quanto ao Grant, não acredito que ele tivesse nenhuma razão de encontrá-la.

— Oh — Lucia diz, inclinando-se para frente e soltando minha mão. — Graves veio até o restaurante hoje. — Ela me encara com os olhos arregalados antes de se virar para o detetive. — Deve ter sido por volta das sete da noite. Ele queria fazer uma reserva para o fim de semana.

— Ele já havia ido ao restaurante antes? — o detetive questiona.

— Sim, uma vez. Ele esteve no evento que Callum e Grant fizeram para comemorar o início de um novo projeto.

DESEJO

— Sim, foi há umas sete semanas — adiciono.

— Lucia, o senhor Graves parecia estar agindo com normalidade?

— Ele sempre foi um pouco… estranho…

— Ele é bastante intenso. Muito focado, pode-se dizer.

— E ele parecia estar assim hoje à noite? — repete sua dúvida para ela.

— Ele parecia estar no auge. Quase animado. Achei que fosse sobre sabe-se lá o que ele queria comemorar.

— Certo — comenta, conferindo as anotações que fez. A porta se abre e um homem que ainda não tínhamos visto entra, segurando um *notebook*. Ele acena para nós dois antes de colocar o computador na mesa em frente ao detetive Lawrence.

— Acho que você precisa ver isso. Imagens do bar — o outro policial diz.

Observo seus rostos enquanto estudam a tela, que infelizmente está contrária a nós. Viro-me para Lucia.

— Você está bem? — Levanto a mão e gentilmente afasto uma mecha de cabelo em sua têmpora. Ela se inclina para o meu toque e fecha os olhos. Quando minha mão chega ao seu ombro, puxo-a de lado e ela apoia a cabeça no vão do meu pescoço.

O detetive desvia o olhar do computador e se vira em minha direção.

— Callum, você está disposto a nos dizer quem é o homem que se encontrou com a senhorita Malestrom hoje à noite?

— Claro. Qualquer coisa que possa ajudar — respondo, sem hesitar.

Ele vira o *laptop* para nós e o outro policial se inclina para apertar a tecla *play*.

— Ai, meu Deus! — Lucia sussurra, horrorizada, ao observar a tela e ver o homem que se encontrou com Jodi no bar.

— Jesus — cuspo, ficando de pé na cadeira e caminhando para a parede mais afastada do escritório. Passo os dedos pelo cabelo, perguntando-me como essa merda pôde piorar.

Para mim, para a empresa… e agora para Grant, que está, claro como o dia, sentado à mesa com Jodi. Eles estiveram juntos hoje à noite.

E pela data e horário no vídeo, apenas uma hora antes de ela me ligar. Merda.

CAPÍTULO 25

Lucia e eu chegamos em casa depois das três da manhã e, por mais que tenhamos tentado, não conseguimos dormir. Em vez disso, ficamos na cama conversando, nos tocando e aproveitando a proximidade que nós dois perdemos nos dias em que ficamos separados.

Às nove da manhã, meu telefone vibra na mesinha de cabeceira e o nome de Grant surge na tela.

— Diga que você está doente — Lucia geme ao meu lado.

— Alô? — respondo, meio grogue. Duas noites dormindo muito pouco estão começando a cobrar seu preço.

— Estou batendo na sua porta há cinco minutos. Deixe-me entrar — exige.

— É só entrar, você tem a chave — retruco.

— Não quando a polícia veio me buscar hoje de manhã e sua chave está no meu apartamento.

Suspiro com o pensamento de deixar o calor da minha cama, mas rolo para fora do mesmo jeito.

— Já chego aí — respondo, antes de desligar.

— Quem era? — Luce sussurra.

— Grant. Ele está aqui na porta. — Seus olhos se arregalam e estico o braço para esfregar seu ombro nu. — Ele esteve com a polícia, então quero descobrir exatamente o que aconteceu. Pode voltar a dormir se quiser. — Inclinando-me, beijo sua têmpora e sua mandíbula. Ela levanta o queixo e

DESEJO 209

nossos lábios se encontram em um beijo lento e preguiçoso. — É melhor eu abrir a porta para ele — murmuro, contra seus lábios.

— É melhor mesmo — responde, com a voz rouca.

— Sim… — Beijo-a mais uma vez antes de me afastar da cama e descer em direção à porta da frente.

Paro um momento antes de abrir, respirando fundo antes de encarar meu melhor amigo.

— Você está horrível — digo, com o cenho franzido. Seu cabelo está despenteado e seus olhos estão cansados e injetados, enquanto passa a mão pelo rosto inexpressivo.

— Eu me sinto horrível. — Ele passa por mim e vai para a cozinha. No momento em que fecho a porta e o sigo, ele já está ligando a cafeteira e colocando duas xícaras.

Ele se vira e apoia as mãos no balcão, descansando o peso para frente e abaixando a cabeça. Observando-o, é nítido a postura derrotada e a aparência desgrenhada.

Sento-me em um banquinho à sua frente e espero que fale. Sei que vai me explicar tudo, mas ele precisa fazer isso. Não vou arrancar nada dele.

— Essa merda é fodida, Cal — solta, rude. — Tão fodida…

— O que aconteceu com os policiais?

Sua cabeça se levanta e seu corpo fica tenso.

— Ah, não, porra. *Não* me olhe desse jeito. Você me *conhece*, Cal. Sabe que eu não teria nada a ver com essa merda de drogá-la. Gosto de mulheres, é claro. Gosto que estejam dispostas, com certeza. Eu não *preciso* dar a porra de uma droga para elas e, definitivamente, não deixaria uma mulher em um bar sozinha, a menos que ela estivesse segura.

— Então me diga o que aconteceu — retruco com brusquidão. — Porque depois de dizer ao detetive que você não teria motivos para se associar com a Jodi, tive que engolir as palavras quando mostraram meu melhor amigo se encontrando com ela antes de a mulher morrer *na porra dos meus braços!* — Minha voz está tensa, minha raiva pulsando em cada palavra.

Ele fica de pé e endireita os ombros.

— Você resolveu suas merdas e estava finalmente de volta nos trilhos; com o trabalho, com Lucia, com tudo. Achei que tinha que me meter e resolver as coisas com a Jodi. Descobrir o que ela tinha a dizer e por que estava tão desesperada para falar com você. Ela disse que ia encontrar alguém no Georgio's e sugeriu que nos víssemos antes.

Fico surpreso com suas palavras.

— Você estava tentando tirá-la da minha cola?

— Claro. Quando você vai colocar nessa cabeça que eu sempre vou estar do seu lado?

Isso me faz sentir um babaca, mas antes que eu possa responder, uma Luce sonolenta, embora capaz de tirar o fôlego, desce as escadas. Ela vem na minha direção e se senta na banqueta ao meu lado. No entanto, seus olhos estão travados em Grant.

— Oi — diz, suavemente. — Noite ruim?

— Dá para dizer que sim — diz, com um sorrisinho que não chega aos seus olhos.

— O que você falou para a polícia? — interrompo os dois.

— Exatamente o que acabei de te dizer. Fui me encontrar com ela. Tomamos um drinque. Assim que terminei o que tinha para dizer, eu saí.

— Então quem a drogou?

Seus olhos voltam para os meus.

— Graves. — Sua voz está fria, monótona e mortal.

— Merda — murmuro e aperto o braço ao redor da cintura da Luce. — Como você sabe?

— O barman disse que chegou ao bar uns dez minutos depois que saí. Ele comprou um drinque para ela, ambos trocaram algumas palavras e pareceram ter uma briga antes de ele sair, deixando-a lá. — Sacode a cabeça em descrença. — Ele só a deixou lá, porra.

— E a polícia está com ele?

— Emitiram um alerta geral. Os policiais me disseram que ele foi ao restaurante na noite passada. Ele a tratou bem? — pergunta para Lucia.

— Ele não fez nada; só parecia empolgado, algo não estava certo, sabe?

Grant concorda e se vira para servir o café.

— Quer uma xícara, Lucia?

— Sim, por favor.

Ele traz todas as três xícaras para o balcão na nossa frente e aceno com a cabeça em direção à sala de estar, sabendo que será mais confortável. Quando estamos todos acomodados, estou prestes a perguntar a ele o que mais quiseram saber quando Grant se adianta:

— Tem mais, Cal, e você não vai gostar — avisa, antes de explicar: — Foda-se, não consigo acreditar que ela morreu. Estávamos conversando na noite passada. Ela estava viva, respirando e... merda.

DESEJO

— Ela disse por que estava tentando entrar em contato com Cal? — Luce pergunta, ao meu lado.

— Ela estava preocupada. Parece que o Graves lhe deu um mau pressentimento e, depois daquele jantar que ela foi com ele, disse que ele começou a agir de forma estranha.

— O que você quer dizer com *estranha*?

— Ele passou de um cara que queria ficar com ela e parecia interessado de verdade, a alguém frio e distraído.

— Mas não significa nada. — Passo a mão pelo rosto, tentando entender tudo o que Grant está me dizendo.

— A outra coisa é que ela nunca falou para Carmen sobre você. Ela não deu aquela entrevista, por mais que Carmen tenha pressionado. Disse que, a princípio, estava tentando te dizer isso. Depois Graves continuou perguntando a seu respeito. Ele queria saber por que ela dormiu com você... desculpe, Luce.

— Ei, foi antes de mim. Ela não teve chance depois que atraí Cal com meus encantos femininos — responde.

Engasgo com o café e olho para ela com incredulidade.

— E me atraiu mesmo — pondero, notando que seus olhos estão quentes e brilhando com diversão.

— Enfim — Grant diz, pigarreando. — Ela está... estava... preocupada com a fixação dele com você. Em seguida, quando ela foi ao escritório e fez aquela cena, ele a ameaçou para manter a boca fechada e deixar você em paz. Disse que você mandou que ele a tirasse de lá e depois a jogasse na rua, ainda garantiu que faria bem pior se a visse novamente.

— Então, se isso for verdade, por que ela me ligou na noite passada? Por que subitamente sou parte disso? — questiono.

— Contei para a polícia sobre os bilhetes, a forma como Graves sempre ficava ansioso para trabalhar com você e, surpreendentemente, perguntaram se ele tinha acesso a arquivos pessoais, plantas dos prédios etc.

Nego com a cabeça.

— Sinto que estou deixando passar alguma coisa.

— Eu também, mas eles estão investigando por mais do que a morte de Jodi.

— O quê?

— Isso é tudo o que eles me disseram. Mas, a partir de agora, ele não trabalha mais para nós.

— Não brinca, Sherlock? — respondo, e os olhos de Grant saltam para mim quando Lucia dá uma risadinha.

— Você disse isso mesmo? — ele pergunta.

— Ouviu as palavras que saíram da minha boca? — devolvo.

Ele se vira para Lucia.

— Você, minha querida, é a melhor coisa que aconteceu a esse homem.

— Continuo dizendo isso a ela — respondo, secamente.

— O detetive vai te ligar ainda hoje de manhã quando tiverem mais informações, mas ele me avisou que precisamos estar vigilantes. Não devemos nos envolver com Graves e ligar imediatamente se pensarmos em mais alguma coisa.

— Não estou encontrando a conexão. Não vejo como ela e Graves teriam se encontrado, em primeiro lugar, e por que daria atenção a ele.

— Você é a conexão, Cal. O coração dela estava envolvido quando se tratava de você — Luce pontua.

Meus olhos se arregalam.

— Mas nunca prometi nada mais do que ela recebeu.

— Sim, mas aí você girou cento e oitenta graus e conheceu Luce, e o resto é história — Grant comenta.

— Eu só me sinto triste por ela — Luce declara, quieta. — Ninguém merece morrer assim.

Entrelaço os dedos aos dela e dou um aperto suave.

— Não, não merece. Vou ligar para os pais dela hoje.

— Nós deveríamos ir vê-los — sugere, mais uma vez me chocando com sua compaixão.

— Parece bom, querida.

— Cal, se eu puder tomar um banho e roubar um terno, podemos ir juntos para o escritório — Grant diz.

— Sim, claro. Pegue qualquer coisa do meu armário.

Ele assente e fica de pé, colocando a xícara no balcão da cozinha e desaparecendo no andar de cima.

Viro-me para Lucia, e me inclino para beijá-la suavemente.

— Quer ficar aqui hoje? — Passando os braços por sua cintura, puxo-a para perto.

— Preciso ir para casa, começar a organizar minhas coisas para a mudança e entrar em contato com o meu senhorio. Também devia ligar para Gino e dizer a ele o que está acontecendo.

DESEJO

213

— Não quero que você trabalhe hoje. Se Graves for responsável pela morte da Jodi, eu me sentiria melhor se você ficasse aqui comigo.

Ela concorda com a cabeça, esticando-se e passando os dedos pela lateral da minha cabeça.

— Você está bem hoje? — indaga, inclinando o queixo.

Descanso a testa contra a sua.

— Foi apenas um choque.

— É. Não consigo acreditar que ela morreu. — Apoia-se em mim, deixando as mãos em meu peito. — Está preocupado com o Graves?

— Vamos cancelar o cartão de entrada dele e informar à segurança quando chegarmos ao escritório. Só espero que ele seja encontrado logo — respondo.

— Aí poderemos focar em outras coisas — devolve.

— Coisas melhores — adiciono.

Dou um último beijo antes de me levantar e puxá-la comigo.

— Precisamos nos arrumar. Vou me sentir melhor se vier conosco e usar o serviço de automóveis hoje.

— Tudo bem.

E foi o que fizemos; ficamos prontos juntos, depois Lucia deixou Grant e eu no escritório e partiu em direção ao seu apartamento.

Lá pelas dez da manhã, houve uma batida na porta do meu escritório.

— Senhor Alexander, o detetive Lawrence está aqui para falar com você.

— Mande-o entrar. Obrigado, Annie.

Ela acena e se afasta, o detetive aparecendo com dois oficiais uniformizados atrás dele.

— Callum, obrigado por me receber sem aviso prévio.

— É claro — respondo, indicando a cadeira na frente da minha mesa.

— Queríamos manter você informado sobre os desdobramentos do caso. Em primeiro lugar, dois policiais estão na sua recepção. Temos um mandado para revistar a mesa e a estação de trabalho de Gregory Graves.

— Vão em frente — digo, sem hesitar.

— Tentaremos não causar muitos transtornos — adiciona e em seguida olha para os policiais, acenando para que sigam em frente. Voltando a atenção para mim, continua: — Segundo, procuramos no apartamento do senhor Graves algumas horas atrás e acredito que você precisa saber o que descobrimos.

Suas palavras me deixam no limite e encontro-me automaticamente inclinado para frente, ansioso.

214 *rj harvey*

— Pelo que descobrimos, sentimos que o senhor Graves se tornou de alguma forma obcecado por você. Ele tinha cópias de inúmeros artigos de jornal e fotos, plantas de construção e correspondências sobre o atual projeto do museu na orla.

Meus olhos se arregalam, minha mão se levantando para esfregar a boca e o queixo enquanto minha respiração engata. Subitamente, enquanto suas palavras passam por minha cabeça, as coisas estalam.

— Conheci Gregory em um evento de alunos. Ele me abordou e disse que sua turma estava estudando meu trabalho e falou sobre a *Spera House*, em Boston, e perguntou sobre a possibilidade de se inscrever para o programa de estágio.

— Ele sabia o que dizer e quando dizer?

— Sim — respondo, resignado.

— Achamos que ele era um fã seu já há algum tempo, mas, recentemente, algo transformou sua admiração em fixação, e agora acreditamos que ele está determinado em punir você. Pelo quê, não sabemos ainda. Esperamos que você possa nos dar alguma luz.

— Eu, honestamente, não faço ideia. Ele andou trabalhando bem para nós. Exceto pelas recentes revelações que tanto você quanto Grant me disseram hoje de manhã, ele é muito habilidoso, esforçado e se dispõe a trabalhar além do horário quando precisa, além de parecer entusiasmado em ajudar.

O detetive se recosta na cadeira e cruza as pernas, erguendo uma sobrancelha para mim.

— Entusiasmado?

— Muito. Na verdade… agora que estou pensando nisso, ele estava tentando me mostrar as plantas de um projeto da faculdade. Estava bem determinado, na verdade. Infelizmente, tive que cancelar todas as vezes por uma razão ou por outra.

— Na noite do seu evento no restaurante Santorino's, o senhor Graves estava mesmo fora de si?

— Não que eu saiba. O fato de ele ter levado Jodi como acompanhante naquela noite *foi* surpreendente.

— E por quê? — questiona.

— Porque conheço Jodi… — Olho por cima do seu ombro quando meu peito se aperta. — Desculpe-me, eu a conhecia. E ela não parecia gostar do tipo dele.

DESEJO

215

— E qual era o tipo dela?

— Para ser honesto? O meu tipo. Ela era uma alpinista social. Procurava profissionais, em forma, bem-sucedidos. Quanto maior a notoriedade, melhor.

— Você acha que por não ter você, ela se *contentou* com Gregory Graves?

— A Jodi que eu conheci nunca se contentaria por nada nem ninguém. Continuaria no caminho em que se colocou até alcançar o desejado objetivo final: um marido rico. Um estudante se formando, que trabalhava na minha empresa, não se encaixa nessa categoria.

— Concordo. — Ele acena. — Por último, preciso perguntar sobre a investigação do colapso no canteiro de obras à beira-mar.

— Sim… — digo, com cautela.

— Acreditamos que o senhor Graves esteve envolvido de alguma forma ou, pelo menos, tinha um grande interesse no local. Alguma coisa que ele disse ou fez desde que o acidente aconteceu pode fazer você acreditar ou suspeitar de que ele pode ser responsável?

Todo o ar dos meus pulmões desaparece quando suas palavras me atingem. Vidas perdidas por causa de quê? Uma fixação doentia de um homem? Obsessão? Vingança?

— Merda. — Fico de pé e caminho até a janela, subconscientemente olhando em direção à baía e para o canteiro de obras ainda vazio. — Nós perdemos algumas plantas durante um dia, talvez mais, depois do acidente. O OHSA as queria para comparar com a cópia do gerente de construção e não conseguimos encontrar. — Eu me chuto mentalmente; Grant e eu nem nos questionamos na época.

Viro-me para encarar o detetive Lawrence mais uma vez.

— É uma possibilidade clara. Ele estava no meu escritório quando descobrimos sobre o acidente. Tivemos uma situação com Jodi lá embaixo; ela estava tentando entrar para me ver, mas a segurança havia sido avisada para não a deixar passar, ou qualquer membro da imprensa, pelo saguão. Ele se ofereceu para ir lá acalmá-la. Então hoje Grant me disse que ele a ameaçou, disse que pedi que ele a colocasse para fora. Puta merda!

— Isso corrobora com o que o senhor Richardson nos disse durante o interrogatório e preenche alguns espaços — diz. — Ele ficou no escritório a manhã toda?

— Não sei. Ele sempre nos diz quando virá ao escritório e quando tem aulas. Minha assistente poderia dizer se ele estava aqui naquela manhã.

— *Okay*. Vou perguntar a ela rapidamente.

Ando de volta para a mesa e afundo na cadeira, descansando o cotovelo em um dos joelhos, segurando a nuca. Olhando para ele novamente, pergunto:

— O que sabemos?

— Acreditamos que você possa estar em perigo com o senhor Graves. Não conseguimos localizá-lo. Seu carro e telefone foram deixados no apartamento e sua família não teve notícias dele desde ontem de manhã. Rastreamos seus movimentos do escritório ontem até o apartamento na noite passada, em seguida para o restaurante da senhorita Harding e de lá para o Georgio's Bar. Não temos imagens dele colocando nada na bebida da senhorita Malestrom, mas acreditamos que ele a drogou e depois ela saiu para pegar um ar e te ligou.

— Jesus — cuspo, minha mente enevoada enquanto tento processar tudo que o detetive me disse. — Lucia? Ela está no apartamento dela e vai para a minha casa mais tarde. Ela está segura? Preciso levá-la para algum lugar?

Ele morde os lábios e sacode a cabeça.

— Não temos motivos para acreditar que a senhorita Harding seja um alvo. Tudo o que encontramos está focado em você. Há várias outras matérias escritas pela senhorita Carmen Dallas e encontramos evidências por e-mail entre o senhor Graves e outro endereço anônimo também, estamos trabalhando para traçar o dono agora mesmo. Esperamos que uma busca em sua mesa e computador nos dará mais para seguir. — Ele pausa e inclina a cabeça, estudando-me por um momento. — Pensando bem, eu provavelmente recomendo que entre em contato com sua namorada e peça que fique atenta hoje. Talvez ela não deva ficar sozinha até encontrarmos o senhor Graves.

Então, aquela sensação de mau presságio retorna dez vezes pior só de pensar em Graves chegar perto de Lucia, especialmente se ele vir isso como uma forma de chegar a mim.

— Vou ligar para ela. Vou ligar agora mesmo.

DESEJO

CAPÍTULO 26

— Vou verificar com os policiais que estão conduzindo a busca — detetive Lawrence diz, ficando de pé.

Assinto, medo me sufocando enquanto pego o telefone da mesa e ligo para o celular de Lucia.

— Alô! — ela atende, após alguns toques.

— Ei, é o Cal — respondo, com um suspiro enorme de alívio.

— Só faz algumas horas, Cal. Certamente não dá para ter acontecido algo. — Minha risada de resposta é superficial, nada normal, e ela percebe bem na hora. — Cal, o que há de errado?

— Você está no seu apartamento?

— Sim, estou colocando umas roupas na mala, depois ia ligar para o restaurante para falar com o Gino e ir para casa.

Casa.

— Não quero que você fique sozinha. Até a polícia encontrar Graves, precisamos estar mais do que vigilantes. Ele não está com a mente no lugar certo agora e está ficando desesperado. O que quer que esteja passando pela cabeça dele não é racional e eles acham que ele pode ir atrás de você para chegar até mim. Você pode ficar com o Gino? — Só de pensar em Graves ficar perto de Lucia o meu sangue gela.

— Por quê, Cal? O que aconteceu? — Seu tom diminui para um sussurro.

— O detetive que investiga o Graves estava aqui comigo. Estão procurando na mesa dele e no escritório. Acham que ele drogou a Jodi e a deixou sozinha. Não o encontraram e, quando foram procurar no seu apartamento, havia algumas... coisas sobre mim.

— Sobre você? — indaga, com a voz firme.

— Explico mais tarde, porém preciso saber que você está segura.

— Eu estarei, Cal. Já passamos por tanto para que algo nos detenha agora — diz, suavemente. Sua voz está decidida, palavras definitivas, ainda que falhe em esconder um leve tremor em seu tom. Ela está com medo, e tudo que quero fazer é garantir que tudo vai ficar bem.

— Vão encontrá-lo, Luce.

— Vão encontrá-lo. E aí poderemos seguir em frente — responde, sempre esperançosa.

— Você me liga quando chegar ao restaurante? — pergunto.

— Claro. E fique em segurança, Callum Alexander. Tenho vários planos para você e todos incluem que venha para casa comigo.

Dessa vez, eu rio e faço isso de verdade.

— Não gostaria de frustrar os seus *planos*.

— Não, definitivamente não. — Dá para dizer que ela está rindo, o que anima meu coração pesado.

— Tchau, Lucia.

— Tchauzinho, Cal. Amo você.

— Também te amo — respondo, antes de finalizar a chamada.

Exceto pelo detetive que entrou no meu escritório para dizer que finalizaram a busca e que entrariam em contato, o resto do dia foi vazio. Annie pediu almoço para mim e Grant e, às quatro da tarde, mandamos um e-mail para toda a empresa explicando que Gregory Graves foi demitido da empresa e seria considerado um invasor se fosse visto no prédio.

Pouco antes das seis, Annie entra e deixa uma pilha de papéis em que estava trabalhando.

— Obrigado, Annie. — Olho para ela ao dizer, encontrando um sorriso morno. — Tudo bem?

— Vão encontrá-lo, não vão? — pergunta, baixinho.

— Sim, vão. Quer que alguém vá com você até seu carro?

Ela respira com alívio, seus ombros relaxando assim que faço a oferta.

— Acho que sim. Parece que não consigo relaxar hoje.

— Annie, Graves não ganha nada ao colocar você como alvo. Mas se puder me dar um minuto, vou levá-la até o estacionamento.

— Eu faço isso — Grant anuncia, aparecendo na minha porta.

DESEJO

Recosto-me em minha cadeira e me viro em sua direção, alternando o olhar entre os dois. Os olhos de Annie encaram Grant, sonhadores, a fantasia do cavaleiro de armadura vindo ao seu resgate.

— Seria ótimo. Obrigada, senhor Richardson.

— Um dia você vai ceder e me chamar de Grant — brinca, mas sei que é só pose. Ele estava nervoso o dia inteiro, o corpo tenso, como se estivesse esperando que algo ruim acontecesse a qualquer momento. Lidar tanto com a dele, assim como com a minha própria apreensão, fez o dia passar lentamente.

— Nunca — responde, altiva, nos fazendo rir. Então, ela diz para mim: — Nós nos vemos amanhã.

— Tenha uma boa-noite, Annie — respondo, e aceno para Grant enquanto ele se afasta um pouco para deixá-la passar.

— Volto em breve e sairemos juntos daqui? — questiona. As brincadeiras e provocações somem, preocupação assumindo o lugar.

— Vejo você em breve — respondo, observando-os saírem.

Fico de pé e estico as pernas, caminhando para observar o pôr-do-sol de tirar o fôlego pintado como pano de fundo da Ponte Golden Gate. Pontos vermelhos, laranja e rosa fazem contraste no azul-acinzentado que avança pela noite, decorando a paisagem que tem sido uma inspiração para mim em toda minha carreira.

Ouço a porta da escadaria se abrir e fechar na recepção, o som ecoando pelo escritório agora vazio. Dou mais uma olhada na bela cidade e giro, esperando ver um Grant ofegante por subir as escadas correndo, mas meu sorriso se desfaz tão rápido quanto apareceu quando me vejo cara a cara com Gregory Graves, apontando uma pistola preta para o meio do meu peito.

Como ele entrou no prédio? Onde está a segurança?

— Gregory...

— Você é um homem difícil de pegar sozinho, senhor Alexander — afirma, sua voz desafiadora e objetiva.

Embora meu corpo tenha ido para o modo de combate, no fundo da minha mente eu tenho consciência da necessidade de acalmá-lo até conseguir chamar ajuda.

— Gregory, vamos nos sentar e conversar.

Ele inclina a cabeça e me observa, seus olhos hiperativos e disparando entre mim e a janela.

— Sente-se em sua mesa, *senhor* Alexander. Tenho uma história para contar. — Em seguida, o canto de seus lábios se curva em um sorriso de escárnio e perco a batalha contra o calafrio que percorre todo meu corpo.

Estou totalmente ciente de que se chegarmos a um embate físico, eu sairia vitorioso. O que muda o jogo nessa situação é a arma em sua mão.

Decidindo fazer o que ele diz, caminho lentamente para minha cadeira e me sento para encará-lo.

Ele parece cansado; seus olhos azuis estão injetados de sangue, sua pele pálida em contraste com as sardas bronzeadas em sua bochecha e o cabelo oleoso, despenteado e desordenado. Sua camisa de botões branca está aberta em cima, puxada para fora de sua calça social preta que presumo serem as mesmas roupas que ele usou ontem.

Se alguma vez houve um homem no seu limite – algo que tive *certa* experiência recente –, Graves seria um belo exemplo.

Seus dedos se contorcem em volta do gatilho da arma, a mão tremendo enquanto ele balança a arma.

— Achei que você fosse tudo que eu queria ser — começa a dizer.

— Gregory, eu...

Sua voz fria e insensível me interrompe

— A sua vez de falar foi meses atrás. Quando você perdeu a entrevista de estágio, quando cancelou nossa primeira reunião, e a segunda... você *teve* a sua chance, Callum... — diz meu nome com grunhido, a arma em sua mão chamando minha atenção a cada puxão que ele dá. Um movimento errado e tudo pelo que trabalhei, tanto pessoal quanto profissionalmente, pode desaparecer em um instante.

— Quero ver suas plantas. Você é um arquiteto muito talentoso. Grant e eu estávamos falando outro dia sobre oferecer uma vaga a você quando se formar — digo.

— Ah, aposto que estavam falando sobre mim. Estavam se sentindo ameaçados por mim.

As palavras que quero dizer ficam presas na garganta.

Vá com calma, Alexander.

— Na noite em que o conheci, você estava tão enigmático. Caminhava pelo evento como se fosse o dono de tudo e todo mundo lá dentro estivesse à sua disposição. Seu terno foi feito com perfeição, seu sorriso fazia todas as mulheres comerem na palma da sua mão e a universidade estava anunciando você como o próximo pioneiro na arquitetura moderna. O que mais havia para admirar, né?

Estou incerto do que dizer sobre isso – mesmo se contar a ele quão

DESEJO

errado realmente está ao meu respeito. Ele continua:

— Observei você a noite inteira, esperei pela oportunidade de me apresentar. Sabia que acompanhei seu trabalho por *muito* tempo? Eu me esforcei pra caramba para estar em uma posição onde pudesse me candidatar para o estágio e ficar perto o suficiente para trabalhar com você. — Ele me encara, os olhos alternando entre meu rosto e a arma. — Naquela noite, *naquela noite*, eu falei primeiro com o Grant. Ele me disse que você não era quem eles pensavam que fosse. Vocês trabalham juntos, em parceria, mas você é o rosto da empresa. O garoto de ouro. Em um espaço de poucos minutos, ele desfez tudo que construí para você.

Minha cabeça chicoteia para trás, perguntando em que circunstâncias Grant diria algo assim, mas, antes que eu possa dizer algo, Graves começa a se mover para frente e para trás e começa a discursar. Vendo a oportunidade e aproveitando, movo as mãos para o lado na mesa até meu telefone, discretamente destravando a tela e discando para a emergência, rapidamente virando o aparelho para baixo. Quando sua cabeça se vira para mim, a ligação está ativa, mas minhas mãos estão sobre a mesa de madeira à minha frente.

— Eu queria te derrubar. Queria tomar seu lugar, me tornar o novo *você*. Mas nada que eu fiz te tirou do pedestal em que se colocou...

— Nunca me coloquei lá, Gregory — interrompo, de maneira imprudente.

Ele se vira e vem na minha direção, parando ao meu lado, o metal da arma afundando na minha têmpora enquanto ele se inclina para falar no meu ouvido.

Meu coração acelera no peito, a ameaça à minha mortalidade agora como uma possibilidade bem real. Qualquer vantagem que pensei que poderia ter sobre ele desaparece naquele instante.

— Você sente isso, Callum? O medo gelando suas veias? Um movimento e sua vida acabaria. Sem prêmios, sem prédios, nada, só a escuridão. Escuridão *sem fim*.

Abro a boca para dizer algo, mas mantenho-a fechada quando vejo o rosto de Grant nas escadas ao lado do elevador. Ele acena para mim, mas depois desaparece de vista.

— O que você está procurando, Callum? Ninguém virá te salvar. Estive aqui por horas, escondendo-me, esperando, passando meu tempo até que estivesse sozinho e pronto para mim.

— Gregory, que tal você abaixar a arma? Podemos conversar. Eu tenho tempo agora. Vamos conversar.

— Conversar? Você quer conversar *agora?* — grita, seu peito arfando.

— Por que eu? — questiono, incapaz de me parar.

— Porque você é uma miragem do que o mundo ao seu redor acredita que você seja.

— Eu era, mas não sou agora.

— É para mim. Não é mais o maravilhoso Callum Alexander. Eu me certifiquei disso.

— O que você fez? — indago, esperando que o atendente da emergência ainda esteja na linha. Pode ser um movimento amador, mas se eu conseguir que Gregory continue falando, talvez ele se distraia o suficiente para abaixar a arma e me dê a oportunidade de recuperar um pouco da vantagem que perdi.

— A reclamação para o conselho foi o mais fácil. Muito, muito fácil — começa, endireitando a postura e dando a volta na mesa de novo. — Mas eles descartaram como se não fosse nada. Então segui em frente e conheci a cativante Jodi. Tão receptiva aquela lá. Envolveu-se tanto no maravilhoso movimento Callum Alexander que não conseguia se libertar. — Ele leva a arma para a cabeça e bate o cano em sua têmpora despreocupadamente, alheio a qualquer perigo que possa haver no ato.

— Você a matou — digo a ele, mas seu sorriso de resposta me dá calafrios. Meu sangue corre frio enquanto ele abaixa a arma para o lado e se inclina sobre a mesa.

— Ela estava no caminho. Era uma responsabilidade com a qual eu não conseguia mais lidar. Serviu a um propósito. Ofereça champanhe e ela canta como um canário. Entrou em detalhes gráficos sobre seus *encontros*, mas quando ela não quis falar com a minha irmã, Carmen, diretamente, tive que passar as coisas por mim mesmo. Carmen estava nas nuvens. Já queria te expor há algum tempo.

Fico boquiaberto assim que a bomba que ele joga sem querer cai. Carmen Dallas é sua irmã. Subitamente, todas as novas matérias, as informações que ela trouxe, mas que de jeito nenhum deveria ter acesso, tudo faz sentido. Foi tudo por causa do Graves.

Olho para ele, procurando por qualquer sinal de que ele está oscilando, mas meu coração aperta quando não vejo nenhum.

— E quanto ao desabamento do edifício? Dois homens *morreram*, Gregory.

— E o sangue deles está em *suas* mãos, Callum. Suas ações me forçaram a fazer isso.

DESEJO

— Minhas ações? — questiono, involuntariamente.

E de novo, ele caminha até mim, pontuando cada palavra com a arma.

— *Você* não estava na entrevista de estágio. *Você* continuou me largando com Grant ou um dos outros arquitetos. Você acha que é importante demais para olhar os meus *designs*. Sabe o que eu acho? Acho que você sabe... você *sabe*... que sou melhor que você. Mais talentoso. Mais inovador. Mas logo tudo acabará, Callum.

— O que você quer dizer? — Minha mente começa a correr com o pensamento de que ele pode ter mais coisas planejadas sobre as quais ainda não temos conhecimento.

— Você vai morrer hoje. Vou apertar esse gatilho... — Observo, com um medo mórbido, enquanto ele passa os dedos pela curva da arma. — Em seguida, vou reivindicar o seu trono e a bela Lucia enquanto estiver nele. — Ele começa a rir e se vira para a janela.

Com a menção de Lucia, só vejo vermelho. No momento que ele me dá as costas, vejo minha oportunidade e me jogo. Pulando da cadeira, derrubo-o após uma corrida, ficando em cima do seu corpo com um baque estridente assim que ele atinge o chão. Nós dois nos digladiamos pela arma, Graves tentando torcer o cano para o meu peito enquanto tento apontar para o chão ou o teto.

Seu rosto fica vermelho enquanto continuamos a lutar, o impulso passando por nós dois até que finalmente tomo a vantagem e coloco seus braços para a esquerda, ganhando tempo para afastar meu punho direito e esmagar em sua mandíbula. A arma cai no chão, um baque audível me alertando.

Então sou empurrado para o lado, afastado, subitamente consciente de múltiplos passos correndo para nós. Colocando-me sentado, vejo Graves ser colocado de bruços, seus braços rudemente torcidos às costas. O detetive Lawrence paira sobre ele, prendendo os punhos com um par de algemas de metal que ele tira do cinto.

Movendo-se, ele espera enquanto dois policiais passam os braços pelos de Graves e o colocam de pé.

— Gregory Michael Graves, você está preso pelo assassinato de Jodi Malestrom. Qualquer coisa que disser pode ser usada contra você no tribunal...

O detetive continua a ler os direitos para Graves, mas, precisando de espaço, saio do escritório e vou para o saguão, deparando-me com a visão de vários policiais circulando, alguns no uniforme completo da SWAT e outros com coletes de proteção.

Grant se inclina contra a mesa de recepção, seu corpo tenso com preocupação. Caminho até ele, envolvendo-o em um abraço e cedendo no momento que seus braços circulam meus ombros.

— Estou feliz de ver você sair de lá — diz, baixinho, sua voz rouca com emoção.

— Estou feliz de conseguir fazer isso — respondo. Solto os braços e dou um passo para trás.

— Lucia está lá embaixo. Eu... — Ele para no meio da frase, porque assim que as palavras saem de sua boca estou correndo para as escadas. Desço dois degraus por vez até chegar ao térreo, em seguida saio com tudo pela porta e fico parado. Suas pernas estão sobre a cadeira, os joelhos no peito, o cabelo cobrindo o rosto enquanto se senta e espera por notícias.

— Luce... — chamo, a voz rouca, observando sua cabeça levantar e seus olhos travarem nos meus.

Em seguida, sem aviso, ela se lança para fora do assento e corre a toda velocidade para mim, pulando em meus braços e esmagando a boca na minha. Suas pernas enlaçam minha cintura na mesma hora e eu tropeço para trás antes de me endireitar. Com uma mão segurando sua bunda e a outra enrolada em seu cabelo, inclino sua cabeça e aprofundo nosso beijo. Colocamos tudo naquele beijo. Dou todas as emoções que experimentei na última hora – medo, choque, dor e terror. Em retorno, ela me dá tudo que sente agora – alívio, alegria, euforia e o amor enorme que temos um pelo outro.

— Acabou, querida — murmuro, contra a pele de seu pescoço.

Ela posiciona a mão na minha mandíbula e me traz de volta para os seus lábios.

— Agora nós seguimos em frente.

O impacto completo de tudo pelo qual passamos me atinge feito um trator. Assim como as belas sombras do pôr-do-sol de São Francisco, por toda a escuridão há sempre a promessa de um novo dia. Sabemos que o sol irá se pôr e nascer outra vez. Sabemos que sempre haverá um novo amanhecer.

Lucia é meu novo dia. Ela sempre será meu novo amanhecer.

— Não, Luce. Agora nós começamos.

DESEJO

EPÍLOGO

Como sempre acontece, minha mente começa a vagar assim que me sento na varanda, observando uma névoa de neblina encobrindo a baía.

Três meses se passaram desde que Graves foi preso. Ele agora está encarcerado na Penitenciária Estadual de San Quentin, esperando julgamento. Seu advogado está alegando insanidade, mas o promotor público está inabalável na decisão de prender Graves, furioso, não apenas pelo assassinato de Jodi, mas também pelos dois trabalhadores mortos na obra do museu.

A construção à beira-mar não será aberta oficialmente para o público por mais três meses, mas houve uma cerimônia oficial ontem para inaugurar a placa para os dois homens que morreram de forma tão trágica.

As famílias dos dois estavam presentes, meus pais e irmãos, os pais de Lucia, e Gino, que felizmente diminuiu sua aversão a mim, mas deixou bem claro que estava alerta comigo.

Lucia se mudou no fim de semana depois do ocorrido com Graves. Para um momento tão monumental na minha vida, parecia apenas uma progressão natural, se olhássemos para o futuro.

Grant ainda está em busca da próxima senhora Richardson e um desfile de mulheres foi julgado e testado em uma frequência na qual apenas meu amigo conseguiria se safar. Tendo me visitado várias vezes no escritório e vendo-o no que considerava seu "habitat natural", Lucia estava presa à ideia de que Annie era a mulher dos sonhos de Grant. Ela constantemente traz o assunto à tona com ele, mas Grant está em um profundo estado de negação em relação a qualquer conexão que ele possa ou não ter com nossa assistente.

Eu o pressionei sobre o que pode ter acontecido entre eles, mas o cara sempre encerra a conversa antes mesmo de começar, qualquer dica de suas brincadeiras frequentes desaparece com uma curta afirmativa:

— Desista, Cal. Ela é nossa funcionária. Eu nunca faria isso.

Desde que voltamos, nenhuma vez envolvi as mãos ao redor da garganta de Lucia. A compulsão por fazer isso tem sido inexistente desde a noite em que tudo deu errado. Não tenho mais esse desejo, nem nos colocaria em uma posição tão perigosa por causa disso.

Nosso relacionamento não vacilou por causa disso. De fato, nossa conexão está mais profunda e enraizada do que nunca, nosso amor continua a florescer e ficar mais forte a cada dia que passa.

Lucia me disse uma noite há alguns meses que não tinha medo de eu perder o controle daquele jeito de novo e sugeriu que ela estaria aberta a tentar mais uma vez, mas quando me recusei firmemente de até mesmo considerar a ideia, ela explicou:

— Foi uma fixação que nasceu do fascínio e curiosidade, Cal.

— Eu não deveria ter ficado curioso de fazer aquilo com você.

— E por que não? Todo mundo tem fantasias. Você não é o primeiro homem que quis experimentar, tentou e deu errado.

— Luce, eu quase a perdi. Essa é a única coisa que interessa — respondi, conciso.

— Pare de se martirizar. Eu não o impedi. Não queria impedi-lo. Estava tão a fim quanto você. Queria aquilo e queria com você. Não entendeu até agora?

Em seguida, ela colocou a mão na minha bochecha daquela forma que ama fazer, seus olhos brilhando com as lágrimas e senti algo mudar em meu peito. Eu sabia naquele momento que faria qualquer coisa por ela, inclusive seguir em frente em relação à culpa que ainda sinto. Incapaz de contemplar qualquer coisa que isso poderia significar no nosso futuro, puxei-a para que montasse meu colo e a beijei. Com força na primeira, depois recuando e indo devagar, nossas línguas rolando em golpes lânguidos. E nos sentamos lá pelo que se pareceram horas, apenas nos beijando sem qualquer preocupação com o mundo.

— Eu não preciso tentar de novo, Luce — disse, quando nos afastamos.

— Então não iremos — respondeu, e essa foi a última vez que mencionamos.

DESEJO

Ouvindo passos do lado de dentro, olho por cima do ombro e vejo Lucia vindo na minha direção, usando uma camisola *chemise* preta e um sorriso suave e sonolento. Ela parece um sonho erótico e dou um sorriso por ela saber precisamente o que farei com ela – em poucos instantes.

— Bom dia — diz, chegando ao meu lado. Passando as mãos pela minha mandíbula, ela levanta minha cabeça e abaixa a sua, deixando um beijo prolongado em meus lábios.

Dando a volta na mesa, ela acena para o jornal aberto em meu colo enquanto serve café para si mesma antes de se sentar.

— Algo interessante?

Sorrio e nego com a cabeça.

— Nada em particular.

— Que pena — murmura, enigmática, pegando um bagel e espalhando *cream cheese* nele.

Inclinando o rosto, ergo uma sobrancelha para ela.

— O que eu perdi? — indago.

Negando com a cabeça, um sorriso astuto surge em seus lábios enquanto ela morde o bagel. Seus olhos dançam com diversão.

— Continue lendo — fala, acenando para o papel.

— *Okay...* — respondo, suavemente. Voltando a atenção para lá, viro a página e paro ao ver uma foto enorme de Carmen Dallas na página cinco. Erguendo a cabeça, entrecerro os olhos para Luce, que está sorrindo abertamente para mim.

— Deixe-me ler para você — sussurra.

Dobrando ao meio, estendo para ela e reclino as costas para ouvir a história que a fez agir tão estranha.

— A posição da senhorita Carmen Dallas como repórter e colunista do *San Francisco Tribune* terminou, com efeito imediato. Inúmeras transgressões foram levadas para o editor-chefe, o que manchou a integridade jornalística de nossa publicação. Em particular, sua conexão com Gregory Graves, que está aguardando julgamento pelo assassinato de três pessoas e vários outros crimes, todos centrados no renomado arquiteto da cidade, Callum Alexander. A senhorita Dallas admitiu estar seguindo o senhor Alexander e sua parceira, continuamente assediando o casal, e caluniar seu caráter e reputação por razões nefastas. As alegações feitas contra ela foram repassadas para a polícia e estão sendo investigadas. Entramos em contato, mas a senhorita Dallas estava indisponível para comentários.

Abro a boca, em choque, mas a fecho, só para abrir em seguida na tentativa de dizer algo. No entanto, sinto-me completamente perdido nas palavras. Antes que eu consiga processar as informações, Luce larga o jornal na mesa e salta do assento, andando ao redor da mesa. Sem hesitar, sobe no meu colo, seus joelhos ladeando meus quadris enquanto envolve os braços em meu pescoço.

— Ela teve o que mereceu — sussurra, inclinando o corpo contra o meu e salpicando beijos pela minha mandíbula. — Ela precisava pagar pelo que fez. Para nós, para Jodi... para todo mundo.

— O que você fez, Luce?

— Lidei com ela, de mulher para mulher.

— Quero saber o que aconteceu?

— Provavelmente é melhor que você não saiba — murmura nos meus lábios.

— *Okay* — gemo, sua boca descendo pelo meu pescoço.

— Cal? — questiona, sua voz rouca com a excitação. Flexiono uma das mãos em seu quadril, a outra desliza por suas costelas e costas.

— Hmmm? — respondo, sem pensar, distraído pelo calor do seu corpo e a sensação de seus lábios quentes me provando.

Levantando a cabeça para me encarar, há um brilho em seus olhos, avisando-me que o que quer que ela esteja prestes a me dizer não será, no mínimo, insignificante. Ela corre as mãos pelos meus ombros e desce até meu coração.

Aproximando-se, suas mãos por cima do meu coração acelerado, os lábios descansando nos meus, fico perdido em Lucia por inteiro. Nossos olhos travam e ela desce a boca na minha, nossos lábios se tocando bem quando os dedos dela correm lentamente pelo meu peito e param.

— O que você quer, Cal? — Sua respiração está rápida e pesada, entregando quão excitada ela está.

— O que você quiser me dar — sussurro contra seus lábios.

Flexionando seus dedos, ela passa a língua pela abertura da minha boca e a mão em meu cabelo, puxando as mechas para conseguir minha atenção.

Ela me olha direto nos olhos, nariz contra nariz, os lábios curvados em um sorriso malicioso contra os meus. O que ela diz a seguir faz meu coração parar em meu peito:

— Só porque você não vai fazer comigo, não significa que não posso fazer com você.

FIM

DESEJO

AGRADECIMENTOS

Este livro foi um trabalho feito com amor por dois anos. Foi iniciado e abandonado tantas vezes que nem chega a ser engraçado. Ele me desafiou, me ergueu, me virou do avesso, mas era um livro que precisava ser finalizado porque a história de Callum e Lucia deveria ser contada.

Há muitas pessoas para agradecer por me ajudarem a terminar esse monstro, mas para nomear algumas: Lauren, Simone, Tami, Kate, Tarsh, Abbey, Kristy, Chelle, Skyla, Lila, Maleesha, Rachel, Jenny, Meagan e Jennifer.

E para todo mundo que já começou algo no qual acredita desesperadamente e pensou em desistir uma e outra vez: por favor, não desistam. Por favor, continue tentando e tentando até que não haja mais forças em você para tentar.

Então tente de novo.

bj harvey

SOBRE A AUTORA

BJ Harvey é autora best-seller do *USA Today* com a série *Bliss*. Ela também se considera alguém que vende obscenidades, conjura suspenses e adora pensar em títulos românticos e divertidos. Uma fã ávida de música, você sempre vai encontrá-la cantando muito mal algum *hit*, mas aproveitando cada minuto disso. Ela é esposa, mãe de duas lindas garotas e vem de onde considera ser o melhor país do mundo, a Nova Zelândia.

bjharveyauthor.com
facebook.com/bjharveyauthor
instagram.com/bjharvs
goodreads.com/author/show/6886702.B_J_Harvey

    A The Gift Box é uma editora brasileira, com publicações de autores nacionais e estrangeiros, que surgiu no mercado em janeiro de 2018. Nossos livros estão sempre entre os mais vendidos da Amazon e já receberam diversos destaques em blogs literários e na própria Amazon.

    Somos uma empresa jovem, cheia de energia e paixão pela literatura de romance e queremos incentivar cada vez mais a leitura e o crescimento de nossos autores e parceiros.

    Acompanhe a The Gift Box nas redes sociais para ficar por dentro de todas as novidades.

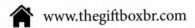
www.thegiftboxbr.com

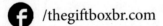
/thegiftboxbr.com

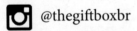
@thegiftboxbr

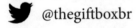
@thegiftboxbr

Impressão e acabamento